JN067742

穏やか貴族の休暇のすすめ。

A MILD NOBLE'S VACATION SUGGESTION

13

著
岬

TOブックス

もくじ

穏やか貴族の休暇のすすめ。13

A MILD NOBLE'S VACATION SUGGESTION

CONTENTS

イラスト：さんど
デザイン：TOブックスデザイン室

A MILD NOBLE'S
VACATION SUGGESTION

CHARACTERS

人物紹介

リゼル

とある国王に仕える貴族だったが、何故かよく似た世界に迷い込んだ。全力で休暇を満喫中。冒険者になってみたが大抵二度見される。

ジル

冒険者最強と噂される冒険者。恐らく実際に最強。趣味は迷宮攻略。

イレヴン

元、国を脅かすレベルの盗賊団の頭。蛇の獣人。リゼルに懐いてこれでも落ち着いた。

ジャッジ

店舗持ちの商人。鑑定が得意。気弱に見えて割と押す。

スタッド

冒険者ギルドの職員。無表情がデフォルト。通称“絶対零度”。

レイ

憲兵統括の役目を担う王都の貴族であり、子爵。明るい方の美中年。

魔物研究家

とめどなく溢れる魔物への情熱を高笑いに乗せる鳥の獣人。最近、現地調査が楽しくて仕方ない。

？？？

もひもひ。

143

これは夢だと気付く瞬間がある。

思考がクリアになり、自らの意思で四肢を動かせるようになる。視点は俯瞰と目線を曖昧に彷徨い、次第に瞳を通してものを見るようになる。そして、地に足がついたような感覚。

リゼルは一つ瞬きをした。瞼同士が触れ合う感触さえあり、感心しながら周りを見回す。

「此処は……」

視覚から遅れ、零した声はいまだ馴染まない。微かに遅れて聞こえたような、水面を隔てたような僅かに反響する音。一歩踏み出してみれば靴音も同じく、静寂に満ちた空間に優しく落ちる。

改めて周囲を観察してみた。視界に広がるのは王都に似た街並みだった。

「(ハリボテ?)」

酷く整然と並ぶ家々に近付けば、それらが全て精密すぎるハリボテだと分かる。

触れれば表面は艶やかで、陶器のような光沢と重厚さを感じる。つるりとした壁ではあるが、真鍮の縁取りに色付きガラスを流し込んだように色を切り替え、微かな凹凸のみで街並みを作り上げていた。精巧に作り上げられた実物大のキャンドルハウス、という表現が近いか。

そのあまりに緻密な造形に「素晴らしい」と頷き、次いでリゼルは空を見上げた。

「(夜)」

広がるのは雲一つない夜空、なのだろうか。

真っ暗で見えないだけで天井があるのかもしれない。あるいは本当に夜闇なのかもしれない。どちらであると断言できないのは、細い細い金の糸で吊られている無数の星の所為。時折光を反射して、遠く煌く様が流れ星のように美しい。その綺羅星の正体に思いを馳せる。

ならばと地を見下ろせば、こちらもコーヒーシュガーを砕いて敷き詰めたかのような、土とは全く異なる茶色。遠いはずの星明かりを映してそこかしこでちらちらと煌めいていた。

まるで、ビスクドールの世界に迷い込んだかのような幻想的な光景。リゼルはこの光景に心当たりがあった。今まで一度たりとも同じ光景など目にしたことはない。聞いたこともない。しかしリゼルの立場からすれば分からないはずがない。この細部にまで手を抜かない、圧倒的なまでの凝り方は、まるで。

「迷宮」

パタン、と何処からか音がした。立てかけた木の板が倒れるような音だ。

同時にリゼルは気付く。気付いてしまったことに気付く。これが本当に夢ならば、意識しなければ現れなかったかもしれないのに。音は徐々に近づいて来る。咄嗟に近くの路地へと駆けた。

街並みはハリボテとはいえ一本道という訳でもない。広い通りに目を凝らせば、時折折れ曲がって路地を作り出しているのが分かる。リゼルはその内の一つに身を隠し、静寂に波紋を落とし続ける物音のほうを覗き込んだ。

パタン、パタン、パタンと。

まるで紙のように折(お)り畳(たた)まれたレールを広げながら、それは姿を現した。玩具(おもちゃ)のように丸みを帯びたトロッコ、その上に浮かぶのはヤギのような頭蓋骨(ずがいこつ)が三つ。真っ白い骨からはヴェールのように黒い布が垂れ下がり、周囲を見渡す頭蓋骨の仕草に合わせて揺れていた。

その下に、あるはずの体はない。四本指の手の骨だけがヴェールの手前で浮いている。

「(武器……魔物かな)」

白い手に握(にぎ)られた銀の弓を確認し、リゼルは覗き込んでいた頭を引っ込めた。

「(迷宮なら魔物が出るのも当然だけど)」

見たことのない魔物を夢の中に登場させるなど、我ながら随分と想像力豊かなことだ。そんなことを思いながら、足音をたてないようにその場を離れる。相手の力量は分からないのだから手を出さないに越したことはない。

何かを畳むような音は徐々に小さくなっていく。何処かで横道に逸(そ)れたのだろう。現実と変わらず出すことのできた魔銃(ライフル)を泳がせ、これからどうしようかと思案しながら背後を確認した。

直後、パタン、と目前で音。

咄嗟に前を見る。路地の真ん中にポツリとトロッコが一つ。三つの骸骨頭は全てリゼルを向いている。三対の四本指が弓を構え、張り詰めた弦の軋(きし)む音がはっきりと聞こえた。

「っ」

反射的に伏せたリゼルの頭上を三本の矢が掠(かす)めていく。

常日頃、ジルから「飛び道具見たら伏せときゃ割と何とかなる」「当たったら運が悪かったと思って諦(あきら)めろ」と言われ、実際に罠(わな)を相手に何度か頭を押さえつけられていた経験が生きた。嬉(うれ)しい。

「（とりあえず一匹）」

風を切る矢音を尻目に魔銃を連射する。魔力の衝突に骸骨頭が弾かれたように揺れた。構わず撃ち込み続ければ、三匹の内の一匹がようやく骨を撒(ま)き散(ち)らして沈黙する。

「（固いなぁ）」

地に触れる両手に力を込める。せり上がるように現れるのは土壁。

魔物とリゼルの間に立ちはだかったそれが、再び矢をつがえていた二匹の視界を覆(おお)った。リゼルはその完成を待たずに立ち上がり、踵(きびす)を返す。ここは逃げるが勝ちだ。迷宮の深層、もしくはその一歩手前、そのレベルの魔物を相手に一人で立ち回れる気はしない。

「（足止めになるかは分からないけど）」

なにせ、前触れなく目の前に現れた魔物だ。

一人苦笑する。夢なのだから何があろうと不思議ではない。

「ッ」

そう、不思議ではないのだ。撤退の寸前、矢が足を掠めながらも痛みがないことさえ。

肉を抉(えぐ)った感触はある、けれどそれだけだ。奇妙な感覚だと思いはするものの、今は好都合だと速度を緩めることなく走った。次の十字路の角を曲がり、視線だけで周囲を見回して冷たい壁へともたれる。ゆっくりと息を吐いた。

「………」

目を伏せ、数秒。

音は追いかけてこない。トロッコの姿も何処にもない。元々、迷宮では逃げた冒険者を執拗に追いかける魔物のほうが珍しいのだ。一度隠れるのに成功すれば、逃げきれたと思って良いだろう。

「(痛くない)」

矢が掠った足を見下ろせば、冒険者装備ごと切り裂かれていた。

最上級の素材を利用して作られた装備。多少の斬撃ならば通さないはずなのだが、その性能もほとんど失われているようだ。もしくは今まで、身に着けているものに意識を向けていなかった所為かもしれない。身を屈め、裂けた布地を捲ってみる。

「(血が出てないと思ったら、こうかぁ)」

露になった傷口を埋めるのは黒。まるで空間魔法を覗き込んだかのようだった。

漆黒は夜空のように細かな光を散らし、その煌きが血液の代わりとばかりに零れ落ちている。ちょん、と傷口に触れてみれば何にも阻まれず指先が沈んでいった。怖い。

「ふぅ」

気分を入れ替えるように吐息を零し、背筋を伸ばす。

これからどうすれば良いのか、と空を見上げた。糸で釣り下がる綺羅星を一つずつ目でなぞる。

そうしながら目を覚まそうとするが、どうにも上手くいかなかった。

「(踏破か、死亡かな)」

迷宮の規模は分からないが、恐らく踏破は厳しい。だができるだけ頑張ってみようと気合を入れ、壁に凭れていた背を起こす。何せ自身は冒険者、迷宮を見つけたなら攻略に励むのが本分というものだ。

いつもの癖で頬に触れる髪を耳にかけ、その手でピアスをなぞる。浮かぶ魔銃が二つに増えた。これより多くするると、短時間ならまだしも出しっぱなしは疲れてしまう。

「よし」

一人呟き、リゼルは迷宮を歩き出した。

差し込む朝日に促されるように目を覚ます。

夢の名残に引き摺られ、一瞬自分が何処にいるのか分からなかった。知らずこわばっていた肩の力を抜き、枕の隣に置いていた掌へと顔を向ける。指を曲げ、伸ばし、持ち上げかけるもシーツへ落とし、少しの間。その手を支えにゆっくりと上体を起こした。

見下ろした先にある自身の体は、当然ベッドに入った時の軽装を纏っている。

「入るぞ」

起きていることを察してだろう。ノックはされるも、返事を待たずに開かれた。

扉から姿を現したジルは、此方を見てふと眉を寄せる。

「どうした」

近付いてくる姿を何となく眺めていれば、彼の表情が更に怪訝の色を濃くした。

その手が伸ばされ、乾燥した指先が前髪をくぐる。なぞるように額に触れられ、大きな掌で覆われた。瞳まで覆おうとするそれに少しだけ瞼を下ろし、やや冷たい手の温度を堪能する。

互いに何も言わないまま数秒。離れていく掌に、リゼルは伏せていた視線を持ち上げた。

「何て言うか」

薄っすらと開いた唇から零れた声は、寝起きらしく少し掠れている。

「疲れました」

「あ？」

ようやく迷宮から帰ってきたのに、現実ではこれから一日が始まるのだ。

現実味溢れる夢の弊害か。何となく「よし一日頑張るぞ」という気にはなれず、ゆるい苦笑を零してみれば、見上げた先の男は訳が分からないとばかりの目で此方を見下ろしていた。

「それ、〝夢渡りの迷宮〟じゃねぇスか」

「え？」

今日は元々、何か依頼を受けようという予定があった。

夢で疲れたとはいえ、現実で体を酷使した訳でもない。リゼルは予定どおりにジルとイレヴンと一緒にギルドを訪れ、迷宮に関係のない依頼を受けて、今はそれも無事に終わらせてギルドへと戻ってきたところだった。

依頼を選ぶ時、珍しく「迷宮以外で」と条件を付けたリゼルに、そういえば何故だったのかと問いかけたのはイレヴンだ。彼はリゼルの夢の話を聞くやいなや、珍しい話を聞いたとばかりにとある迷宮の名を告げた。予想だにしなかった反応に、リゼルも一度だけ目を瞬かせる。

「最近王都では聞きませんでしたが」

今まさに依頼の終了手続きをしているスタッドが、その手を止めないままにリゼルを見る。それが好奇心なのか気遣いなのかは、彼の一切乱れることのない無表情からは伺えない。

「だから迷宮は嫌だっつったのか」

「さっすがリーダー。引きが強ぇっつうか何つうか」

全て心得たように話す三人に、リゼルは夢の光景を脳裏に描きながら納得した。

夢の割に記憶は薄れず、美しい光景を鮮明に思い描ける。夢の中にいた時には、こんな風景を描けるなど自分の想像力も捨てたものではないと思っていたが違った。あれは正真正銘の迷宮だったらしい。

「有名な迷宮なんですか？」

問いかけたリゼルを、三人が意外そうに眺める。

「リーダー知らなかったっけ」

「はい」

「変なことばっか聞いてくんのにこれは仕入れてねぇのか」

心外な、とリゼルが不貞腐れている間にも終了手続きが終わる。

三人はスタッドからギルドカードを受け取り、ギルド内に置かれているテーブルへと場所を移した。同じく依頼を終えて暇なのか、だらだらと寛いでいる冒険者たちを避けて空いている席へ。丸いテーブルを囲んで座り、改めてリゼルは話の続きを口にした。

「ギルドにも認知されてる迷宮なんですよね」

「認知っつってもなァ」

「実物がある訳でもねぇしな」

イレヴンが同意を求めるようにジルへと目配せすれば、ジルも投げやり気味に頷いた。なにせ二人とも、実際に自身が例の夢を見たことはない。むしろ本当にそんな迷宮があるのかと半信半疑で、今回のリゼルの話を聞いてようやく信じようという気になったくらいだ。

ジルは腕を組み、好奇の瞳を隠さないリゼルに呆れたように唇を開く。

「最初が誰だか知らねぇが、冒険者が同じような迷宮の夢を見るっつう噂は昔からある」

「そうそう、聞けば聞くほど同じ迷宮で同じ魔物。『これは冒険者しか見ることのない夢で、夢から夢へと渡り歩く夢幻の迷宮だ』……って」

愉快げに目を細め、物語を語るかのように演技じみた語り口でイレヴンが続ける。

だが、どうやら具体的な迷宮の内容までは出回っていないようだ。普通の夢と同じく、目を覚ました後に覚えていられる者が少ないのかもしれない。はたまた覚えていたとしても、ただ変な夢を見ただけだと気に掛けない者も多そうだ。

「ちょい前にサルスの冒険者が見たっつうのは聞いたかも」

「それガセだったんじゃねぇの」

「えー、マジで？」

リゼルは二人の会話を聞きながら、考えるように口元に触れた。

「俺が見たのもただの夢だったりするんでしょうか」

「どんなだった？」

えーと、と記憶を洗う。

攻略はソロだったこと。美しい街並みだったこと。ヤギの頭蓋骨を乗せたトロッコや、時計頭のドールたちによる月下の舞。ドアノブの罠に、砕けて降り落ちる星。思い出せる限りの情景と魔物情報を伝えていく。ジルたちも、そのあまりの凝り加減に迷宮だという確信を深めたのだろう。随分と興味深く耳を傾けていた。

そんな二人の様子が、次のリゼルの一言に一転する。

「傷からは血が流れないで、代わりに黒い隙間（すきま）から砂が零れるみたいに」

「へぇ」

空気が張り詰めた。

声を上げたイレヴンに、そして無言のままに目を細めたジルに、冒険者たちの視線が一斉に集まる。それは冒険者としての本能、命の危機に咄嗟に反応できるようその身に沁みついた反射での行動だった。全員、瞬きも忘れて絶対的な強者の一挙一動に見入る。

「ただ、出血多量みたいな感じでしょうか。零れる度、力が少しずつ入らなくなって、ふらついたところを殺されたみたいです」

リゼルは殺気など全く分からない。けれどジル達が不快に思ったのは分かる。

そもそもそうなるだろうと知っていた。二人が気にすることを分かっていて、それでも平然と口にしたのだ。何故なら冒険者の扱う迷宮の情報は正確なものでなければならない。気遣って隠し、万が一にもジルたちが同じ経験をした時に生かせないのでは、話して聞かせる意味がない。

「曖昧だな」

「刺されたなって思った時にはブラックアウトしてたので」

リゼルが最後に見たのは迫る剣の切っ先。そして、胸を貫く衝撃と共に目を覚ました。

「ソロ攻略、失敗ですね」

残念そうに苦笑してみせたリゼルに、ジルは溜息（ためいき）をつき、イレヴンはけらけらと笑った。

張り詰めた空気が霧散する。本来ならば竜の目前でさえ感情制御が可能な二人、この程度は軽く切り替えてみせるのだろう。マイペース三人組がいつもの雰囲気に戻ったことで、周りの冒険者たちも「一体なんだったのか」とブツブツ文句を零しながら視線を散らしていく。

リゼルは、未（いま）だこちらを見ていたスタッドに何でもないと首を振った。

「や、でも失敗とは限らねぇんじゃねッスか」

イレヴンが背凭れの後ろで揺れる髪を捕まえ、戯（たわむ）れるように弾（はじ）きながら告げる。

「俺、何日か連続して見るって聞いたことあるし」

「そうなんですか？」

「つっても運だろ。一日しか見ねぇとか一週間見たとか聞いたことあんぞ」

その基準は一体何なのかと思わないでもないが、迷宮のことだから完全にランダムという可能性もある。迷宮だから仕方ない。冒険者はされるがままに振り回される運命なのだ。

「攻略した人とかいるんでしょうか」

「聞いたことねぇな」

「攻略したトコで何かあんスかね。良い夢見れるとか？」

「ちょっと嬉しいですね」

ほのぼの微笑むリゼルに死への恐怖はない。

ジルとイレヴンはそれだけを確認し、内心胸を撫(な)でおろす。噂どおりの夢ならば、現実と区別がつかないほどにリアルだという。毎夜、死ぬ夢を見た冒険者がトラウマで不眠症になったという話も聞くほどだ。とはいえ笑い話にされているあたり信憑性(しんぴょうせい)は薄い。

真実だとすれば、何処ぞの粗暴な冒険者よりもリゼルのほうがよほど図太いのだろう。

「殺されたのってどんなの？」

「ドール系で、首のない軍人でした。凄(すご)く長身で、黒い軍服だけが歩いてるような」

本気でリゼルが恐怖を隠そうとしたなら、ジル達が見抜けるかは五分五分だ。

だが二人は、恐らく平気だろうと結論づけた。見抜けるはずだという自負(じふ)以上に、何より。

「今夜も見れたらリベンジですね」

続きを見られるのが楽しみだと、リゼルは隠さずそう伝えてくるのだから。

何せ、リゼルは現実では不利な勝負を避ける。けれど今回は夢の話だ。折角なのだから普段できないことをやりたいと意気込み、何なら見れないと困るとまで言い出しそうな勢いだった。

その口から出た、意外なほどに好戦的な言葉はジルたちの影響か。

「一緒に寝てやろうか」

「そうするとパーティで参加できるんですか？」

「やー、どうだろ。聞いたことねぇかも」

戯れるように話しながら、三人は誰からともなく立ち上がる。そろそろ冒険者の依頼終了ラッシュだ、報酬(ほうしゅう)待ちのパーティでテーブル利用者が溢れる前にと扉へ向かう。

そして扉を潜る直前、ふいにイレヴンが歩調を緩めてジルに並んだ。小さく呟く。

「気に入らねぇよなァ」

顔はリゼルへと向けたまま零された小声に、ジルは視線だけで答えた。

言いたいことは彼にも理解できる。同感でもあった。自身らがリゼルに、迷宮で傷一つでも負わせたことがあったかと。親切心からでも仲間意識からでもない、ただ自尊心から二人は微かな憤り(いきどお)を抱いていた。たとえ夢の中だとしても不愉快だと、そう思わずにはいられない。

「あー……何とか潜り込めねぇかなーッ」

「ソロ縛りあんなら無理だろ」

「そうだけどさァ」

小声から一転、朗々と叫んだイレヴンをリゼルが振り返る。

その口元に浮かぶのは感謝を伝える緩(ゆる)い笑み。三人はそのまま雑談を交わしながら、人の増え始めたギルドを立ち去った。

どうやら夢の続きを見せてもらえるらしい。

リゼルは夢と自己を馴染ませるように、伏せた目を数度ゆっくりと瞬いた。視線を持ち上げれば星明かりに煌めく美しい街並みと、遠く星の吊られた夜空が両目に飛び込んでくる。

「（ここは……）」

見覚えのある景色に後ろを振り返る。

背にしていたのは豪奢な装飾が美しい時計塔だった。同じような街並みがないのであれば、昨晩リゼルが刺し貫かれた場所で間違いない。不可抗力ではあるが、随分と贅沢な墓標を用意してもらえたものだと少しばかりの感慨深ささえ抱く。

胸を撫でてみれば傷は残っていなかった。続きからリスタート、ということか。

「……」

周囲に魔物の姿はない。

リゼルは一先ず近くの路地に身を隠し、ジル達との会話を思い出した。

『階層的な迷宮じゃねぇならスタートから奥に進んできゃ良い』

『宝箱、あんなら探したほうが良いかも。夢じゃモノとか意味ねぇし、攻略ラクになるもん出んじゃねッスか』

スタート地点からは順調に進んでいるはずだ。ひたすら直進という訳には行かないが、何となく分かる〝前方〟には進んでいる気がする。これまでに歩んだ道筋も一応全て覚えていた。

そして宝箱。昨晩は一つも見かけなかったので、そもそも存在しないのかもしれない。しかしあるならば何が入っているのか非常に気になるので、探しながら進むことに決める。

「(路地の、見逃しやすい横道)」

イレヴンがこの〝夢渡りの迷宮〟を訪れたことはないが、覚えている限りの迷宮風景を伝えたら幾つかアドバイスをくれた。経験から予想がつくのだろう、頼もしいパーティメンバーだ。

「(ハリボテに見える扉の、その中)」

昨晩も気がついたが、いかにも本物に見えながら少しも動かない扉の中に、稀にドアノブが付いているものがある。大半が今にも握れそうに見えるだけの微かな凹凸なのだが、そのドアノブは実物と全く変わらず触れることができた。

昨晩は一つだけ試しに引いてみた。それも結局は罠だったので、それ以降は試さなかったが。

パタン、と何処からかレールの敷かれる音がする。

しかし遠い。まず見つかることはないだろう。けれど念の為、音とは反対に進んでいった。

星明かりもか細い、閉塞感のある路地を選んでは歩いていく。横道を見つける度に覗き込み、宝箱を探していく。歩いている内に一つだけ握れるドアノブを見つけたが、手をかけた途端に鍵穴から矢が飛び出してきた。射線には立たないようにしていたので刺さりはしない。

リゼルとて苦手克服には余念がないのだ。罠については日々、勉強を重ねている。

「(たからばこ)」

ないなぁと、幾つ目かの路地の横道を覗こうとした時だった。

ザッ、と軍靴が地面を叩く音。徐々に近付いてくるそれに、リゼルは今まさに覗いていた横道へと咄嗟に身を隠した。リベンジだとは言ったものの、最も優先すべきは迷宮の踏破だ。明日も同じ夢が見られるとは限らないので、戦闘は可能な限り避けたほうが良いだろう。

耳を澄ませば、ふいに足音が止まる。少し先に見えた十字路で歩みを止めたらしい。リゼルの進行方向とは垂直に歩いているようなので、できれば曲がらず直進してほしいが。

硬い靴底が地面を踏む音が遠ざかっていく。どうやら戦闘は回避できたようだと、リゼルは靴音が完全に消えるまで待ってから動き出した。潜めていた息を吐き、ふと横道の奥を見る。

「あ」

行き止まりになっているそこに探しものはあった。

宝箱といえば、迷宮ごとに形や大きさが変わるものだ。目の前の地面にぽつりと置かれている宝箱は、これまで見つけた中でも最も小さいものだった。大抵は、中身がどれほど小さかろうが立派な宝箱に入っているものだが。それが迷宮の見栄なのか気遣いなのかは不明だ。

手前で膝をつき、拾い上げる。掌サイズで厚みは皆無。昨晩に一つも見つけられなかったのが納得の宝箱だ。蓋を開けてみれば、入っていたのは一枚のメッセージカード。

「〝貴方と共に歩む者が、招かれるのを待っている〟」

小さなカードには、金の箔押しでこう綴られていた。

「〝―――call（呼んで）〟」

これが、夢であるのなら。

そう思いかけたリゼルの背後で靴音は聞こえた。月明かりを遮る影が手元に落ちる。振り返らないまま魔銃を向け、おおよそで狙いをつけて肩越しに連射。宝箱が地面に落ちる軽い音がした。銃撃を受けてバランスを崩しながらも振り抜かれた剣が、すぐ横の壁を削る音が響く。

「ッ」

甲高い音と同時に、剣先と壁の間で火花が散った。

流石は迷宮、陶器にも似た壁には傷一つない。そんなことをチラリと思いながら咄嗟に距離をとった先は、分かってはいたが袋小路だ。リゼルは「しまったな」と苦笑を零しながら振り返る。

目の前では首のない漆黒の軍服が道を塞ぎ、武骨な剣を振りかざそうとしていた。光の粉を散らすような星に、艶めく街並みと光沢のある軍服が煌いて酷く美しい。

「(突破して、逃げる)」

体調は未だ万全だ。魔物一匹程度ならば押しのけて逃れられるだろう。相当硬い相手なので、倒しきれるかは微妙か。なにせ頭もないのだ、何をどうすれば致命傷になるのか分からない。事実、先程の連射も巨躯の胸元を抉ってはいたが、相手は倒れる素振りを全く見せていない。

「ジル達の、バサッで終わりが羨ましいなぁ」

見えぬ眼を見据えながら呟く。決定打に欠けるとこういう時に不便だ。

「(〝貴方と共に歩む者〟……)」

振りかざされた切っ先が夜空を向く。

リゼルは逃げ場のない路地の中、それが振り下ろされるのを見守るでもなしにメッセージカードを見下ろしていた。誰のことだろう。誰でも良いのかもしれない。何故ならここは夢の中、迷宮の中とはいえリゼルの自意識の影響を強く受ける場所なのだから。

だから、と。思い浮かべたのは白だった。黒でも赤でもない、圧倒的なまでの、絶対的なまでの、そうあれかしという定めの下(もと)。あまりにも当たり前にリゼルを守る為に存在する、白。

「　　　　」

心からの親愛を込め、その名を口にする。

カードが熱を帯びる。空気に溶けるように光る泡となり消えた。振り下ろされる剣の音を、リゼルは指先から零れる泡の粒から目を離さないまま聞いていた。それが自分を傷つけることはもうないと、既に知っているのだから。

「御傍(おそば)に」

剣が剣を弾く音がした。

黒い軍服とリゼルの間に一人の男が立っている。リゼルはその背をただ眺めていた。白い軍服が揺れ、相対する漆黒の魔物を斬る。その向こうで胴から真っ二つにされ、ただの衣服のように地面に崩れ落ちる魔物が、仄(ほの)かな光となって消える光景を瞬きもせず眺めていた。

感じたのは安堵(あんど)だったのかもしれない。懐かしさもあった。元より自然体であったはずなのに、微かに肩の力が抜けるような心地がした。力の抜けた表情から少しだけ笑みが消えるのをリゼルは自覚するも、目の前の男が振り返る頃にはいつもと変わらぬ笑みを浮かべてみせる。

「参ずるのが遅れまして申し訳ございません」

一切の躊躇もなく傅いた男をリゼルは見下ろした。

彼に再会の動揺がいささかも見えないのは、やはり夢の中だからだろうか。リゼルが脳裏に描いて、想像で作り上げた夢の中の人物なのだろうか。予想はしていたが少しだけ寂しかった。

「顔を上げて」

伏せられていた男の相貌が露になる。

高潔なまでの白軍服に身を包む、リゼル率いる公爵家により治められた領地の守護者たち。聞こえは悪いが私設軍だ。それなりの領地を持っている貴族ならば所有しているのも珍しくはないのだが。目の前の男こそ、その集団のまごうことなきトップであり総長であった。

だがその顔に強者を思わせる威厳はない。好青年らしい気持ちの良い顔をしている。

「久しぶりです」

「ええ、本当に」

声をかければ、男は人好きのする笑みで応えた。

相変わらずだとリゼルは可笑しそうに頬を緩める。自らの夢で相変わらず、というのもおかしいかもしれないが。しかし今だけは棚に上げてしまおうと、手で起立の許可を出しながらそれを口にした。

「俺と一緒に、迷宮を攻略してください」

男が驚いたように目を見張る。

仰々しい挨拶を終え、起立の許可まで済ませてしまえば二人の空気は比較的緩い。もちろん場は弁（わきま）えるが、そうでないなら堅苦しいやり取りに区切りをつけるのが暗黙の了解だった。

「これが迷宮ですか。随分と……」

物珍しそうに周りを見渡すのは、実際に珍しいからだ。

リゼルの元居た世界には冒険者が存在しない。迷宮は国が管理し、入るのは視察で訪れる国の正規兵か、あるいは小遣い稼ぎの傭兵（ようへい）くらい。最低限、大侵攻が起こらないよう配慮されている程度であるので、恐らく目の前の男は一度も迷宮に足を踏み入れたことがないだろう。

「随分と？」

「いいえ、何でもありません」

男は目を伏せるように笑みを零し、リゼルの前の道を空けるように一歩足を引いた。

リゼルは何を気にかけるでもなく導かれた道へと歩き出す。その後に男も続いた。

「魔物と、あと罠もあるので気を付けてください」

「ええ、承知しました」

パタン、と不意打ちのように聞こえた音にリゼルは振り返る。

だが、すでに終わっていた。鞘（さや）に収めていたはずの剣を握り、不思議そうにリゼルを見る男の後ろ。空っぽのトロッコのすぐ傍の地面で、ヤギの頭蓋骨が転がるように揺れている。

「どうしましたか、珍しい。振り返らず進まれると思ったんですが」

心から疑問に思っているだろう声に苦笑した。

リゼルの領地の民は皆この男を尊敬している。だが、彼が守護者を率いる立場にいる本当の意味

を知る者は少ない。それは彼の、軍服を脱ぎ捨てれば容易に民衆に紛れられるだろう気安い風貌の所為かもしれないし、お人好しだと言われがちな人柄の所為かもしれない。

「一緒にって言ったでしょう?」

「それでも、貴方を守るのが私の役目だ」

人々の敬意は正しい。

男は見目のとおり話しやすく、困っている人に手を貸さずにはいられない性分でもある。けれど、彼が今の地位に立てているのはそれだけではないのだ。物心ついた時には仕えることが決まっていた主君のため、彼は死に物狂いで力を手に入れた。守護という一点にのみ己の全てを注ぎ込んだからこそ、彼は守護者と呼ばれる集団の総長たり得るのだ。

だからこそ、これ以上なにを言おうと彼は引かないだろう。リゼルは苦笑を零す。

「そこ、絶対に譲(ゆず)りませんよね」

「ええ、譲りません」

「実は頑固ですよね」

「リゼル様に似たんですよ」

長く共に居れば似てくるのもおかしくはない。

二人は互いに、迷宮の中とは思えぬ平和的な笑みを交わして歩みを再開する。

「でも、俺はそれほどでもないと」

「リゼル様」

歩き出して早々、窘めるように名を呼ばれた。

リゼルは全く悪びれず、浮かぶ魔銃をくるりと回して戯れてみせる。

「今は冒険者なので」

「それが何かは私には分かりませんが、そんな言葉遣いは御両親が悲しみますよ」

「帰ったらきちんとするので大丈夫です」

「リゼル様」

男が仕方なさそうに笑い、斜め後ろからリゼルを見据えた。

「リゼル」

まるで幼子に言い聞かせるような優しい声だった。

リゼルは足を止めて男を振り返る。自らの乳兄弟である彼は、覚えている限り一度もリゼルに対して声を荒げたことはない。いけないことをすればいつだって、その声で諭してくれる兄のような存在だった。なにせ実際、幼い頃に一度だけ兄と呼んだことだってあるのだから。

それを拒否されて以降、一度も呼んだことはないが。

「貴方が貴族でないと言うなら、私が敬う必要もないですね」

「勿論です」

「主従の関係もない、それでも？」

「はい」

男の表情に責めるような色はない。普段と変わらぬ性根の優しい顔立ちだった。

そんな彼を真っ直ぐに見つめ、リゼルは楽しそうに目を細めながら唇を開く。

「だって、貴方はそれでも私を守る」

男の目が見開かれ、そして。

「はははっ」

弾けるような笑い声が静寂の街並みに響き渡る。

何処からか小さくレールの伸びる音が聞こえてきた。軍靴が地を踏む音が近付いてきている。しかしリゼルも男も一切それらを気にする素振りを見せず、ただ互いに相手の反応が予想と違わぬことに喜んでいた。

「ああ、随分と謙虚になられたと心配していましたが」

心底可笑しそうに、目尻に涙さえ浮かべ、笑う男は親指でそれを拭いながら剣を抜く。

「貴方は本当に変わらない」

胸に手を当てながらの蕩けるような男の笑みに、リゼルもつい穏やかに破顔した。

これが真にリゼルの夢でしかなく、目の前の男が記憶の中にいるだけの空想なのだとしたら、自分も随分と恋しがっているものだと思わずにはいられない。いや、甘えているのか。

どんな影響が出るかも分からない、そもそも完全な私情でしかない迷宮攻略に自らの王を呼べるはずもなく。肩を並べる仲間を呼んで、翌日顔を合わせた際に相手が何も知らないのも何となく嫌で。何をしようと受け入れてくれて、理由もなく守ってくれて、その存在全てを奪うことを躊躇わずに済む相手をリゼルは一人しか知らなかったから。

尽きぬレールの伸びる音。

軍靴が砂粒を踏み砕く音。

重ならない二つの音が、耳鳴りがするほどの静寂にぽつりぽつりと落ちてくる。空は暗く深く、金糸(きんし)で吊られた星が遠く煌いている。まるでオルゴールの中に入ったようだと、リゼルは十字路から姿を現した首のない黒の軍服を視界に捉えながら耳を澄ましていた。

背後からはレールの音がする。守護者たる男はそちらを見据えているはずだ。

「軍服のほう、俺が頑張りますね」

「いいえ、全て私が」

「一度だけです。個人的にリベンジがしたくて」

決して譲らぬ姿勢を見せれば、仕方なさそうに笑う吐息の音が聞こえた。

「やはり、私は貴方に似たんですよ」

その言葉にリゼルは目元を緩め、頭上へと最大数の魔銃を並べる。

自分が少しでも押されれば、すぐさま背後の男が軍服を斬り捨てるだろう。そうなればリベンジ失敗だ。つまり圧勝しなければならず、この戦闘に限ってはある意味ソロより難易度が上がってしまった気がする。反面、男に背中を預けるという本来ならばありえない経験に、密かに心躍(おど)らせているのはここだけの話。

リゼルは目の前に現れた軍服の魔物に、さて頑張ろうと気合を入れて引き金を引いた。

見事にリベンジを果たしたリゼルは、その後も馴染みの男と迷宮を進んでいった。

そして美しい街並みの、最奥だろう場所で二人が目にしたのは荘厳な教会。見上げるほどに巨大な建造物、その大きさに相応しい開け放たれた豪奢な扉。リゼルがそれに触れてみれば、周囲の家々と同じく陶器に似た感触がした。壁に彫り込まれた繊細な彫刻が美しい。

まず男が扉を潜る。そして導かれるままにリゼルも中へ。ゆっくりと室内を見渡せば、そこは静寂によく似合う澄み渡った空気に満ちていた。まごうことなく夜の教会だ。

「ここがゴールでしょうか」

「迷宮のゴールはこうなっているんですか？」

「いえ、ボスがいたり、報酬があったりするんですけど」

とはいえ夢の中だ。迷宮の特性上、恐らくボスはいないだろうし、たとえ報酬が置かれていようが持ち帰れない。特別な迷宮を堪能できたと、それだけだとしても十分に納得できた。

「これで終わりかもしれませんね」

「そうですか」

二人は教会の中心へと真っすぐに歩く。

広い空間に靴音が反響していた。等間隔で並ぶ椅子を通り抜け、竜と乙女の像が祀られている祭壇の前に立つ。大理石を削り出したかのような像の足元を、色とりどりの花が埋め尽くしていた。

生花と見紛うばかりだが、硬質な手触りはこれまで眺めてきた家々と同じもの。造花だ。

「リゼル様、何かありますよ」

呼ばれ、リゼルは花に触れていた手を離して立ち上がる。

男が何かを見つけたようだった。彼は花に埋もれるように隠されていたそれを、少しの警戒を滲(にじ)ませながら静かに拾い上げる。それは封筒、封を切れば中には一枚のメッセージカードが差し込まれており、男はリゼルの許可を得てからカードを取り出した。

視線を走らせた男が、ふとリゼルを見て歩み寄る。リゼルは差し出されたそれを受け取り、同じようにカードに刻まれたインクの軌跡を目でなぞった。

「〝祝福は夢から夢へ〟」

カードの内容は、簡潔だった。

「〝――――wake up〟」

口にした途端、踊る妖精の残滓(ざんし)のような光の粉が舞い上がる。

風もないのに髪まで浮かび、揺れる感覚にリゼルはぱちりと目を瞬かせた。感心するように光のなぞる右肩を、髪の一房が頬に触れるのを感じながら左手を、そして頬を緩めながら正面の男を見る。

驚いたように光の粉が湧き上がる足元を見ていた彼が、ふとリゼルの視線に気付いて視線を上げる。

見慣れた、けれど懐かしい、慈しむような笑みが浮かべられた。

「どうやら、目が覚めるようですね」

男の足元が光の粒子となって透けていく。

「リゼル様」

軍服と同じ、白の手袋に覆われた手が伸ばされた。

その掌に頬を撫でられる。その手が離れ、その両腕で抱きしめられる。全幅の愛情を、信頼を、微かな後悔を、寂寥（せきりょう）を、ひたすらに伝えてくる抱擁（ほうよう）をリゼルはただ受け入れる。感じるのは申し訳なさ以上に安堵で、そんな自身が酷く幼稚に思えて仕方なかった。

「貴方が無事で良かった」

溢れる感情をそのまま押し出した声は、微かに掠れてリゼルの耳へと届く。

「無事を聞いたとはいえ、俺が何度、あの日を悔いたか」

「貴方が悔いる必要なんて一つもありません」

「それでも」

震える吐息に言葉が切れる。リゼルは口を挟まず彼の言葉の続きを待った。

「夢の中だけでも、貴方に会えて良かった」

肩口で零されたのは強く感情の籠もった声。最近にしては珍しい、なんて思いながらリゼルもまた、目の前の肩へと額を埋めた。嬉しいと、そう口にするのは不謹慎なのだろうか。

共に成長するにつれ主従としての区切りをつけた。だが、それは必要だったからそうしただけだ。決して疎遠になる訳でもなく在り方が変わっただけ。今も昔も変わらず最も居心地の良い距離、それを二人は特別なことをするでもなく築いているし、そんな相手の親愛が嬉しくないはずがない。だからリゼルも、彼の言葉に心からの親愛を返してみせる。

「私もです」

これが自身の空想ではないというのなら尚更のこと。

リゼルが知り得ないことを男は知っていた。リゼルが望まないことを男は告げた。ここが夢だと一言も告げていないのに確信していた。それはリゼルの夢だけでは有り得ないことだ。

「どうか」

男が一歩足を引くのに合わせ、腕が優しく、恭しく離れていく。

「リゼル様の日々が幸福でありますよう」

「貴方も」

誓うように、希うように跪いた男をリゼルは見下ろした。男はもはや腰の下まで光に包まれ消えている。にもかかわらず少しも乱れぬ姿勢は、捧げられるにこれ以上のものはないと思わせるほど美しい。幼い頃は、むしろ少しくらい乱れないかと脅かしたりしては失敗したが。

リゼルはふと思いつき、悪戯っぽく笑みを零す。夢の中なら、きっと良いだろう。

「心穏やかに。兄様」

男の顔が咄嗟に上がる。

彼は微かに目を見張り、困ったような声とは裏腹に愛おしげに破顔した。

「呼んではいけないと言ったでしょう」

「夢の中、なんでしょう？」

「それでも」

光の粒子がどんどんと両者を覆い、今や互いに柔らかな光ごしにしか相手を確認できない。

もう目が覚めてしまうだろう。抵抗のしようもなく、リゼルは迷宮に身を委ねるように目を伏せる。そんなリゼルの耳に確かに届いたのは、笑みの混じった仕方なさそうな男の声だった。

「立場も外聞も、全て捨ててでも守りたくなる」

光の残滓が一つ、二つと舞う。

夜闇に包まれた教会が静寂に満たされるのを、竜と乙女の像だけが見守っていた。

幾つもの友好国を持ち、広大な領地を誇る古くからの大国。

その端にある逆鱗(げきりん)都市と呼ばれる穏やかな都市の、とある屋敷の一室。そこに置かれたベッドの中で、一人の男が目を覚ます。外は薄っすらと明るい。彼は起き上がり、窓から差し込む微かな明かりの中で自らの手を見下ろした。何だか、幸せな夢を見た気がしたのだ。大切なものに触れられたような、在るべきものを取り戻したような。しかし男は生まれてこの方、見た夢を覚えていたことがない。思い出そうと直前の記憶を漁るも、いつものとおり全く思い出せずに肩を落とした。

今日も男の一日が始まる。高潔な白の軍服を身に纏い、主君の帰る場所を守り続けるのだ。

144.

リゼルは〝人ならざる者達の書庫〟のことをよく覚えている。

事前情報が一切ない新迷宮。初見の魔物もいた。試行錯誤(しこうさくご)しながら進み、最深部で待ち受けるボスを何とか討伐し、踏破報酬を手に入れた。そして本がいっぱいあった。

「ジルは、王都で行ったことのない迷宮ってないんですか？」

「あ？」

そんなリゼルは今更ながらに、冒険者の代名詞である迷宮攻略に気が向いていた。

「迷宮狂いに何言ってんスか。ないない」

「面倒な所は避けるし、もしかしたらと思って」

ギルドの依頼ボードの前、当のジルを隣に置きながらもリゼル達は好き勝手に会話する。

ジルは呆れながら依頼を眺めるだけだ。一刀も慣れたよなぁと、王都古株の冒険者らが同じく依頼用紙を眺めながら、聞こえてくる会話に耳を傾けているのはいつものこと。

「遠出すりゃねぇでもねぇな」

「どれくらいですか？」

「馬車で二日」

何故か新規の迷宮は人里に程近く現れることが多いので、王都から日帰りできる迷宮はそれなりの数に上る。何故かはいまだに分かっていない。だが冒険者たちは大侵攻と似たような感じで「自己主張激しいなぁ」と納得していた。これは〝盛大に空気を読む〟と並んで迷宮七不思議の一つとなっている。七つ全てを知る者はいない。

大侵攻のことを考えるとそれはそれで便利なのだが、やはり人里離れた迷宮も存在する訳で。

「二日は遠いですよね」

「野営挟むと一気に遠い気すんだよなァ……あ、リーダーあれは？」

「ん、あれですか。ううん、鉱石にはあまり詳しくなくて」

「あー」

イレヴンが見つけた依頼は【南の草原で新種の鉱石発見？】というもの。

イレヴンとしてはリゼルが好きそうだと思ったのだが、どうやら琴線に触れることはなかったようだ。今は言葉どおり、迷宮に潜りたい気分なのかもしれない。

「〝夢渡り〟見てる時は迷宮嫌がっただろ」

「あれは迷宮自体が嫌、とかじゃなくて」

眺めていたDランクの依頼から、Cランクが貼りつけられた範囲へと移動する。

「朝の支度が終わったと思ったら夢で、もう一度同じことをしなきゃいけない気分というか」

「ああ」

「分かるー」

後ろに立っていた冒険者が、依頼用紙を剝がそうと手を伸ばしたのだろう。肩口から伸ばされた腕に、リゼルも半歩隣にずれるように場所を譲る。毎朝混みあう依頼ボードだ、背中がジルの腕に触れるも互いに気にせず依頼探しを続けていた。

「悪ぃな」

「いえ」

一声かけられ、千切りとられていった依頼用紙をリゼルは目で追った。

だがすぐに視線を依頼用紙に戻す。そんなリゼルを見下ろしたジルが、ふいに口を開いた。

「そういや報酬は」

「最近夢見が良いので、それかなと」

「つっても攻略した日が一番にっこにこだったじゃん」

少しばかりふてくされたように呟くイレヴンへ、姿勢を直したリゼルの後ろからジルの腕が伸びた。それに後頭部を引っ叩かれ、イレヴンが不満も露に顔を顰める。二人は攻略を報告され、納得しているのだ。つまり「八つ当たりはするな」ということ。

「イレヴンはご家族にもドライですからね」

それを横目で見て、リゼルは可笑しそうに笑う。

個人差はもちろんあるだろうが、獣人は独り立ちしてしまえば家族への執着が薄くなりがちだ。久しぶりに家族同然の知人と再会できたリゼルの喜びは理解しがたいのだろう。更にはこう見えて、イレヴンはパーティでの迷宮攻略をそれはそれで楽しんでいる。

つまり、迷宮攻略にパーティ以外を呼んだのも、それが普段より楽しそうなのも気に入らないのだ。リゼルは顔を背けるイレヴンを追いかけるように覗き込んだ。

「絶対に攻略しなきゃいけない迷宮なら、君たちを呼びました」

「……知ってる」

ようやくリゼルを見た瞳が弧を描く。

どうやら合格を貰えたらしい。良かった、と微笑むリゼルにジルが我関せずと問いかける。

「夢が報酬か」

「はい、どれも現実味があってすごく楽しいですよ。竜の背中に乗って王都を見下ろしたり、迷宮の宝箱から伝説の剣が出たりするんです」

夢だからこそ実現可能な、それこそ夢のような体験ができたようだ。

ジルたちはそう納得した。そして同情もした。迷宮による報酬でさえ、竜の背で空中散歩するのと、宝箱から冒険者らしい迷宮品を出すのとを同等扱いされている。リゼルの宝箱運は今後もお察しだろう。

「やっぱ現実では何もねぇんだな」

「流石の迷宮も難しいんでしょうね」

リゼルは依頼ボードを眺めながら【ゴーレムの頭に生えるコケの採取】が少し気になった。ゴーレムは迷宮の環境により、植物が茂っていたり鉱石が付着していたりすることがある。

「あ、ニィサンあそこは？」

イレヴンが思い出したように声を上げる。

何かの依頼を指そうとしていた指先が、方向転換するようにくるりと回った。

「バグりまくり迷宮」

「あそこか……」

にんまりと笑ったイレヴンに、ジルは嫌そうに顔を顰めている。だがリゼルはというと思い当たる迷宮がなく、そんな迷宮あっただろうかとイレヴンを向いた。応えるように、彼は他の冒険者の腕を首を傾げるように避けながら告げる。

「正式には〝獣人贔屓の迷宮〟っつうんスけど」

「ひってぇ名前」

吐き捨てるように呟いたジルに、密かに会話を聞いていた周囲の唯人冒険者も内心同意する。そして何故か獣人冒険者は空笑いだ。贔屓というのはされるほうであれ微妙な気分になるものだが、そういった反応ともまた違うようだった。

リゼルもまた、正式名称なら覚えがあった。記憶を掘り起こすように視線を流す。

「あそこはニィサン、ソロで行かねぇんじゃねぇの」

「あー……」

難易度が上がるだけならば、むしろジルは積極的に訪れるだろう。

ならば別の面倒があるらしい。リゼルはそう検討づけて、今度はBランクの依頼を確認しようと移動する。この辺りになると人口密度も下がるので、忙しなく依頼を選ばずに済んだ。

「行ったは行ったな」

「へぇ、ああいうの面倒なタイプじゃねぇの？」

「だからすぐ出た」

入ってすぐに特色が出ている迷宮はとにかく癖が強い。その迷宮独自の仕掛けが多く、リゼルにしては大変興味を引かれる迷宮なのだがジルは避けがちだ。面倒臭いから。

「イレヴンは行ったことあるんですか？」

「なァい」

予想外の言葉が即答される。目を瞬かせるリゼルに、イレヴンはひらりと手を振った。

「あそこ、獣人の間でもなァんか良い噂聞かねぇんスよ」

「贔屓されるのに？」

「されんのに」

その辺りが恐らく、〝バグりまくり〟という通称の由来なのだろう。

宝箱から階層の難易度とは全く釣りあわない迷宮品が出てきた時や、特に意味のない仕掛けに遭遇した時など。理不尽（りふじん）な扱いを受けたり過剰に良い扱いを受けたり、よく分からない現象に迷宮内で遭遇した際などに冒険者は「迷宮がバグった」と言う。

「気になってきました」

「お前はそうだよな」

贔屓されない唯人なうえ、評判の曖昧な迷宮に興味を持つから冒険者らしくないのだと、そうジルは考えながらも口には出さない。迷宮攻略に精を出すこと自体は決してズレてはいないのだ。余計な口は挟まないに限る。

「良いですか？」

「好きにしろ」

「お好きにドーゾ」

パーティ内の方針も一致したし、とリゼルはSランクまでの依頼にざっと目を通していく。とはいえ今日もSランクは一枚もないのだが。高難度の依頼が溢れては世も末だ。

「迷宮に関係のある依頼もなさそうですし、このまま行きましょうか」

「リーダーあそこ知ってんの？　本？」

「魔物図鑑です」

魔物図鑑には魔物ごとの生息地も載っている。

勿論リゼルも全てを覚えている訳ではなく、よく依頼用紙で見る魔物や迷宮ごとの固有種くらいしか把握していないが不便はない。そこに該当しなければまず依頼で困ることはないからだ。そもそも魔物図鑑に目を通そうなどという冒険者自体が少ないのだが。

「アスタルニアには迷宮紹介の本があったんですけど、王都では見たことないんですよね」

「需要がねぇんだろ」

「むしろ何でアスタルニアにはあったんスかね」

そうして三人は依頼を受けないままギルドを出て、さっさと馬車乗り場へと向かった。

冒険者ひしめき合う馬車に乗り、乗車人数もどんどんと減る一時間と少し。そこで御者に馬車を停めてもらって途中下車、そこから更に歩くこと三十分ほど。リゼルたちはようやく目的の迷宮へと到着した。

「ここが〝獣人贔屓〟」

リゼルが門の形をした扉を見上げる。

石で造られた扉は、三角形が二つ上に飛び出たような形をしていた。特別変わった形という訳でもないのだが、事前情報を手に入れた今となってはまるで動物の耳のように見える。

「今日はイレヴンにたくさん頼るかもしれません」

「りょーかい」

パーティとして任された仕事はしっかりこなすイレヴンだ。楽しげに唇の端を吊り上げた姿に頼もしいことだとリゼルも微笑み、開かれた扉の中の闇へと足を踏み入れる。

「ん？」

入った先は石造りの通路だった。迷宮としては定番なのでそれは良い。

足元には光を灯さない魔法陣が描かれている。未攻略なのだからこれも問題はない。

すぐ目の前には二つ並んだ扉。入ってすぐ扉というのも特別珍しくはない。これも別に良い。

「これ前来た時も見たな」

「初っ端（しょっぱな）から贔屓してもらえんの？」

だが、扉の上に〝唯人用〟と〝獣人用〟のプレートが貼りついているのは初めてだ。

早速の洗礼か、と三人は扉へ向かう。見る限りは全く同じ扉が二つ。ひとまず、と三人揃って獣人用らしい扉の正面に立ってみた。

「あ、開いた」

「普通ですね」

触れずとも音を立てて開く扉に、イレヴンが中を覗き込む。扉の先には変わらぬ通路が続いていた。隣の扉との間に壁や仕切りもなく、どちらを潜ろうと変わらない。扉の意味とは何なのか、と思わないでもなかった。迷宮なりの自己紹介だろうか。

「じゃあ俺ここ入っていい？」

「俺達は駄目なんでしょうか」

「迷宮だからな」

迷宮のルールは絶対だ。抜け穴はあってもズルはできない。

リゼルはジルの言葉に納得し、素直に唯人用の扉へと向かった。既に向こう側にいるらしいイレヴンが戯れに扉をノックしている。その音を聞きながら、並んで扉の前に立つこと数秒。

「開かないですね」

「開かねぇな」

イレヴンはスルッと入っていったというのに何が足りないのだろうか。

コンコココンと響くノックの音を耳にリゼルが思案する隣では、ほぼ駄目元でジルが扉へと手を伸ばしている。彼は掌をドアノブも何もない扉へと押し当て、何も考えず押した。扉が開いた。

「俺たちは手動なんですね」

「は、何？　リーダーんとこ勝手に開かねぇの？」

ゆっくりと開いていく扉の向こう側で、イレヴンが覗き込むのが見えた。

自動で開かないうえに、ジルがさっさと開けないということは扉自体も重いのではないだろうか。

リゼルは広がっていく隙間を眺めながらそんなことを思い、そろそろ通れるだろうかという頃にジルに促されて足を踏み出しかけた。その時のことだ。

ガンッ、と鈍い音と共に開きかけていた扉が止まる。

「俺はこの時点で帰った」

「成程」

絶妙な建てつけの悪さ。獣人用との格差が酷い。

「これ以上ムリ?」

「ああ」

反対側から手をかけて引いてみているイレヴン曰く、何かが引っかかっている訳ではないようだ。ならばこのまま通れということだろう。

「行けるでしょうか……あ、行けそうです」

リゼルは潜りこむように体を横向きにして、もぞもぞと中途半端に開いた隙間を通り抜ける。扉と頭の間に手を挟んでくれたジルに礼を言いながら、何とか無事に向こう側へとすり抜けた。

「ジル、通れそうですか?」

「……ギリギリだな」

「ニィサン微妙くせぇなァ」

空気を読むことに定評のある迷宮なので、恐らくどうやっても無理というのはないだろう。しかし相当ギリギリのラインを見極めてきていそうだ。ジルはそう結論づけて、身に着けていた大剣を腰から外した。

「持ってろ」

「はい」

「手は離しとけ、挟む」

彼は扉を押さえるリゼルの手を外させ、代わりにというように剣を持たせた。そして扉の隙間へと体を捻じ込む。想像どおりギリギリだ。捻じ込んだジルの体が引っかかって動きを止める。

「痛ッて……肩ひっかかんな」

「ニィサンがんばれー」

「ボタン千切れそうですね」

「あ、ベルト引っかかってる」

耐久性が飛びぬけた最上級装備なので、実際に千切れたり破れたりはしないはずだ。

リゼルとイレヴンは遠慮なく引っかかっている服やベルトを引っ張り始めた。絶賛肩が嵌まり中のジルはやや痛かったが我慢する。扉は軋んだ音を立てる癖に一ミリたりとも隙間を広げることなく、ジルは最終的に力ずくで通り抜ける羽目になった。

「装備じゃなきゃ破れてんぞ」

「一階にしては悪質ですよね」

「脱ぐのが正解なんじゃねぇの？」

盛大によれた襟元や、変に服を巻き込んだベルトを直しながら愚痴るジルが、イレヴンの言葉に脱いでたまるかとばかりに舌打ちを零す。そんな事態にでもなれば帰ること必至だろう。

「よし、じゃあ行きましょう」

「最悪の歓迎受けといて楽しそうだな」

「まぁリーダーだし」

そして三人は意気揚々と、または既に疲れたように、もしくはケラケラと笑いながら、〝獣人贔屓の迷宮〟の攻略を始めたのだった。


一階層目。

壁に貼り付けられたプレートに〝獣人には敬意を払え〟と書いてあった。

「イレヴン様、疲れませんか？」

「様⁉」

「おい、そこに罠あんぞ」

「いや分かるし……ッつうかすっげぇ楽しそう！　顔！」

二階層目。

壁に貼り付けられたプレートに〝獣人に重いものを持たせるな〟と書いてあった。

「重い物……剣でしょうか」

「これ取られっと戦えねぇんだけど」

「てめぇ何も持ってねぇな」

「なんか理不尽なこと言われた」

「空間魔法持ちだとしょうがないですよね」

三階層目。

壁に貼り付けられたプレートに〝獣人に戦わせるな〟と書いてあった。

「リーダー後ろ、あ、横横ッ。ほやっとしてないで銃、あ、違ぇってそっち先じゃ」

「うるせぇ」

「見てるだけってすっげぇ手ぇ出したくなる！」

四階層目。

壁に貼り付けられたプレートに〝唯人は一声ごとに同行する獣人を褒めよ〟と書いてあった。

「ここ、右に行きましょうか。イレヴンは良い子ですね」

「何かいんぞ。毛が長ぇ」

「まだ浅いし、大丈夫でしょう。綺麗な髪です」

「準備はしとけよ。凄ぇ赤い」

「居た堪れねぇー……つうかニィサンのは褒めてんの？」

五階層目。

壁に貼り付けられたプレートに〝獣人こそ至高〟と書いてあった。

「？」

「？」

「？」

六階層目。

「お、暗い」

弱い灯りは点在するものの、それらがカバーできる範囲は狭い。わざと光が広がらないようにしているのだろう。限定的な光の外は暗闇が広がり、壁と床の境目すら見失いそうになる。

今まで階の始めにあったプレートもない。ようやく迷宮としての浅層(せんそう)を抜けたようだ。

「獣人向き……というより、イレヴン向きなんでしょうか」

「今までも特に獣人向きでもなかっただろ」

「すっげぇ疲れた」

世の中には、されて嬉しい贔屓と心底遠慮したい贔屓があるとイレヴンは今日学んだ。ここまでは全力で後者だった。獣人冒険者にウケが悪いのも納得でしかない。

リゼルたちは先の見通せない通路を、イレヴンを先頭に進んでいく。

「なァんか前に似たようなトコなかった？」

「ありましたね、〝制限される玩具箱〟」

「あそこは魔物出なかったけどな」

「ここはいますか？」

「いるかも」

そのまま三人は暗闇に警戒を強めるでもなく、特に暗闇だからという訳でもなく落とし穴に落ちかけたり、突然現れる魔物に驚いたり、味方を誤射したりしながらも階層を突破した。

七階層目。

段差などの上下移動が多く、立体交差する経路が迷路にも似た階層だった。

「段差がきついですね」

「獣人はこういうとこ動けんだよ」

「リーダーだいじょぶ？」

「君たちのその、手をついてひょいって上るのはどうやるんですか？」

「（どうやって？）や、普通に……」

「（どうやって……）慣れ」

八階層目。

魔物が多い階層かつ、それらが全てリゼルかジルに来た。

「ハブられてる感ハンパねぇ！」

「イレヴンが走り回ってますね」

「向かってこねぇと斬りづれぇんだよな」

九階層目。

「そういえば、獣系が出ませんね」

「魔物か」

「はい」

木の根が張り巡らされた通路を、三人は足元に注意しながら進んでいた。

時折ポツリと咲いている花の香りが、通りすぎる度に仄かに香る。迷路というと獣人はむしろ苦手な者が多いのだが、優れた嗅覚で香りを導（しるべ）にできるのなら話は変わる。イレヴンの先導で花の香りを辿（たど）っているリゼルたちも、いまだ行き止まりには遭遇していない。正解の道を選べているのだろう。

「ウルフとか、そういうのが出ると思ってたんですけど」

「出て贔屓されても面倒だろ」

「ここ〝獣人贔屓〟ですけどー。〝獣贔屓〟じゃねぇんだけどー」

不満げに口を開いたイレヴンに、ジルは素知らぬ顔で太い根を跨（また）ぐ。横目でリゼルを見てみれば、よいしょと今にも聞こえてきそうな動きで根を跨いでいた。ふらつかないだけ成長はしているのだろう、足場の悪い道の歩き方を体が覚えてきたようだ。

「似たようなモンじゃねぇか」

「あーあニィサン獣人全員敵に回したァー」

戯れるような口調に、リゼルはふと疑問を抱いて顔を上げる。

唯人と獣人の差異など、日常生活では誰も意識しない。出身が違う、などといったほうが余程話のネタになるだろう。それはリゼルの元の世界でも同じく、両者間で種族の呼び名以外の区別などない。しかし、学問として獣人の起源を研究している者はいた。

イレヴンも勿論、ただ獣扱いが嫌なだけだろう。だが少し気にかかった。

「以前こちらで読んだ本に、獣人は大昔に獣だった説があったんですけど」

「マジ？　初耳」

「やっぱり違うんですね」

壁を覆う植物、それに擬態していた魔物からリゼルに伸びた蔓をジルが斬り捨てる。植物の一部が蠢いた。それらが完全に擬態を解く前に、大剣が縫い留めるように息の根を止める。

「んー、違うっつうか、そういうの気にしたことねぇし」

唯人でも自身の起源など大半が気にしない。獣人も似たようなものなのだろう。

イレヴンは抜き身の剣を手の中で回し、香りを辿るように鼻を鳴らした。歩みを再開させる。

「お前んとこは」

「俺の所はほぼ確定、ですね」

それがこちらの世界でも正解になるかは分からないが。そう付け足したリゼルに、ジルはそれもそうかと納得しながらも、ふと思い出した。まだ故郷にいた幼い頃、母親が寝入り端に聞かせてくれた話がある。

「そういや一番メジャーなのあんだろ。どっかの島国の話」

「ん、どれでしょう。聞いたことないかもしれません」

「俺も」

「てめぇは何で知らねぇんだよ」

俺の所為じゃねぇし、とブツクサ零すイレヴンをリゼルが慰めている。その姿を眺めながら、ジルは話の大筋を思い出そうと眉間の皺を深めながら回顧した。ところどころ曖昧だが、意外と覚えているのが密かに驚きだ。

「……どっかの島国が唯人限定の病で存亡危機、人と獣を融合させて乗りきった。そんな感じだったか」

本来はもっと不思議で温かな雰囲気の物語なのだが、ジルは大分はしょった。

「なら、今いる獣人はその方たちの子孫なんですね」

「これが本当ならな」

「どっかに獣人だらけの島とかあんの？」

「そうなると一気に信憑性が増すんですけど」

そんな島が見つかっていないから、この説も空想の域を出ないのだろう。

なかなかロマンのある話だと微笑み、リゼルは幾つ目かの花とすれ違う。純白の花は仄かに光り、いまにも蜜が滴りそうなほど瑞々しい。迷宮の外にも咲いているのだろうか。

「リーダーんトコも一緒？」

「いえ、うちの有力説はもっとこう……朗らかです」

「あ？」

「朗らか？」

おおよそ話の流れで出てきそうもなかった単語に、二人は訝しげにリゼルを見た。

その足元で一本の根が這いずる。イレヴンが蹴り潰すように靴に仕込んだナイフを叩き込めば、根はビクリと跳ねて通路の奥へと引き摺り込まれるように消えていった。

「あ、やべ。トレントかも」

「バグりすぎだろ」

トレントという樹木型の魔物は、個体差が激しいものの攻略難度は一律に高い。

この迷宮が全部で何階層なのかは分からないが、流石に深層級の魔物はまだ出ないはずだ。ジルの言うとおり迷宮がバグったのか、あるいは鎧王鮫のようにイレギュラーな魔物なのか。

「どうですか？」

「……何とも言えねぇな」

「あいつら匂いねぇからなァ」

三人は数秒だけ立ち止まって様子を見た。

罠の気配はない。今は進むしかないだろうと、再び歩き出す。

「で？」

「ん？」

「朗らか」

低い声に促され、リゼルは「ああ」と頷いた。

初めて獣人の起源に関する話を聞いたのは、たしか敬愛する国王の兄からだった。彼は口調に反して決して女性的ではない、しかし気品のある仕草で優雅にアフタヌーンティーを嗜みながら、リゼルへと非常に興味深い話を教えてくれた。

「昔々のとある国に、魔術に長けた人望の篤い国王がいたそうです」

「そいつが胡散臭い」

「朗らかっつってんじゃねぇか」

早速あらぬ黒幕説をかけるイレヴンにリゼルは可笑しそうに笑い、ふと何かが動いたような気がして壁の蔓へと視線を向ける。全くもって気のせいだった。

「奇跡だと称されるほどの魔術を修めた国王は、ある日とある魔術を思いつきました」

リゼルの隣に浮かぶ銃が、戯れるように宙を滑って反対側へと回る。

「それは、国民全員に加護を与える魔術。まだ古代言語が使われていたような時代です、今は失われた神秘の術で、奇跡の王はそれを実現しようとしたんでしょう」

それは、些細な加護だったという。失せ物がすぐに見つかるような、料理が少し美味しくなるような、大切な人の旅の幸先を祈る気持ちが届いたり、届いた気持ちに心が温かくなったりする、そんな小さな奇跡だった。だが王はそれこそを願い、だからこそ国民も祈った。

「祈る先に加護が届くというなら、王にこそ幸せが訪れますように、と」

ふぅん、と話を聞いていたイレヴンが十字路の手前で立ち止まる。今のところ獣人とはの関係もない話に聞こえるが、どう繋がっていくのか。彼は小難しい話に興味はないが、そこだけは気になるようだった。

「ここまでが十年前に見つかった石碑の文言です。王を讃えるために残されたものですね」

「凄ぇ最近だな」

「でしょう?」

イレヴンがしゃがんだ。何かに備えたというよりは、何かを見つけたようなしゃがみ方だ。

罠でも見つけたのだろうかと、リゼルもジルも彼の手元を覗き込む。

「どうしました？」

「ん」

リゼルが隣にしゃがめば、ちょい、と指先で示された。

それは床を這う根を指している。よくよく見れば、乾燥して脆くなった表皮の一部が削れて欠片を落としていた。削れているのは手前から奥へ、まるで縄を擦ったような跡が残っている。

「さっきの、トレントかもしれない？」

「ちょいちょい跡は見つけてたんスよ。それと一緒」

「香りは？」

「あっち」

そう言ってイレヴンが顔を向けたのは痕跡の続く通路の奥。

リゼルは頬に落ちる髪を耳にかけながら立ち上がり、どうしようかとジルを見た。進むかどうかではない。そちらが進路だというなら進むしかないのだから問題は別にある。それは、もし本当にトレントがいたとして、彼らが戦うのを望むか望まないかだ。

「見て決める」

「イレヴン」

「俺も」

行儀悪くしゃがんでいたイレヴンも立ち上がり、三人は迂回の選択肢をとらずに歩き出す。

「トレントってそんなに個体差があるんですか？」

「外見も性能も全ッ然」

「あそこまで根ぇ伸ばせんなら相当でけぇかもな」

根の長さは攻撃範囲に、太さは力強さに、本数は手数に直結するのがトレントだ。リゼルも何体か見たことはあるが、まだ木の種類の違い程度しか体験したことはなかった。どの個体も定置型。よほど近付かなければ攻撃されず、だが一度敵対すれば絶え間ない猛攻を受ける。

ただでさえ深層級の魔物が、更にイレギュラーの魔物として存在するのなら相当な強さを誇りそうだ。攻略を重視するならば戦わないほうが無難だろう。いや、ジルやイレヴンのモチベーションを考えると敢えて。

「で、リーダー石碑が何て？」

「あ、そうでした」

促され、思考に耽っていたリゼルは自らに向けられた二対の視線を見返した。

強敵を前にして、普段どおりの落ち着きを見せる二人は流石としか言いようがない。取れるだけの対策を取ろうとしてしまう自身とは大違いで、その泰然とした姿勢には尊敬してしまう。

「今んトコ全然獣人出ねぇじゃん」

「これからです、これから」

拗ねたような口調に目元を緩め、さてどう説明したら良いかと口を開く。

「元々、その石碑を見つけたのは獣人研究の第一人者でした。長年の研究によって獣人発祥の地を今は亡き王国だと提唱し、実際に王国の跡地を調査して石碑が見つかったことで、学者の間では色々な説が飛び交ったそうですよ」

「獣人のこと書いてねぇのに？」

「学者はそういうものなんです」

　実際は石の年代だったり当の学者の研究内容だったり、王兄は色々と説明してくれたがリゼルも専門分野として学んだ訳ではない。人に教えられるほど深く理解している訳でもないので、分かりやすいほうが良いだろうと堂々たる学者差別で済ませた。

「善良な国王が気狂いになって魔術で国民を獣人にした。あるいはジルが教えてくれた説みたいに、獣人にならなければ生き残れない何かが起きた。石碑が発見されてからは、この二つの説が主流だったかな」

「朗らかさの欠片もねぇな」

「むしろ鬼気迫ってんスけど」

　思い出すようにほの暗い天井を見上げるリゼルに、朗らかという前提で聞いていたジルたちは思わず突っ込んだ。最初の、まるで神話のような柔らかな語り口はどこに行ったのか。

「勿論、この説は違いました」

　ふいにリゼルが誇らしげに否定する。

　二人はその笑みには見覚えがあった。甘く穏やかな色を増すアメジストと、微かに無防備に緩む口元は、リゼルが唯一人の相手を語る時に現れるものだ。元の世界にいる、彼の王。

「俺がこちらに来る半年くらい前、石碑の話を聞いた陛下が観光気分で見にいって、石碑の下に隠されていた亡き王の日記を見つけて真相を解明させました」

「早い早い早い展開が早い」

「お前んとこはいい加減自重を覚えろ」

奇跡の使い手と呼ばれた古の王が厳重に隠した日記を、リゼルの王は見にいったその日に見つけた。そして躊躇しなかった。周囲で調査中だった学者らの目の前で石碑の裏に回り、悠久の時を経てもなお残る隠蔽魔術をはぎ取り、石碑を破壊して日記を掘り出し、唖然としている周囲の目の前で日記を捲り、鼻で笑い、そしてそれを一人の学者に放って何事もなかったかのように城へ帰ったという。

「へーカ強ぇ」

「今でも後ろ側が壊された石碑が残ってますよ」

「学者にキレられねぇの」

「ちょっとキレられました」

全破壊でないだけ加減したのだろうし、結果オーライなら良いのではないかとリゼルは思っている。賠償代わりの研究支援は申し入れたが。石碑保存のための資金提供もしたが。

「で、真相って?」

「亡き王は、とても動物好きだったようです」

「あ?」

床を根が覆いつくす通路を、三人は罠がありそうだと注意しながら進む。

こういう場所には落とし穴が多い。根が覆い隠していたせいで見つけられず、踏み込んだ先に床がなかったなどという恐怖体験は遠慮したかった。リゼルたちも驚く時は驚くのだ。

「色々飼っていて、それはもう溺愛（できあい）というほどの可愛がりようが日記に残されていました」

「思ったよかプライベート」

「公開処刑じゃねぇか」

「本人死んでるだけマシなんかな」

まさか本人も後世で自らの日記が暴かれているとは思いもよらないだろう。

日記というのは誰にも見られたくないものだが、簡単に捨てられるようなものでもない。名残惜しく思った末の、本人以外解けない魔術による封印だったのかもしれないが、そんな奇跡の魔術師の恥じらいは我が道を行く元ヤン国王によって容赦なく衆目（しゅうもく）に晒（さら）された。

「おい」

「ん、有難（ありがと）うございます」

ジルが歩みを緩めないまま床を指す。それに従うようにリゼルは端に避け、通りすぎざまに床を見れば、根と根の隙間にあるべき床がないのが分かった。耳を澄ませば、底から微かに吹きあがる風が根の隙間を通り抜ける音が小さく聞こえる。

「ここでようやく奇跡の魔術に戻るんですけど」

落ちたら何処に続いているんだろう、なんて考えながらリゼルは続けた。

「ついに加護の魔術を完成させた王が、いざ魔術を発動しようとした時、絶賛集団脱走中のペットたちが堂々と目の前を横切っていったようで」

「……」

「待って」

「三度見した瞬間に魔術が発動して」

「……」

「リーダー待って」

「小さな幸福を運ぶ加護は、獣の加護となって国民を獣人に変えてしまいました」

こいつ凄ぇな、という目で見てくるジルはリゼルにしても大変遺憾である。自分がやらかした訳ではないのだからそんな目で見ないでほしい。

ならばイレヴンはといえば、笑えば良いのか引けば良いのか分からずに口元を引き攣らせていた。別の世界のことではあるが、獣人としてその出自に思うところがあるのだろう。リゼルには、こちらの世界での獣人の出自がシリアスで壮大なものであれと願ってあげることしかできなかった。別に元の世界の獣人たちも大して悲観はしてはいなかったが。

「日記には三度見してしまった己への後悔と、国民への懺悔、そして何故ペットの檻がフルオープンになってしまったのかと嘆く言葉が綴られていたそうです」

私的な日記だけあって、かなりの嘆きっぷりが綴られていたらしいが、リゼルは見せてもらっていないので詳しくは分からない。だがそれを読んできた元教え子曰く、全国民一人一人への土下座の準備は着々と済ませていたようだ。どうやら周囲には止められていたらしく、実行されたのかは終ぞ分からないままなのが少し気になる。

「その所為で滅んだとか言わねぇだろうな」

「言いませんよ」

嫌そうにそう口にしたジルに、リゼルも可笑しそうに笑う。

「形は変われど加護は正しく加護。国民は王への感謝と共にそれを受け入れ、そして王も深く民を愛しながら、変わらず国を支え続けたそうです」

日記のくだりさえなければ美談で済んだだろうに、何故こうなったのか。

ジル達は一瞬そう考えたが、すぐに思考を放棄した。恐らく考えるだけ仕方のないことなのだろう。当のリゼルが特別なことは何もないと言わんばかりに微笑んでいるのが何とも言えない。

「ほら、朗らかでしょう」

「むしろ盛大にやらかした感があんスけど」

「え？」

耐えきれず突っ込んだイレヴンに、リゼルが不思議そうな目を向けた直後。先頭を歩いていたジルの足が止まる。その原因に同じく気付いていたのだろう、イレヴンも承知したように双剣へと触れた。

「いるな」

全く気負わずジルが告げる。

トレントには聴覚がなく、地面の振動で相手の位置を探るので声を潜める必要はない。

「トレントですか？」

「ああ」

リゼルも前方へと目を凝らす。遠くなるにつれ薄暗くなる通路の正面は、どうやら広い空間へと繋がっているようだ。光源の少ないそこに何かが蠢く影が見える。大蛇(だいじゃ)が這うように、幾重(いくえ)にも重なる影が床の上で波打っている。

「げぇ、でかそ」

「でけぇだろ」

三人はゆっくりと影に近付く。近付くにつれ、徐々に全貌が見えてきた。

空間は巨大な鳥かごのように、円形の広間を高い天井が覆っている。その中心にそびえる巨木こそがイレギュラーなトレント。太い幹は間近で見れば視界に入りきらないだろう。葉のない枝は高い天井を突き破らんと伸びている。蠢く根は広間を埋め尽くさんばかりに覆い、低い雷鳴のような音をたてて這いずり回っていた。

「これは……」

「うーわ……」

「……」

三人がそれを目の当(まあ)たりにした感想は一つ。

「(怖い)」

幹には目と口を表すように三つの歪(いびつ)な裂け目があった。

目にあたる裂け目には無数の目玉が詰まっている。人の頭ほどの目玉は今この瞬間くり抜いてきたばかりのように生々しく、他と同調しようともせず不規則に動いている。更に口にあたる裂け目、巨木を切り倒そうとしたような根元のそれは横に広く、中には無数の異形が、異形の巨大なイモムシが隙間なくその身をくねらせて。

「スルーしましょう」

いくらリゼルたちでも戦いたくない魔物ぐらいいる。

その決定には誰も異論を唱えることなく、三人は足早に次の階層へと進んでいった。

十階層目。

壁に貼り付けられたプレートに〝獣人こそ至高〟と書いてあった。

「二回目ですね」

「バグッてんな」

「楽っちゃ楽」

十一階層目。

イレヴンは口元を引き攣らせ、一体何が起きたのかとそれを見下ろしていた。それはこの階層にたどり着いた直後に起きた異変。リゼルとジルの姿が消え、咄嗟に振り返ったイレヴンの目に飛び込んできたのは巨大な狼だった。思考が一瞬止まる。目の前の狼は、非常に信じがたいが、それでも考えるまでもなく。

「…………………ニィサン？」

受け入れがたい現実に大分間を空けつつも、彼は恐る恐る尋ねた。

灰銀(かいぎん)色の瞳。ジルと全く同じ色。狼はその瞳でイレヴンを一瞥(いちべつ)し、一度だけ鼻を鳴らした。四つ足だろうがイレヴンの胸元まで頭が届く巨体は、立ち上がれば優に身長を超えるだろう。

「何でこんなんなってんの？　これ俺マジで贔屓されてる？」

イレヴンはジル（狼）の前にしゃがみ、ピクリピクリと動いている耳を軽く引っ張った。彼は動物への博愛精神を持ちえない。案の定、狼には鼻の上に皺を寄せながら唸(うな)られる。

「つうか良いよニィサンのオオカミは。ウルフ系の魔物とかいるし。何つうか、違和感ねぇし？　良いよ？　いや良くねぇけど。まぁ良いよ？」

まるで現実逃避するように早口で、心なしか必死にイレヴンは言葉を紡(つむ)いでいた。

彼は実際、逃避している。一番に目に入ったのがジル（狼）なのがその証拠だ。本来ならば真っ先に確認すべき存在があるにもかかわらず。それは、とある一点に気付かないフリをしたからに外(ほか)ならない。

その時、ジル（狼）の鼻先がふと隣を見下ろした。それに合わせ、ぎこちなく隣を見れば。

「リーダーのウサギぃ～～～～～～」

観念したように視線を向けた先には、もふちょこんと一羽の兎(うさぎ)がお座りしていた。

イレヴンは今にも頭を抱えそうな嘆きっぷりで、そのもふっとした塊(かたまり)を見下ろす。ジル（狼）が大きいだけにリゼル（兎）がやけに小さく素朴(そぼく)に見えた。

「何でウサギになってんの!?　迷宮じゃねぇのここ!?　迷宮の、床に、ウサギ！　すっっごい、普通の、ウサギ!!」

混乱からテンションがおかしいイレヴンの前で、リゼル（兎）はただただ鼻をもひもひさせている。その目は何処を見ているのかも分からない。喜怒哀楽も映さない。お座りの姿勢から動かずにただひたすら鼻をもひもひしている。

「ニィサンと並んでるとただの獲物でしかねぇんだけど怖！　このサイズ差すっげぇ怖い！」

リゼル（兎）はもひもひしている。

「リーダー生きてる？　や、聞いてる？　もひもひじゃなくて。なぁって、リーダァー」

リゼル（兎）はイレヴンにたれ耳とたれ耳の間をつんつんされた。もひもひしている。

「…………これほんとにリーダー？」

だんだんと自信がなくなってきたイレヴンがジル（狼）を見れば、その凛々しい姿のままでじっとリゼル（兎）を見下ろしていた。時折ふんふんと鼻が動いている。食らいつきそうで怖い。

「毛並みはリーダーだしなァ」

イレヴンは恐る恐る兎に手を伸ばし、慣れない手つきで持ち上げてみる。

両手を脇に差し込むように持ち上げた体は、脱力したように後ろ脚を伸ばしていた。添えるように腕に触れたもふもふの前脚の爪が布ごしに食い込んで地味に痛い。

「意識ねぇ？　ほんとにウサギになってる？　なんか反応返せる？」

問いかけ、イレヴンとジル（狼）が見守ること数秒。あまりの反応のなさに、やはり完璧に兎になっているのかと判断しかけた時だった。ぶらりと揺れる後ろ脚が、びょっびょっと宙を掻く。

「……リーダー?」

ぴょっぴょっ。

「ニィサン」

「…………ウォン」

露骨に渋々とだが返答があった。ジル（狼）はそのままのそりのそりとイレヴンに近付き、腕に抱かれたリゼル（兎）へと覗き込むように鼻先を寄せる。

やはりジルとリゼルで間違いない、とイレヴンは確信したように頷いた。だが圧倒的に獣の割合が多い、あるいは些細な仕草も獣の動きに変換されるのか。こちらの言葉は伝わっているようなので、それだけが唯一の救いだろう。

「まぁ、本人たちに違和感ねぇんだろうけど」

獣になったという自覚はないはずだ。もし自覚があれば、四つ足などまともに動かせないだろうし、何らかの方法で意思疎通を図るはず。迷宮ならその程度の空気は読むだろう。

イレヴンは色々諦め、リゼル（兎）の額へと鼻先を埋めた。もふもふと毛皮を満喫し、離す。

「リーダー一人で歩ける？　行ける？」

最悪、イレヴンが二匹（ふたり）を守りながら戦わなければならない。

万が一を考えリゼル（兎）を床に下ろしてみる。ちょこんと床に置かれたぬいぐるみのような体が、もそもそと動き出した。とっとことっことと数歩進み、止まる。上体を持ち上げ振り返る姿は、「どうだ」と見せつけているのか離れることを不安に思っているのか。イレヴンは力強く頷き。

「抱いてくわ」

リゼル（兎）は相変わらず一切の感情を失ったかのようにもひもひしている。

「俺が狩りで獲ってたウサギはもっとさァ、顔に似合わず狂暴っつうか力強ぇよっつうか……まぁらしいっちゃらしいけど。血統書付きの、飼いウサギ」

抱き上げたリゼル（兎）の耳を指先で遊びながら、イレヴンは並んで歩き出したジル（狼）を横目で見る。毛皮に包まれた骨格や筋肉が、歩を進めるごとに大きく動くのがよく分かった。

「ニィサンの上とか乗んねぇかなー。つかニィサン前もイヌとかなってなかった？」

戯れに背中へと小さな体を乗せてみれば、ジル（狼）の太い尻尾がゆらりと一度揺れる。

滑らかに歩く狼であっても背中は意外と揺れたのだろう。リゼル（兎）の後ろ脚が滑って落ちかけるのと同時にジル（狼）は歩みを止める。イレヴンがすかさず落ちかけた体を持ち上げた。

「駄目かァ……ちょいニィサン唸んのやめて」

低く短く唸ったジル（狼）に、イレヴンは歩みを再開させながらも一歩離れる。

何に対して苛立ったのかは分からないが、自分に対してだということは分かる。狼になったからといって、何だよ唸るなよと小突き回せるような相手ではなかった。なにせ目の前の狼は欠片も弱そうに見えない。むしろ新種の魔物に見える。しかもボス級。確実に強い。

「これ独り言みたいでヤなんだけど」

イレヴンはブツブツ呟きながら、先程の階層とは違って歩きやすい通路を奥へ奥へと進んでいく。

やはりあの階層が根や蔓で溢れていたのはトレントの影響だったのだろう。

一人と一匹は全く足音を立てず、残る一羽は抱っこされてもひもひしながら進む。

暫く歩くと道が左右に分かれていた。

「お、分かれ道」

イレヴンは腕の中のリゼル（兎）を見下ろす。こういう時、選択権があるのはいつもパーティリーダーであるリゼルだった。余所のパーティでも同じかは分からない。

「リーダー分かる？　どっちが良い？」

リゼル（兎）を降ろし、一歩後ろに下がる。

まだ大した距離も歩いていないので、どちらが正しいかは見当もつかないだろう。とはいえ、そういう時に選択するのもパーティリーダーの務め。リゼル（兎）は一歩も動かずもひもひしており、色々考えているのだろうかとジル（狼）とイレヴンが丸い尻尾を見下ろしていた時だ。ターンッ、と後ろ脚を強く床に叩きつけたリゼル（兎）に、イレヴンは肩を跳ねさせて驚いたし、ジル（狼）も尻尾を振り上げながら驚いた。

「リーダー何⁉　怒った⁉　何⁉　具合悪い⁉　ごめんごめん何⁉」

すかさずイレヴンが駆け寄って抱き上げる。ジル（狼）も窺うように鼻先をリゼル（兎）の鼻へ近付けた。しかしリゼル（兎）からは何も読み取れない。ひたすらもひもひしている。

「怒ってはねぇのかなァ……」

もひもひ、フンフンと鼻を突き合わせている二匹を見下ろし、イレヴンは安堵したように肩の力を抜いた。怒っていれば流石に兎といえど態度に出るだろうし、考えてみればリゼルが怒る理由も見当たらない。

「ニィサン？」

ふいにジル（狼）が前脚を片方持ち上げ、リゼル（兎）を抱くイレヴンの腕へ置いた。断じておく手ではない。若干爪を立てながら強く押さえ込んでくる力は、リゼル（兎）を下ろせと告げているのだろう。

「下ろす？　ってこと？　ハイハイ」

イレヴンがリゼル（兎）を床に置く。するとリゼル（兎）がとっことっこと移動を始めた。向かう先は分かれ道の右側。先程、床に叩きつけた脚と同じほうだ。

「あ、右って言いたかったのね」

数歩跳ね、動きを止め、イレヴンを振り返ってもひもひと鼻を動かす。

そんなリゼル（兎）を抱き上げようと、イレヴンも足を踏み出した時だった。ジル（狼）が先行し、リゼル（兎）の隣で止まると通路の先を見据える。視線は外さぬまま僅かに頭を下げ、低く唸り声を上げた。まだ上体は伏せない。狼の警戒。

「何か来る？」

イレヴンは双剣の一本を抜いて二匹（ふたり）の前に立つ。

そこでようやく、何かがこちらに近付いていることに気付いた。元々、唯人の癖に何故か異様に気配に聡（さと）いジルだ。狼になったことでより感覚がより鋭敏化（えいびんか）しているのだろう。リゼル（兎）に関してしては、もはや気付いているのかいないのか。分からないので置いておく。

「ニィサンは放っときゃ良いけど、リーダーどうすっかなァ。抱きながらでも良いけど」

とはいえ、迷宮も難易度が上がる頃だろう。

まだ余裕があるとはいえ、万が一がないとは限らない。何せバグることに定評のある迷宮だ。先のトレントといい、油断はできなかった。イレヴンの言葉に「ただの狼に無茶ぶりするな」とばかりにジル（狼）が唸っている。

「リーダーどう」

する、と言葉は続かなかった。

振り返った先で、丸い尻尾がジル（狼）の前脚の間でもそもそと動いている。それに気付いたジルがお座りの体勢をとると、リゼル（兎）はもぞもぞと体を反転し、我が巣穴だとばかりに狼の腹の下に堂々と収まった。イレヴンとリゼル（兎）の視線が合う。

「……それでリーダーが良いなら良いけど」

イレヴンは神妙に頷いた。いざという時はジル（狼）がどうにかするだろう。

やや投げやり気味にそんなことを考え、そろそろはっきりと聞こえ始めた魔物の足音に双剣を構える。ジル（狼）が警戒を露に尾で床を叩き、リゼル（兎）はもひもひしている。

「メイル系かァ」

聞こえるのは、鎧(よろい)が地を踏む重量感のある音。イレヴンは嫌そうに呟いた。

毒も効かない、断つべき筋もない、動きは遅いがとにかく硬い。とにかく相性が最悪で、苦戦するとまではいかないものの酷く面倒くさい相手。そもそも時間のかかる戦闘が好きではない。

もひ
もひ〜

「こういうのニィサン得意なのに」

　得意も苦手も大差ないのだろうが、と今や狼になっている男を恨みがましく眺める。

　ピンと立った耳は通路の先を向いている癖に、その鼻先は脚の間に収まるリゼル（兎）へと向けられていた。もふりとくつろぎ体勢をとっている相手に、呆れているのか何なのか。当然ながら視線はスルーされてしまう。

「はァー、頑張ろ」

　イレヴンは肩を落とすように双剣をぶら下げ、直後に事前動作もなく駆け出した。

　魔物は既に目視できる距離まで近付いてきている。白銀の甲冑（かっちゅう）。動く鎧。メイル系というのはそういった魔物の総称だった。鎧にも様々なデザインがあり、お国柄が出たり階級が出たりと幅広い。冒険者ギルドが認めた最上位は将軍級（ジェネラル）と呼ばれ、とある迷宮のボスとして現れるという。

「関節に、鎖帷子（くさりかたびら）、仕込むなっつうの！」

　金属と金属が擦れる鋭い音が一瞬。次の瞬間には空の鎧の肘（ひじ）が音を立てて床に落ちる。

　メイル系としては中位だろう。しかし動けない程度にバラバラにしなければならない。イレヴンの腕力と技量を以（もっ）てして初めて一撃で断ち切れるそれを、今は一人で何体も相手にしなければならないのだから、本来の階層よりも難度は上がっているだろう。

「俺ヒーキされんじゃねぇの!?　全ッ然されねぇし逆だろコレ！」

　鎧の頭を蹴り落とし、ポーチから取り出した魔石（ませき）を放る。それは大口を開けた鎧の中へと吸い込まれ、中の何処かに当たって跳ねる音がした。直後、飛び退ったイレヴンの前で鎧が内側から破裂する。

「リーダーとニィサン攻撃されねぇし！　見向きもされてねぇし！　それは良いけどさァ！　守らなくて済むの楽だし！」

イレヴンの雄姿を眺めるリゼル（兎）とジル（狼）に剣を振り上げる鎧はいない。

通路に響く爆発音にジル（狼）は微かに鼻の頭に皺を寄せ、リゼル（兎）は心なしか垂れ耳を下げてもひもひしている。

「でもそれ！　おいてめぇ近寄んじゃねぇよ！　それ！」

そんな二匹(ふたり)の前に、一体の鎧が近付いた。

先程から何度か見られている光景だ。最初は唸っていたジル（狼）も、今では警戒しつつも特に反応しない。思い返してみれば、最初からジル（狼）には魔物への戦意がなかった。元はジルだと思えば異様だろう。

鎧は二匹(ふたり)の前に膝をつくと、鎧の中から何かを取り出した。それをそっとリゼル（兎）の前に置く。全く以て訳の分からない光景だ。イレヴンは思わず腹から叫んだ。

「勝手に食いモンやんじゃねぇよ雑(ざ)ァ魚(こ)!!」

リゼルへと差し出されたのは小さな木の実だった。

もそもそと木の実へ身を乗り出すリゼル（兎）を、ジル（狼）の前脚が器用に引き留める。不満そうに身じろいだ小さな体に、ジル（狼）は一度だけ鼻を鳴らしてその後ろ首をやわく噛(か)んだ。そのまま持ち上げ、のそのそと壁際へと移動していく。

そんな二匹の後ろで、イレヴンは鎧の金具を蹴りつけ、更に固定するベルトを斬りつけた。

「ここ獣人贔屓じゃねぇ！　獣贔屓！　さっき獣と獣人が違ぇって散ッ散話した後じゃねぇか空気読め！」

　思い切り剣の底を叩きつければ、形を失った空の鎧が崩れ落ちる。

「つうか獣と獣人ごっちゃにすんならちゃんと俺を贔屓しろよ！」

　慟哭を尻目に、壁際についたジル（狼）はリゼル（兎）を床に下ろしていた。先程と同じように覆いかぶさるように自らも座り、リゼル（兎）がもそもそと向きを直しているのを確認し、そのまま二匹はのんびりと鎧を殲滅していくイレヴンを眺める。

「あー、疲れた」

　そして行き場のない怒りを発散させ、多少はスッキリしたイレヴンにリゼル（兎）は抱き上げられた。そんなリゼルは、実のところ兎で再現できる範囲の人格は有している。よって精一杯労おうとしたのだが、相変わらずもひもひするしかできず、その労いも残念ながらイレヴンに伝わることはなかった。

* * *

　十二階層目。

　ようやく人に戻ったか、と喜々として振り返ったイレヴンの目の前には、いつか見た幼いリゼルと思春期真っ最中だろう年頃のジル少年がいた。

「もうムリ帰る」

　帰った。

145.

オルドルは、血縁上は弟である男のことを認めることができなかった。

大体おかしいではないか。何故訓練を受けた訳でもない子供が、幼い頃から血の滲む思いで剣を振るってきた自身より勝るのか。それも二月も経たぬ内に。あまりにも信じがたく、けれど敗北という形で突きつけられ、自らの努力が全て否定されたような気がした。継ぐべき騎士団統括の任を背負うことなど不可能だという烙印を押された気がした。自身の価値の一切を失った気がした。

才能や天才という言葉は、努力を怠る人間の言い訳だと思っていた。

努力を厭う人間が、努力を重ねる人間へと向ける蔑称であると。オルドル自身も言われたことがある。欠片も嬉しくなどなかった。怒りすら湧いた。けれど、それは確かに存在するのだと。それを認めるには、きっと心が幼すぎたのだろう。

これが生来共にいる弟なら話は違ったのかもしれない。

けれど相手はポッと出の庶子であった。オルドルは突きつけられた理不尽に正当に抗おうとし、極々自然な流れで弟を妬み、誰しもそうするように自身らを比較する周囲を疎んだ。だが、先の邂逅の際にリゼルを以てして「当然だ」と称されたその感情を、彼自身は幼い頃から恥ずべきものだと自ら戒めた。

そうして追い詰められるも、厭うた存在が姿を消してからは心も徐々に落ち着きを取り戻していたのだ。けれど、再び前触れもなく目の前へと姿を現した男によって、それは崩壊した。

「君は高潔に過ぎる」

「それが騎士として正しい姿でしょう」

オルドルは極めて平静にそう返した。

目の前には窓から差し込む茜色(あかねいろ)に金の髪を煌かせ、揶揄(からか)うように笑うレイがいる。二人はソファに腰かけて向かい合い、いかにも事務的なやり取りといった風体で言葉を交わしていた。

「侯爵からは?」

「……客人への無礼、その一点だけは」

やや目を伏せる。

考えに耽(ふけ)るのは建国祭(けんこくさい)の最終日に行われたパーティーでのこと。貴族が贔屓にしている実力者を見せびらかす為の催し。あの場において、冒険者達はれっきとした招待客だ。オルドルの父はそのことのみを叱咤(しった)し、ジルベルトの存在について一切触れなかった。

それは、「関わるな」と言われるよりも余程強く決別の意味を込めていた。一切の関わりを断ち、あるべき情はなく、良いも悪いも無に帰(き)し、ただ他人に戻っただけなのだと告げていた。

「私が未熟であっただけだ」

オルドルは真っすぐに前を見据えながら告げる。

「やれやれ、君は本当にストイックだな」

レイが肩を竦めた。まるで役者のような仕草だった。

騎士の統括と、憲兵の統括。それらの任に着く両者は今日のように顔を合わせることも多い。その度に同じ感想を抱く。オルドルが過去から今まで見てきた男は、いつだってこうだった。

「〝あいつの所為だ〟と言うほうが楽だろうに」

親しげな雰囲気と快活な口調で近づき、楽しめる何かを探すように底知れぬ瞳で相手を見るのだ。気を許せるはずもない、と少しも緩んでいない姿勢を改めて正す。

「私を愚弄するか……ッ」

「いいや？」

顔を顰め、唸るように告げるオルドルにも彼は萎縮することはない。

笑みを深め、落ち着けとばかりに軽く両手を上げるのみ。

「肩の力を抜いたら良いと、そう言うつもりだったのだけどね」

「……言葉遊びも大概にしていただきたい」

「君はもう少し言葉遊びを楽しみたまえ」

これだから合わないのだ。

オルドルは自らを落ち着けるように短く息を吐き、ゆっくりとした動作で立ち上がった。

「客人のお帰りだ。見送りは必要かな？」

「結構」

控えていた老齢の執事長が扉を開ける。

背後から聞こえる笑い声に、苦虫を噛み潰したような顔をしたくなるのを隠し、開かれた扉を潜った。整えられた廊下はシンとしている。後ろを歩く執事長と己の靴音のみが響いていた。視線を微かにずらせばすぐに、壁に飾られた幾つもの絵画を見つけられる。

「(迷宮品、か)」

冒険者によって齎（もたら）される、唯一無二の絵画たち。

その特性故に愛好する貴族も多く、レイはその最たる存在だろう。

「(冒険者……)」

今も恨んでいるのだろうか、とオルドルは自問する。

もはや、世の理不尽を知らぬ幼子ではない。いるのだ。人が十年かけて辿り着く域に、容易に辿り着いてみせる者が。決して人に辿り着けぬはずの域に至れるのは全く意味が分からないが。

「(ともあれ、二度と会うこともない)」

オルドル本人も意識してはいなかった。

けれど、まるで肩の荷を下ろしたように彼の張り詰めた表情から力が抜ける。

『選んで』

穏やかな声と清廉（せいれん）な瞳を、オルドルは今でも時折思い出す。

あの時は答えられなかったが、今ならばきっと答えられるはずだ。自分はジルベルトとの一切を断とう。そうすることできっと楽になる。楽になって良いのだ。元々、侯爵家を失うことなど選べるはずがないのだから。背負うことを望み、目標とした、誇りなのだから。

「（ならばあの問いは、私への）」

思いかけ、自嘲する。だが、心は今までで一番軽かった。

先行した執事長が玄関の扉を開く。浮かんだ自嘲を隠すように、オルドルは差し込む夕日に目を細めた。それも一瞬のこと。すぐに騎士に相応しい毅然とした足取りで歩を進める。

「（今更だ）」

これ以上考えることに意味などない。結論づけ、待たせている馬車へと向かう。

すると、ふいにレイの屋敷の門前に馬車が止まるのが見えた。客人か、と内心で呟いて歩きながらも軽く襟元を直す。擦れ違うだけとはいえ、気の抜いた姿は見せられない。

「……？」

だが、すぐにオルドルは訝しげに眉を顰めた。

馬車から現れたのは、とても子爵家を訪ねるようには見えない面々だった。青年が一人と、子供が二人。徐々に近づいてくる姿恰好も見慣れない。そのまますれ違おうと互いに歩み寄る。

そして近付いてきた姿にオルドルは絶句した。

「な」

「ん？」

赤髪の獣人がこちらを見る。オルドルはその顔に見覚えがあった。あの夜、嘲りを隠さずにシャンパンを飲み干した獣人。その腕には何故か幼い子供が抱かれている。その違和感のある組み合わせに、騎士として剣を抜くべきかどうか瞬時に思考を巡らせる。

「何か見たこと……あー、ニィサンの兄貴」

納得したように頷いた獣人の視線が隣へ移った。

その視線の先には一人の少年の姿。年の頃は十代前半か。可愛げが残るはずの年齢に反してガラの悪さばかりが目立つ風貌に、オルドルは目を見開く。剣の柄に伸びかけた手が固まった。

「あ、でも絶縁してっし違うか」

「あ？」

その少年の瞳が鬱陶しそうにオルドルを捉え、そして。

「ジルベルトォォオオーーーーーーー‼」

イエス、オルドル・トラウマ・ドストライクだった。


それは、オルドルが人生初の絶叫を披露する数時間前のこと。

迷宮帰りの馬車は、血と泥に汚れた冒険者たちで賑わうものだ。ある者は戦果を誇り、ある者は至らなさに肩を落とし、八つ当たりし、迎え撃ち、それを煽り、あるいは喧しいと怒鳴り、とにかく絶えることのない喧騒に溢れている。だが今日に限っては例外だった。

「イレヴン、つかれた？」

何故こんなことに、とざわめきながらも問いかける者はいない。とにかく疑問しかない。目を逸らそうにも無意識にそちらを窺ってしまう冒険者たちの前には、座席に並んで座る三人の姿があった。

「普通さァ……戻んじゃん、迷宮出たら」

一人は目が荒んでいた。これは冒険者としては珍しくない。

「んー」

その膝に乗せられ、やけに見覚えのあるような幼子が肩口に顔を埋められていた。年の頃は四歳か五歳か。子供に縁のない冒険者らには分からないが、子供というよりはとにかく幼い。

「……」

その隣で人一人分のスペースを空け、やけに見覚えのある、やけに歴戦の強者らしき雰囲気を纏う少年が不機嫌そうに座っていた。こちらはおそらく十代半ば、あるいは発育の良い十代前半か。背の成長に筋肉量が追いつかず、鍛えられながらも年相応の体つき。しかし纏う空気により弱々しさは全く感じさせない少年だった。

「……だから攻略すりゃ良いっつったろ」

絶妙なバランスで強者の風格を醸す少年が、窓の外を眺めたままぽつりと呟く。

「はァ?」

幼子に埋めていた顔を微かに持ち上げ、イレヴンが視線だけを隣へと流した。漏らした声は低い。

咄嗟に動いた幼子の腹へと掌を回し、伏せていた頭をゆっくりと起こす。

「言うこと聞かねぇガキつれて？　勘弁しろよ」

「あ？」

少年が顔を顰めてイレヴンを見る。にわかに馬車内の空気が張り詰めた。

命がけで魔物と戦う冒険者らにとっては慣れた空気だ。慣れたものだが、いざとなれば誰かが止めるような普段の喧嘩とは訳が違う。もし本当に両者が周囲の予想どおりなら誰も止められないのだから。やはりこれは、そういうことなのだろうか。

止められるとしたら唯一人。周りの視線が自然とイレヴンの膝に座る幼子へと集まる。

「?」

だが、幼子は不思議そうにイレヴンと少年を見比べるのみ。それもそうだ。

「ジル」

しかし、何かがおかしいと気付いたのだろう。抱かれた膝から身を乗り出すように、小さな手が少年へと伸ばされた。その手が少年の服を握ろうとする寸前。

「触んな」

手の甲で除けるように阻まれた。

やや乱暴な仕草に、ぐらりと幼子の身体が揺れる。前のめりに体勢が崩れ、頭から椅子へと倒れそうになりながらも幼子は見た。少年の唇が、咄嗟に何かを紡ごうと開きかけるのを。

だが直後、幼い体がぐんっと後ろに引き寄せられ、その唇は不快そうに歪んで閉じられた。

「おい」

幼子の後ろから聞こえるイレヴンの声。顔は見えない。

幼子の肩越しに手が伸びた。大人の手。無作法者へと叩きこまれようとする掌は、持ち上げかけていた少年の手に舌打ちと共に払いのけられた。何かを弾いたような鋭い音に、幼子の肩がびくりと跳ねる。

イレヴンは少年をへし折ろうとしていた手で彼の胸倉を摑んだ。

「調子乗ってんじゃねぇよガキ」

「……ァア？」

何故リゼルが大きいままでいてくれなかったのかと、青い顔をした冒険者らは睨み合う二人から必死に目を逸らしながら思う。いっそ馬車が急停止でもして空気を変えてくれないだろうか。だが残念ながら、今乗っている馬車の御者は御年六十五になるベテラン御者。喧嘩が起ころうが魔物が来ようが、一切気にせず朗らかに馬を走らせることに定評のある大御所だ。空気など読んでくれない。

「……」

「「「（あーあーあーあー）」」」

一瞬で険悪になった雰囲気に、不安そうな幼子が徐々に俯いていく。

その姿には思わず冒険者らも視線をやらずにはいられない。子供と接する機会など全くない冒険者。彼らは子供好きらしい子供好きでもない癖に、何となく居た堪れない気持ちになっていた。親に本気で怒られている子供を見る気分、というのが近いだろうか。

その時、彼らの祈りが天に届いたのか、あるいはただ単にタイミングが良かったのか。少しの揺れと共に馬車が止まり、扉が勢いよく開け放たれる。

「あーーーつっかれ………うぉッ!?」

疲れている癖にやかましく騒ぎながら入ってきたのは、年若い四人の冒険者だった。

「何この空気……あっ、子供いんじゃん子供ーッ」

「おい何、おっ、ちっせぇなぁーっ」

「ちょ、早く見せろって……おおっ、育ち良っさそ！」

　乗車してきたのは最近そこそこ良い感じ、と噂されているアインたちだった。

　最初こそ普段と違う雰囲気に気付いたようだったが、既に忘れたようで賑やかに盛り上がっている。他には目もくれず、迷宮巡りの馬車には場違いな幼子に興味津々で近付いていく。

「飴（あめ）あったっけか、お、チョコあった。これ食べる？　美味いぞー」

「こんな馬車でどした。冒険者の兄ちゃんたち見にきたか？」

「どーだ、格好良いだろぉ」

　座席付近がやけに空いているのも気にせず、アインたちは幼子の前でガラ悪くしゃがみ、あるいは屈（かが）みながら構い始める。馬鹿って凄ぇなぁ、というのはそれを目撃した冒険者らの談。馬車は車内の様子を省（かえり）みることなく再び走り始めていた。

「ほら、手」

　にっと笑って包まれたチョコを摘（つま）んだアインに、幼子が両手を差し出した時だ。

　その掌に落とされたチョコがふいに横から奪われる。幼子がきょとんとする前で、喧嘩を売られたと判断したアインが顔を顰めながら視線を上げた。直後、驚愕（きょうがく）に立ち上がる。

「安モンで餌付（えづ）けしようとすんじゃねぇよ、雑ァ魚」

「てめ……ッ」

　何のつもりだ、と言いかけた途端にその隣が目に入った。

「……は？」

思わずポカンと口を開けながらアインがそちらを見れば、ガラの悪い顔を更に悪くしながら一人の少年がこちらを見ていた。不愉快そうな視線。既視感のある顔立ち。弱者を縫い留めるような強者の気配。何よりアインたちも〝迷宮だから仕方ない〟を知る冒険者の一組。

ならばその可能性に辿り着かないはずがない。パーティ四人で意味もなく視線を交わす。

「……つーことは」

見下ろせば、不思議そうな幼子の瞳が真っすぐにアインを見上げていた。

「…………リゼルさん？」

「はい」

ふわふわと微笑む幼い顔は、頬を微かに染めて嬉しそうだった。

それは同行者二人の喧嘩が収まったから。それに気付いたイレヴンがバツが悪そうにその小さな手をにぎにぎしたのも、隣に座る少年が舌打ちを零しながら窓の外に視線をやったのも、大きすぎる衝撃の事実を受けたアインたちには知る由もない。

「うっわうっわ！　マジか！」

「そりゃ育ち良さそうなはずだわ」

「小っせぇー！」

すぐさまリゼルを囲んで騒ぎ始めた若者たちに、他の冒険者らは「馬鹿って怖いモンねぇなぁ」ともう一度呟いた。なにせイレヴンは馴れ馴れしいと既に半分キレていたし、ジルは不機嫌丸出しでガンをつけていたのだから。

そして今、イレヴンはレイの屋敷で堂々もてなされていた。

「王都着いてすぐ馬車捕まえてさァ、知り合いの道具屋行ったらいいねぇし。誰に断って出てんだっつうのタイミング悪ィな」

「それで私の所に来たんだね」

ただ今仕入れに出ております。また後日ご来店ください。幼いリゼルを預けるのに最も安全かつ、最高の世話を期待できる店にはそんな貼り紙が貼られていた。それを思い出しつつ、イレヴンは用意された食事に食らいつきながら文句を零す。

それに対し、光栄だとばかりに酷く楽しげに笑うレイの膝の間には、両手でカップを握ったリゼルがちょこんと収まっていた。小さな頭をレイの手が時折撫でる。慣れた手つきだった。

「随分と可愛らしくなったね、リゼル殿」

レイは飲み終えたリゼルのカップを取り上げると、その小さな掌をゆるく握り込んだ。

リゼルが不思議そうにレイの顔を仰ぐ。快活さは鳴りを潜めた、柔らかで親しみを込めた笑みに見下ろされていた。少しばかり目を瞬かせていれば、黄金の瞳がふと違う方向へと逸らされる。

「それに比べて、君はヤンチャ盛りかな？」

「あ？」

同じく食事に食らいつきながらレイを睨みつけるのは少年姿のジル。少年というには発育が良いが、育ち盛りであることに変わりはない。彼は運ばれてくる食事、その中でも肉料理ばかりに手を伸ばす。その勢いは暫く止まりそうになかった。

「はー、食った」

ふいにイレヴンが腹をさすりながら立ち上がる。

料理が運ばれてくる傍から食らいつくした彼の前には空の皿が積みあがっている。ひとまず詰め込むだけ詰め込んで満足したのだろう。イレヴンはクッキーの皿に手を伸ばすリゼルに歩み寄り、戯れにその手を掬い上げた。

「じゃあリーダー、俺迷宮行ってくんね」

「……ごめんなさい」

「何で謝んの」

可笑しそうに目を細め、イレヴンが上体を屈める。そうして皿から一枚のクッキーを摘むと、それをリゼルの掌に載せてみせた。大きな瞳が見上げてくるのに唇の端を吊り上げる。

彼は自らの顎を指先でノックし、顔をリゼルへと近づけた。

「なんか気にしてんなら、それで許したげる」

ぱかりと口を開いてみせれば、リゼルは嬉しそうに破顔した。

イレヴンは嬉々として差し出されたクッキーをゆるく咥え、さてとばかりに背筋を伸ばす。上機嫌に咀嚼しながらリゼルの髪を梳き、飲み込むと甘さの残る唇を二股の舌で舐めた。

「いってらっしゃい、イレヴン」

「ん、良い子にしてて」

ふわふわと微笑むリゼルを全力で惜しみつつ、イレヴンはようやくその相手を振り返る。

背を這うような視線が射抜くのは、リゼルから最も離れたソファに座るオルドルだった。

オルドルは表情を変えぬまま静かに目を伏せる。彼は帰るタイミングを完全に逃していた。

「あんたも」

「彼を害する理由もない」

「あっそ」

望む答えだろうに、イレヴンはつまらなそうに返しながら腰の剣を調整する。なにせこれからもう一度迷宮だ。若返ったジルとリゼルを連れて迷宮を探索するよりは、一度王都に戻ったとしても一人で攻略したほうが楽だと判断した。よってイレヴン一人での再出発である。

「〝獣人贔屓の迷宮〟だろう？ 君一人のほうが楽かもしれないね」

「つうか唯人こきおろし迷宮？」

流石にそんな名前は嫌だと今の名前になった可能性も否めない。イレヴンはそんな身も蓋もないことを考えながら、ひらひらとリゼルに手を振って扉へと向かう。

「まぁ楽っちゃ楽なんじゃねぇの」

なにせ獣人贔屓だ。唯人がいてこその贔屓、つまり獣人だけだと贔屓がなくなる。極々普通の正統派迷宮になる。イレヴンとしてはよく分からない贔屓などないほうが嬉しいし、普通な迷宮ならば苦戦するような階層でもない。一階層だけ攻略するだけなら、早々に帰ってこられるだろう。

「未来の最強は連れていかないのかい？」

「んなおキレーな剣見んの好きじゃねぇし」

それだけ言い残し、イレヴンは扉の向こうへと姿を消した。

レイの膝の上でそれを見送ったリゼルが、言い残された張本人へと視線を向ける。ローストビーフの皿を持ち、黙々と食べていたジルも手を止めてリゼルを見た。

「きれいって」

「褒めてねぇよ」

顔を顰め、舌打ちをする姿にリゼルは何も気にせず上を仰いだ。

「ししゃく？」

「さぁ、私も剣には詳しくなくてね」

色濃く煌いた黄金の瞳が、笑みを描きながらリゼルを見下ろしている。そんな美しい瞳の持ち主は、幼い顎へと触れたかと思うと優しく力を込めた。導くように己を見上げるリゼルの顔を正面に向け、顎を撫でた指先がゆっくりとオルドルへと差し出される。

「聞いてごらん」

「おい」

ふいにジルから声が上がった。気に入らなそうな、不満そうな、嫌そうな、文句をつけるような、いかにも威嚇(いかく)らしい声だった。牽制(けんせい)を隠そうともしない姿を、珍しいとレイは笑う。

彼の膝の間で身じろぐリゼルが、拗ねたような上目でジルを見た。

「ジルが、おしえてくれなかったのに」

「だからってそいつに聞くなよ」

「ききます」

「聞くな」

ああ、楽しい。そうレイは肘置きに肘をつきながら肩を震わせる。

それを尻目に、オルドルはうろうろとリゼルとジルの間で視線を泳がせていた。

「私は別に」

「聞いてねぇよ」

彼が口にしかけた言葉は、ジルにより一顧だにせず切り捨てられる。

オルドルは複雑な感情を抱きながら口を噤んだ。彼自身、驚くほどに憤りはない。あるのはそんな己に対する戸惑いと、何故若い姿になっているのかいまだに理解ができない戸惑いと、更に幼くなった穏やかな貴人が期待するようにこちらを見ている戸惑いと、そして戸惑いだった。ようするに状況についていけていない。迷宮に慣れた冒険者でなければこんなものだ。

「じゃあ、ジルが」

「嫌だ」

うんざりしたように、顰めた顔で一音ずつ告げられたそれにリゼルは少し俯いた。

「……はずかしがりや」

「んだとオイ」

ぽそりと呟かれた不名誉にジルの額に青筋が浮かぶ。そうすると生来の圧倒的強者らしい印象が増し、とにかくガラの悪さが引き立った。少年であるジルと同年代の子供でさえ、それを見れば声も出せずに脱兎(だっと)の如(ごと)く逃げるだろう。

けれどリゼルは、構ってもらえた幼子のように口元を緩めた。自らを包み込むように座るレイに背を埋め、すぐ隣で肘をついている腕に隠れるように顔を寄せる。

「んー……ふふっ」

大きな掌が自らの頭を撫でるのを感じながら、リゼルはくすぐったそうに笑みを零した。

「おい」

「まぁまぁ、落ち着きなさい。ジル」

本気ではない苛立ちに声を荒げかけたジルへ、そろそろ止めようとレイは口を挟む。

「……馴れ馴れしく呼んでんじゃねぇよ」

「おや、すまなかったね」

レイは一瞬、意外だとばかりに瞠目(どうもく)した。しかしすぐに笑みを深める。

今までもそう呼んでいたのだ。貴族だからと遠慮するジルではないのだから、本気で呼ばれたくないのなら最初に拒否していただろう。今更馴れ馴れしいなどと口にするはずがない。

思い出すのは以前パーティーで耳にした生い立ち。そして目の前に座る少年を見れば、成程。オルドルの実家へと引き取られていた年頃で、ならば今の彼は〝ジルベルト〟なのだろう。

「君は話したくない。リゼル殿は知りたい。ならば、君以外で唯一説明できる彼に頼むしかないだろう？」

「だから、」

「君がオルドル殿を気に入らないのは、この子には関係がない」

悠然と告げられ、ジルは反論を全て押し込めた全力の舌打ちで返事をした。そのまま手元のフォークを卵の色が鮮やかなオムレツへ突き刺し、トマトソースを纏わせて口の中へと押し込む。極限まで顔は顰められているものの、勝手にしろということなのだろう。

「ジル、それ、おいしいですか？」

「……普通」

渋々ながらも返事があったことに嬉しそうに笑ったリゼルが、背筋を正して好奇心も露にオルドルと向き合った。少し首を傾げ、問いかける。

「えっと、きれいって」

「あ、ああ」

ひたすらリゼルとジルを見比べていたオルドルが、戸惑いつつも口を開いた。彼はいまだに帰るタイミングを掴めていない。もはや自分でも何故この場にいるのか分からなかった。

「ジルベルトに剣を教えたのは引退した騎士だからな」

騎士の本家本元、その侯爵家へと引き取られたならそうなるだろう。

父親であった侯爵が本気でジルを騎士にする気があったのか。それは今となっては不明だが、かの家では必須の教養であったのは間違いない。自然な流れで剣を握らされる。

「騎士は、まず徹底的に型を仕込まれる」

「かた？」

「不要なものをそぎ落とし、動きとして完成された動作だ」

型を実戦的でないと言うのは、武術に関わったことのない者だけだ。

最も効率的な動きが、最も実戦的であるというのは言うまでもない。繰り返し習練された型は無意識下に刷り込まれ、無心の内に振るえるようになる。

「受ける攻撃に合わせ、最良の型で迎え撃つ。……極端な言い方をすれば、それだけで済む」

勿論タイミングや戦術的な瞬発力など、実戦で鍛えねば身につかないものは多い。聞いただけなら簡単そうにも思えるが、その境地に至れる者など滅多に現れない。だがジルはそれをやる。できるからだ。

「遊びがないと、あの獣人は言いたいのかもしれない」

言葉を選ぶように説明を終えたオルドルは、どこか居心地が悪そうに目を伏せた。

何かに戸惑うように手を組んだ指を遊ばせる。今はもう、直ったと思っていた癖だった。

「おこらないんですか？」

「……は」

オルドルは弾かれるように顔を上げた。

レイの腕の中、興味深そうに聞いていたリゼルが不思議そうにこちらを見ている。

「好きじゃないって、いわれたのに」

イレヴンは決して褒めてなどいない。嘲りすら含んでいただろう。そんな作業的な戦い方で楽しいのかと。魔物との戦いを、対人の枠に無理矢理押し込んで何の意味があるのかと。

当然、それはイレヴンの好き嫌いだ。幾年もの時をかけ、幾人もの先人を経て、そうして洗練されてきた動きは美しく素晴らしいに決まっている。だからこそ、良いのかと問いかけるのだ。

「えっと」

ことり、とリゼルの首が倒れる。

「ぼうけんしゃごとき、は？」

その言葉に、オルドルの頭がおもむろに下がっていく。不思議そうだったり面白そうだったり鬱陶しそうだったりと、そんな三人の視線が集まるなか。下がり続けた頭はついに、膝の間で所在なさげに組まれていた両手に到達した。そこに額を押しつけ、顔も上げられないまま数秒。唯一見える耳からは気の毒なほどに血の気が引いていた。

耐えきれず、耐える気もないレイの快活な笑い声が部屋に響く。

「これは珍しいものを見た！」

「だっせ」

「だいじょうぶですか？」

「ああ、……いや」

本来のオルドルは冒険者を蔑視したりはしない。

対人に特化した騎士とは違い、魔物の専門家として彼らを正当に評価している。無論、素行の悪さに不快感を抱くことはあるものの、冷静な状態ならば決して口にしない言葉だ。つまり、それほどに平静を失っていたということ。そんな己の未熟さをピンポイントで抉ってきたのが、本来ならば騎士として好感を抱くべき幼子なのだからやり切れなかった。

オルドルは息を呑み込み、深く吐き、そして覚悟を決める。

「その節は、すま」

直後、激しい衝撃音が空気を震わせた。

「いらねぇよ」

テーブルを蹴り上げた足をそのままに、ジルが吐き捨てるように告げる。

音と同時に顔を上げたオルドルは目を見開いた。向けられる敵意に呆然とジルを見る。

「落ち着きなさい、と言っただろう。リゼル殿が驚いているよ」

しきりに目を瞬かせるリゼルの肩を抱き、レイは窘めるようにジルへと言い聞かせた。

ジルはそれに鬱陶しそうに眉を寄せながらも、向けられたアメジストを一瞥して足を下ろす。

「……来い」

「ジル」

両手を伸ばしたリゼルに、応えるようにジルも片手を差し出した。

彼はレイに持ち上げられたリゼルの襟首をぞんざいに摑まえ、自分の隣へ下ろす。横目で見下ろし、細く柔らかな髪を拙い手つきで掻き混ぜ、彷徨わせた視線でフルーツの盛り合わせを見つけると手に取った。

「おら」

「ありがとうございます」

ジルとしては機嫌をとっているつもりだろう。だがリゼルはビックリしただけなので何も気にしていない。ご機嫌とりの意図に気付かないまま、普通に喜んでフルーツを受け取っている。

「膝の上に乗せてあげないのかい？」

「乗りてぇならくるだろ」

「さっきは、さわるなって言いました」

「お前もしつけぇな」

オルドルは呆然とその光景を眺めていた。

彼の知るジルベルトと、目の前のジルベルトが繋がらない。全てが違う。侯爵家にいた頃は、敵意を向けられたことなどなかった。それどころか、苛立ちも、嘲りも、今日この僅かな間に向けられた何もかも。それらを向けられたことなど、過去の数年では一度もなかった。

むしろ今の姿は、本来の大人であるジルに近い。

「（随分と、違う）」

早朝から深夜まで、最低限の義務以外の全ての時間を剣に使っていたことを知っている。それはまるで研ぎ澄まされた武の化身のように、剣以外の一切に関心を向けることをジルはしなかった。

オルドルは迷宮の知識などほとんど持たない。けれど理解できてしまった。

ジルはあの頃に戻ったのではなく、今のままで幼くなったのだ。

「(……………変えたのは)」

オルドルの視線が、てしてしとジルの脚を叩いて一口寄越せとねだっているリゼルを捉える。それだけで、牽制するように一瞬投げつけられた灰銀。原因など考えるまでもなかった。

ジルはリゼルを適当にあしらいながらも、最後の一口になってようやく小さな口へとスプーンを突っ込んでいる。オルドルはそんな二人の姿から目を伏せ、不思議と凪いだ思考で考える。

「(我が忠誠は我が王に)」

それは揺るがない。しかし。

「(ああいう形も、あるのかもしれない)」

出されたまま冷めた紅茶をゆっくりと飲み干した。

もうそろそろ帰っても良いだろうかと、そんなことを思いながら。

オルドルが何とか帰るタイミングを得たのは、それから三十分後のことだった。リゼルが見送りたがったので、苦々しげなジルと、当のリゼルを抱き上げたレイも揃って玄関へと出向いている。

奇妙な光景だなと、オルドルは微かな困惑を抱えながら扉の前に立った。

その時、リゼルがレイの腕の中でもぞもぞと動く。その訴えに気付いたレイに床に下ろされ、オルドルへと歩み寄ろうとして、途中でジルの指先を襟に引っ掛けられて小さな体はやむなく止まった。

「……一つだけ、聞かせてほしい」

そんなリゼルに、オルドルのほうから歩み寄る。一歩、二歩と近付き、片膝をついて幼子と向き合った。それでもまだ見下ろさなければならない。

澄んだ瞳を真っすぐに見据え、覚悟を決めたように問いかける。

「あの問いは、私への救いでもあったのだろうか」

それは、救われたのだと言ったようなものだった。

幼子にその記憶があるのかなど分からない。しかし聞いておきたかった。ぱちりと瞬いたアメジストに柔らかな髪がかかりそうだ。直してやろうと無意識に差し出しかけた手を、触れる寸前に静かに引いた。目の前の唇がゆっくりと開く。

「たぶん、ちがいます」

「そうか。違うか」

オルドルは神妙に頷いた。

「なら、見送りは別離のためか」

「？」

「いいや」

オルドルの唇に、薄っすらと笑みが乗った。

恐らくもう二度と会わないだろう。毒を飲み干した赤い獣人にも、穏やかで清廉な貴人にも、劣等感に苛まれた最強にも。心は不思議なほどに晴れやかだった。

「関係を断つと言っておきながら、今日はすまなかったな」

腰を上げかけたオルドルだったが途中で動きを止める。幼い手がオルドルの袖を掴んでいた。中

ぐいっ

腰のまま見下ろせば、きょとんと己を見上げるリゼルの姿。

「おい」

襟にかかりっぱなしになっているジルの指に力が籠もる。

だがリゼルはそれを気にせず、不思議そうに口を開いた。

「どうして、あやまるんですか？」

「どうして、とは」

質問の意図が分からず、鸚鵡返(おうむがえ)ししたオルドルにリゼルはふわふわと微笑んだ。

直後、ボワンッとやけに濃い煙がリゼルとジルを包む。何故かやたらとキラキラしていたり虹色に光ったりしている煙に、オルドルはぎょっとしたように半歩下がり、反面レイは目を輝かせながら半歩身を乗り出した。

「侯爵家としての貴方には関わりを断っていただきましたが、個人の貴方が一から交流するのなら何も言いませんよ」

幼気(いたいけ)な声は消えて落ち着いた声へ。煙の中から現れたのは、いつかの夜に見た貴族然としたリゼルだった。その後ろには訝しげに立っているジルの姿もある。

微笑んで言い終えたリゼルは、ふと口を閉じて不思議そうな顔をした。今初めて気付いたようにオルドルを見て、その袖を掴む自らの手に気付き、一度だけ目を瞬かせて布地を離す。

「俺、今何か言ってました？」

あれ、と自らの口元に触れたリゼルに、こちらも何故その襟を引き寄せているのか分からないジルが顔を顰めていた。指を外し、その目でオルドルを見つけ、微かに眉間の皺を深くする。しかしすぐに興味を失ったように視線が外される。

　オルドルの口元が引き攣った。

「…………交友を持つのは、遠慮しよう」

　オルドルとて友を選ぶ権利はある。互いに切磋琢磨（せっさたくま）する真面目な友人が好ましい。

　やはり二度と会うことはなさそうだと、すっかり暗くなった空の下をオルドルは馬車に揺られながら帰った。この日以来、彼は周囲から「雰囲気に余裕が出てきた」「初めて笑う姿を見た」などと囁（ささや）かれることとなる。


　その後、リゼル達は無事に帰ってきたイレヴンと共に夕食をご馳走（ちそう）になっていた。

「いや、迷宮というのは本当に素晴らしい！」

「あー、つっかれた……移動長（なげ）ぇとめんどくせぇ」

「お疲れ様です、イレヴン」

　レイは終始喜びっぱなしだ。摩訶不思議な迷宮品に興味のある彼は、目の前で直に迷宮の神秘を見られて酷く感動したのだろう。本来ならば格上への持て成しにも使えるだろう酒を惜しみなく大放出してくれていた。

　リゼルはというと、ひたすらイレヴンを労おうと感謝を込めて酌（しゃく）をしている。

「リーダー兎になるし」

「もうちょっと、こう、格好良いのが……」

「ニィサン狼になるし」

「好きでなってんじゃねぇよ」

リゼルもジルも、兎や狼になっていた時の記憶は割と残っている。

何か伝えたいことがあっても、もひもひとしかできなかった兎。右を指さそうとしたら何故か右後ろ脚がターンッとなった兎。その他兎。何故か兎。もひもひ。

ジルは二度目なので諦めていた。それなりに意思疎通のできる狼であったことが大きい。

「その絵画はないのかい？」

「んーなポンポン欲しい絵画出ねぇよ」

今にも言い値で買おうと言い出さんばかりのレイに、イレヴンは鬱陶しそうにひらひらと手を振る。次々とグラスを空け、料理を掻っ込み、思う存分苦労を癒やしていた。

「ニィサンはガキになっても可愛くねぇし」

「てめぇに言われたくねぇよ」

少年という年頃がイレヴンとは致命的に相性が悪かった。小さくなった二人を連れてその階層を突破したほうが恐らく早かったのだろうが、馬車で往復する手間を含めてもイレヴンがそれを避けたぐらいには悪かった。こればかりは仕方ない。

ちなみに自分が小さくなっていたと聞いた時のジルは、今まで色々体験してきただけに一瞬目が死んでいた。

「ちっこいリーダーとは全然一緒にいれねぇし」

「大きいほうで我慢してください」

リゼルは苦笑し、スフレオムレツを切り分けてイレヴンへと差し出した。

それなりに大きなオムレツが二口で消える。たくさん動いたのだ、空腹なのだろう。

「こんだけ頑張ったんだからさァ」

イレヴンがふと食事の手を止め、腰に手を回してポーチから何かを取り出した。大きくも小さくもない額縁。レイの瞳が期待に輝いた。それはイレヴンの膝の上に立てられ、もったいぶるように裏返しの状態からゆっくりと反転していく。

「出し惜しみされちゃ割に合わねぇよなァー」

「言い値で買おうじゃないか!!」

絵画の中には、一匹の巨大な狼がいた。その前脚の間に収まった兎が一羽。一緒に描かれているのは鎧の魔物で、狼と兎の前に膝をついている。迷宮内とは思えぬ光景はそのまま希少価値と繋がり、大興奮のレイによってすぐさま買取交渉が始まった。

イレヴンに有利すぎる交渉を尻目に、リゼルとジルは盛大に疑問を抱きながら絵画を眺める。

「何で餌付けされたんでしょうね」

「知らねぇ」

〝獣人贔屓の迷宮〟の謎(なぞ)は深まるばかりだ。

146.

普段からマイペースなリゼル達だが、時には互いに気を遣うこともある。

ボコリ、ボコリと重く泡が弾ける音。流動する灼熱（しゃくねつ）はまるで地が蠢いているかのようだ。赤く、黒く。近付けば触れずとも肌を焼くだろうマグマは力強く、大地の生命力をそのまま具現化したように思わせる。

「前も思いましたけど、落ちたら終わりですよね」

立ち上る熱気に顔を晒しながら、リゼルとイレヴンは眼下のマグマを見下ろしていた。

この迷宮に来るのは二度目。一度目は、リゼルとジルが二人パーティだった頃に訪れている。

「や、意外とそうでもねぇんスよ」

イレヴンが足元にある小石を蹴り落とせば、所々に存在する飛び岩に当たって音を立てる。跳ね返った小石が赤に呑み込まれる水音がリゼルの耳に届いた。落ちそうになって絶体絶命の冒険者は、根性でこれらの飛び石に飛び移って難を逃れるのだ。

「滅茶苦茶あっついし、ひっどい火傷（やけど）するけど死にはしねぇって」

「そうなんですか？」

落ちたことないけど、と付け加えるイレヴンも他の冒険者から聞いたのだろう。

物凄く熱いならやはり落ちたくないな、とリゼルは頷きながらもう一度マグマを見下ろした。本物のマグマではないのだろうか。どう見ても本物にしか見えないが。そんなことを考えながら、イレヴンの真似(まね)をして靴先で小さな石を手繰(たぐ)り寄せてみる。

「おい」

「あ、すみません」

慣れないながら、何とか石をつま先に置いた時だ。それを蹴る前にジルから声がかかった。

見下ろしていた顔を上げ、数歩先に立つジルを見れば、ガラの悪さが二割増しだった。

「早く抜けましょうか」

「ああ」

微笑めば、常より心なしか低い声で返答がある。

「(うーん)」

「(機嫌わりぃ~……)」

リゼルとイレヴンは内心呟き、片や仕方なさそうに笑い、片や引き攣った苦笑いを零す。

リゼルは先を歩くジルに続いた。さりげなく隣に並んだイレヴンが、トン、と肩を寄せてくる。

どうしたのかと視線だけを向ければ、何とかしてくれと目で訴えられた。それに苦笑を返し、さて何をどうすれば良いやらと黒い背に向かって声をかける。

「ジル」

ジルの歩調が緩み、顔だけで浅く振り返った。

「あっちから行きましょうか」

「あ？」

リゼルは歩調を速めてジルの隣に並び、前方に見えた分かれ道の左を指さしてみせた。同時に、いつかアスタルニアでやったように風を起こす。周囲の熱に負けながらも、微かな冷気を帯びたそれに気付いたらしい。自身を包むように流れる風に、ジルの眉間の皺が若干緩んだ。

だがそれも、リゼルが指さした方向を確認して再び深まる。

「右だろ」

「いえ、左からでも行けるんです」

前方斜め左右に伸びた分かれ道は、左が上りで右が下り。一度ここを踏破しているジルは、基本的には下っていくのが正解だと知っている。早く通り抜けたい思いが強く、了承しがたいのだろう。

「(リーダーの決定に文句言う時点でアレだよなァ)」

とは、流石のイレヴンも口に出さないが。機嫌の悪いジルはリゼルに任せておくに限る。

「……」

「ね？」

「……分かった」

ゆるりと微笑んだリゼルに、ジルは舌打ち交じりに返す。リゼルに対してではない。自身が平静でいられていない自覚があるからこそ、バツが悪そうに顔ごと視線を逸らしているのだ。

流石、とそれを眺めるイレヴンが音もなく拍手する。

「こういう時、良い魔道具があれば良いんですけど」

「迷宮仕様はねぇな」

そんな取り留めのない話をしながら、リゼルたちは左の道を進んでいった。

緩やかな上り坂を、「魔道具を開発すれば」だの「専門職の現場には似たようなものがある」だの話しながら歩いていた時だ。ふいにイレヴンが何かに気付いたように後ろを振り返る。

「なんか来るかも」

「何か分かりますか？」

「んー」

三人は足を止めた。

振り返ろうがイレヴンの言う影はない。しかし、気のせいだったと彼が歩みを再開させないのなら確かに何かがいるのだろう。内包する強大な力を覗かせるように、マグマが煮立つ音だけがする。

「お」

「ん？」

そこに、ふいに小さな水音が交ざった。

水音はリゼルたちを囲むように増えていく。既にこちらを捕捉しているのだろう。ならば逃げきるのは不可能だ。剣を抜き、銃を浮かべる。直後、マグマの海から灼熱を撒き散らしながら何かが飛び出してきた。

「ボーンフィッシュですね、群れは中規模」

「戦るぞ」

「はいはーい」

骨を幾重にも鳴らし、飛び上がった魔物たちが次々に地面に落ちる。骨ならば水中だろうが地上だろうが呼吸の心配もないのだろう。激しく骨を波打たせて猛然と襲いかかってきた。

リゼルとイレヴンは一瞬視線を交わして迎え撃つ。狙うのはバラついた位置にいるもの。あるいはジルの側面や背後にいるもの。前者はイレヴンが斬り、後者はリゼルが射抜く。

「(動くのはだるいけど、ストレスは溜まってるはずだから)」

そして、残る魔物が鋭い牙を剥き出してジルへと襲いかかった瞬間。

ジルが剣を一閃した。破裂音にも似た音が響く。斬撃らしからぬ音と共に、ボーンフィッシュの群れは原型を留めず弾け飛んでいた。霧散したと言っても良い。ジルへと向かった全ての魔物が、一瞬にしてその身を砕かれたのだ。

リゼルが感心したように眺め、イレヴンが口元を引き攣らせるなか、ジルは一度だけ剣を振るって鞘へと納める。彼はそのまま、自らへと降り落ちる骨片を払って歩みを再開させた。

「(あ、ちょっとスッキリしてる)」

ドン引きしたイレヴンが、さりげなく傍に寄ってくる。それに苦笑を零し、リゼルは黒い背の後ろに続いた。多少でもストレス発散になったのなら何よりだろう。

さほど歩かない内に、三人は熱に満ちた溶岩道から一転。薄暗い洞窟へと到着した。

濡れているように艶めく壁面は、何層にも地層が重なり不思議な文様を描いている。見上げれば意外にも天井は高く、風化したように所々に開いた穴から差し込む光が綺麗だった。

「あー、ちょい楽」

何より、溶岩道に比べれば格段に涼しい。

暑さは比較的得意なイレヴンも、流石にマグマの熱に涼しい顔などできはしない。暑いは暑かったのか、より涼めるように上着を脱いでポーチに突っ込んでいる。

「多少距離は伸びるけど、次の階層近くまで続いてたはずです」

リゼルがジルの隣で、揶揄うように笑った。

「こっちに来て良かったでしょう？」

「……そうだな」

深く長く息をつき、ジルは襟元を緩めながら頷いた。

迷宮の予習など趣味ではないにもかかわらず、リゼルがこの迷宮について予め調べておいたことは想像に難くない。それが誰の為かなど聞くまでもないだろう。とはいえ難色を示したジルに、ここが良いと押し通したのもリゼルなのだが。そこはリーダーの決定なのだから文句はない。

「リーダー涼しそうな顔してっけど暑くねぇの？」

「暑いですよ」

「見えねぇよ」

少しばかり緊張感を孕む空気はすっかりと鳴りを潜め、三人はマイペースに話しながら神秘的な洞窟を進んでいった。

火口の風景とは打って変わって、肌寒さすら覚える空気の中をリゼル達は歩く。

溶岩道よりも更に深い階層、剝き出しの岩肌に囲まれた地下洞窟。空間は広く、空気は湿り、岩肌から滲み出た地下水が壁を伝って靴底を濡らした。天上には氷柱（つらら）のような無数の鍾乳石。時折、そこから水滴が落ちる音がする。それらは地面から天へと伸びる石筍と繋がるものもあり、巨大なものは石柱となって荘厳な光景を作り上げていた。

「滑りそうですね」

「またびっみょーに苔（こけ）生えてんのがね」

靴を地面に擦りつければ、ぬるついた感覚がある。薄っすらと苔むした岩が、濡れた所為で滑りやすくなっているのだ。靴まで最上級装備で揃えているリゼルたちはマシなほうで、そうでもなければ相応の準備が求められただろう。

「この苔も、緑の石の影響なんでしょうか」

「つっても魔物じゃん？」

「石自体は魔物じゃねぇよ」

リゼル達のお目当ては、この階層で手に入る緑の石（リーフストーン）という鉱石だった。その石の上に植物の種を置いておくと、不思議なことに石に根を張りながら芽を出すのだという。

ここには、その石を軸とした植物系の魔物が数多（あまた）いる。倒して引っぺがさなければならない。

「何でそんな欲しいんだよ」

「ん？」

緑の石を求めるのは依頼だが、その依頼を選んだのはリゼルの個人的な希望からだ。

この迷宮で採れると知ったリゼルにより、火山行きを強行されたジルが若干恨めしげな目を向ける。リーダーの決定に文句はないが、思うところが全くないでもないらしい。そんな彼に、興味深そうに石柱に触れていたリゼルが振り返り、笑いながらも歩みを再開させる。

「見てみたかったので」

「だろうな」

「リーダーも譲らねぇよなァ」

「ずっと気になってたんです」

リゼルの緑の石に関する知識は本が由来だ。植物関係の研究書では必ず出てくるといっても過言ではない。植物の成長が土の質に左右されないので、研究者の間で重宝されるのだ。

そして何より、リゼルはこんな石を元の世界では一度も見たことがなかった。まだ発見されていないのか、それとも存在しないのかは分からない。けれど石の発見・再現ができれば、あちらの植物研究は飛躍的な進展を見せるだろう。

「何個いるんだっけ」

「三十」

「げ」

「こういうのは幾つあっても足りませんからね」

依頼人の欄に記載されていた〝植物学者〟の文字を思えば納得だ。三十を超えても追加報酬が出ると追記されていたので、この数でも心もとないのかもしれない。最低で三十、という認識で間違いはないはずだ。その希望を汲むのなら、余分に持って帰るのが正解なのだろうが。

「(でも、イレヴンが面倒そうだしなぁ)」

リゼルがイレヴンを窺えば、気付いてにこりと笑顔を浮かべられる。

実際は言うほど面倒でもないのだろう。だが、わざわざ魔物を探してまで余分に石を手に入れるほどには乗り気でなさそうだ。階層を抜けるまでに多めに手に入れば良いなぁと、その程度に留めておくのが最善か。

「植物系の魔物素材なんですよね」

「そ。リーダーこの階は初?」

「初です」

「前は飛ばしたからな」

光源はないがぼんやりと照らされたような空間は、薄暗さと歪な石柱によって先が見通しにくい。剝きだしの岩と苔で足場も悪く、道なき道をリゼルたちは適当に進んでいく。

何処かでまた水滴の落ちる音がした。靴音に水を踏む音が交じる。静寂の空間に反響するそれに、水滴が頭の上に落ちてきたら嫌だなと誰ともなく思いながら会話を続ける。

「植物系にランダムで入ってる」

「魔物はちっせぇのが多い」

「あと動く系」

「個体差でけぇ」

ぽんぽんと寄越される情報に耳を傾けつつ、リゼルは分かれ道の手前で足を止めた。片や細い洞窟、片や空間の延長。狙うのは植物系だから、と洞窟を避けて広い道を選ぶ。細い洞窟にはコウモリ型の魔物が多く、戦闘も避けづらいので余計な時間をとりそうだ。

「植物系は本当に特色がありますよね」

「変な毒持ってる奴とか多いッスね」

「てめぇ効くのか」

「それニィサンに聞きてぇんだけど」

効く。効かない。二人がそんなことを言い合っていた時だった。

「あ」

ふいに視界の端に動くものを捉え、リゼルは近くの石柱へと隠れた。

ジルたちも口を閉じてそれに倣(なら)い、三人揃って石柱から顔を覗かせる。やや離れた、開けた場所。そこに地面の上をふわふわと漂う球根のような魔物が三匹。輪になって不思議な踊りに夢中になっていた。妖花(アリアドネ)の幼生だ。

「あれ、何してるんですか？」

「知らねぇ」

「や、もう見たまんま踊ってんじゃねぇの？」

二股に伸びた葉を腕のように動かし、くるくると円を描くように踊っている。ように見える。

時々スライムも似たようなことをしているが、魔物なりに何かを表現しているのだろうか。

その辺りの真相は魔物学者の頑張りに期待、と内心で呟いてリゼルは銃を発現させる。

「取り敢えず先手を」

「あ」

「え？」

いかにも思わず零した、とばかりのイレヴンの声と同時に魔銃の操作を見失う。咄嗟に振り返るも銃の姿がどこにもない。何があったのかとジルたちを見れば、二人とも上を見上げていた。リゼルもそれに倣って天井を注視した。

「あ」

「すっげぇ自然にスーッて上ってってたけど」

「何だあれ」

高い天井に、何かに吊られているように揺れる銃が見えた。心なしかゆっくりと回っているそれに目を凝らせば、キラリと光を反射するものがある。蜘蛛（くも）の巣のように細く、幾筋も見えるそれを、三人は首や上体の角度を変えながらも確認しようとする。

暫く見ていると、細いそれの表面を粘液のようなものが滴っているのが分かった。

「糸っぽい？」

「菌糸(きんし)でしょうか」

「そういやさっきからちょいちょい見るな」

「何だか久々に罠に嵌まった気がします」

「そうでもねぇだろ」

ふいに、ギチギチと足元で不快な音がする。

気に掛けず新たな銃を発現し、絡(から)めとられた銃を取り戻そうと上を見上げるリゼルの隣。風を切る音が二つして、振るわれた大剣と双剣が球根の魔物を両断した。いつの間に気付かれていたのだろう。そんなことを思いながら、リゼルは狙いをつけて数度発砲する。

「下手くそ」

「そうは言っても、糸自体あまり見えませんし」

「あー、もうちょい上。もうちょい、あ、行った」

支えを失い、落ちてくる銃をジルが受け止めた。

リゼルは差し出されたそれに礼を告げると、宙に浮かべてすいすいと泳がせてみる。問題はなさそうだと一つ頷き、さて目当ての魔物はと足元を見下ろした。

「真っ二つですけど」

「や、だって何処に石あんのか分かんねぇじゃねッスか」

「運が良けりゃ無事だろ」

一刀両断された球根が三つ。石も真っ二つになっていなければ良いのだが。

三人はそれぞれの球根の前にしゃがみ、それをこねくり回す。葉は肉厚で、断面からは粘度のある液体が漏れていた。その根元にある球根は人の頭ほどの大きさをしており、目と口の部分は丸くくり抜かれているだけのように見える。ひっくり返せば、脚代わりにされていた無数の根。先程までうぞうぞと動いていたそれは今や完全に萎びていた。

「うわ、なんかニチャッてした……」

「毒だったりします？」

「するかも」

「素手で触んなよ」

イレヴンが球根の中に手を突っ込み、外殻に比べて柔らかい内部を手探りで探す。ジルも「石なら何かしら感触があるだろう」とナイフを突っ込んでかき混ぜ、リゼルは「石なら燃え残るだろう」と球根を燃やしてのんびり眺めていた。そのまま各々緑の石を探すこと数分。

「ねぇのかよ！」

「ないですね」

「お前燃やしきってねぇだろうな」

石は一個も出なかった。ランダムと知ってはいても辛いものがある。

リゼルたちは植物系の魔物をひたすら倒した。倒す度に小さな緑の石を探すが、どうやら最初だけ運が悪かったらしい。それなりに順調に数は集まった。時に球根を剝き、時に花弁を割り開き、今は目的の三十個も無事に集まったので階層を抜ける道を探している。

「追加報酬って上限あんのかな」

「そりゃあんだろ」

道すがら出会った魔物をわざわざ避ける理由もない。当初の予定どおり、追加報酬も出るのだからと目についた魔物は倒しながら進んでいる。

今もまた、最初に見つけた球根が育ったかのような、大きな蕾を携えた魔物と戦っている最中だった。これも妖花の幼生で、ジル曰く完全に育ちきったものが何処かの迷宮のボスだという。それぞれに違う名称もあるようなので、色々な意味で出世魚ならぬ出世花なのかもしれない。

「研究職なんざ儲かるイメージねぇけど」

襲い掛かる根をジルの一閃が断ち切る。落ちた根は暫く跳ね回るも、反撃はできず沈黙した。

「でも、植物研究は支援しやすいほうですよ」

「あ?」

「毒でも薬でも、モノになるなら利益を生むでしょう?」

「貴族怖ぇー」

特に含みもなく、堂々とパトロン側の意見を述べるリゼルにイレヴンがケラケラと笑う。浮かぶ魔銃から放たれた魔力が、バランスを崩した球根に追い打ちをかけた。

「それを独占できるのが理想ですね」

「金の卵って?」

「そのとおり」

教師のような顔で微笑んだリゼルの目の前で、イレヴンが最後の魔物を斬り捨てた。

三人は武器を下ろし、さて緑の石を探すかと近場の魔物の死骸へと向かう。

「薬っつうのは分かるけど。毒とか使うんだ？」

「人を害する目的で使ったことはないです」

そして貴族としては今後とも使う予定はない。リゼルも他者の手に渡ることを危惧しているだけで、毒を毒として欲しがっている訳ではないのだ。薬になるなら大歓迎だが。

一足先にジルとイレヴンが解体に取り掛かる。二人は迷いなく球根の上で膨らんでいる蕾に手をかけた。今まで倒した同じ系統の魔物も、大抵は蕾や花の中に緑の石があったからだ。

「まぁ未知の毒つうのは切り札になるよなァ。解毒剤あんなら余計に」

「てめぇもタチ悪ィ手使うな」

「濡れ衣ー」

「あれ、使わないんですか？」

「弱ぇんスよね、大抵の解毒剤効くし」

イレヴンの毒は実は多種多様。弛緩系から激痛系までより取り見取り。弱いというのは効力ではなく、取引材料にするにはインパクトに欠けるという意味だろう。

リゼルはその効力を身を以て知っている。何せすぐ痺れた。大抵の解毒剤が効くとはいうが、相手の手持ちがゼロならば充分に有効な手段だろう。交渉上手だなぁと内心で納得しつつ、自身も魔物の解体に取り掛かろうとしゃがみこんだ。漏れた粘液が毒々しい。

「万能の解毒剤とか、いつかできるんでしょうか」

「すげぇ高そう」

リゼルが球根へと手をかけようとする。その瞬間だった。

ジルとイレヴンがこじ開けた蕾の隙間から勢いよく何かが噴き出した。途端にリゼルはジルに腕を摑まれ、勢いよく後方に引かれる。たたらを踏みながら下がり、何とか転ばずに顔を上げたリゼルの視界には煙に巻かれた二人の姿。風を起こして煙を払う。

「大丈夫ですか？」

咄嗟に魔物は投げ捨てたようだが、煙も一度は二人を覆いつくした。

とはいえリゼルはあまり心配していない。ジルとイレヴンならば煙が届く前に容易に息を止めてみせる。それでも何か変な影響はなかったかと声をかければ、二人は鬱陶しそうに煙の残滓を手で払っていた。どうやら無事のようだ、と安堵する。

「何の煙だったんでしょうね」

遠くに投げられた魔物の蕾から、煙の余韻がふんわりと立ち昇っていた。それを眺めながらリゼルは二人に歩み寄る。返答がないことが不思議で、覗き込むようにジルを見上げた。

「……」

灰銀の瞳に温度はない。無言のまま逸らされ、ジルはそのまま一人で進んでいってしまう。

リゼルは一度だけ目を瞬かせ、その背を視線で追った。そのまま数秒。ふいに視界の端に鮮やかな赤を捉え、そちらを見れば別の方向へと去ろうとしているイレヴンを見つける。

「イレヴン」

呼びかけるも、彼は反応を返さない。

リゼルはイレヴンを追いかけた。何故自分が無視されているのかは置いておくとして、ジルとイレヴンが別行動をとるのは避けたほうが良いだろう。実力は全く心配していないが、二人は明らかに煙の影響を受けている。それが薄れた時に、互いに現状把握できたほうが良いはずだ。

「イレヴン、ジルと」

「うっぜぇなァ……」

零されたのは舌打ちだった。

「足手纏いがたかってんじゃねぇよ、雑ァ魚」

酷くつまらなそうな声。視線すら向けられず吐き捨てられた。

リゼルは足を止め、離れていく赤を見送る。微かに視線を落とし、無言のままにポーチを漁った。取り出したのは巨大な羊皮紙で、巻いて紐で止められているそれを地面に広げる。そこには大きな魔法陣が描かれ、羊皮紙が完全に広がった途端にぼんやりと光った。

以前にジルが宝箱から出した迷宮品。持っていろと渡されていた簡易迷宮式魔法陣。迷宮の魔法陣と同じものであり、一方通行かつ一度だけ第一階層の魔法陣へと戻ることができる。深層から出ただけあって、かなりの貴重品だった。

「…………」

恐らく迷宮から出るだけならば、簡易魔法陣に頼らずとも出られるだろう。

けれど、とリゼルは少しだけ思案した。そのまま魔法陣の上に立てば、瞬きの間にその姿が消えて羊皮紙が残される。それも端から燃えていき、残されたのは焦げた紙片のみだった。

馬車の中で、冒険者たちは何とも言えない顔を突き合わせていた。

「なんで貴族さん一人でいんだよ」

「知らねぇよ朝見てねぇし」

「あの人、一人で迷宮潜ったことなくねぇ?」

小声で囁き合っているのは四人組の冒険者パーティだった。迷宮帰りにしては早い時間帯なので、車内には彼らとその視線を一身に集めるリゼルのみ。ちなみに彼らは運悪く、迷宮で一夜を明かした帰りであった。

「なんかボーッとしとる……?」

「あの人の優雅な笑みじゃない顔レアだよな」

「いつもどおりのんびりしてんじゃねぇの?」

一人ちょこんと椅子に腰かけ、何かを考えているのか瞬きも少なく、何処ともなく眺めている姿は見慣れない。かは分からないが、少なくとも冒険者たちは見たことがない。何故だか落ち着かない心地がして、声をかけたほうが良いのかどうかと互いに視線を交わしてしまう。視線で押し付け合っているとも言う。

そうこうしている内に次の迷宮に到着したのだろう。これで迷宮の扉の前に誰もいなければ馬車は素通りする。果たして現状を打破してくれる者なのだろうか。息を呑んで扉を凝視する冒険者たちの前で、気だるそうに馬車へと乗り込んできたのは槍(やり)を担いだ冒険者だった。

「あー……ったく、天井高くなんねぇか」

「文句言ってないで入んな」

槍の穂先を扉の上部に掠め、一番に馬車へと足を踏み入れた男は「よう」と四人パーティに片手を挙げる。彼らはそれに適当に挨拶を返し、天の助けだと言わんばかりに身振り手振りで馬車の後部を指し示した。何してんだと呆れたような男が、示されるままにそちらを向く。そして一瞬止まった。

だが彼は笑い、馬車のステップに二度三度靴をノックする。泥を落とし、乗り込んだ。

「おぅい、どうした貴族さん。何かあったか？」

槍を肩にかけるように目の前でしゃがめば、今気が付いたとばかりにパチリと目を瞬かせる姿。

これはまた珍しいことだ、と男は笑みを深めて頬杖をつく。

「憂(うれ)いげな顔も様(さま)になるたぁ、羨ましいね。どうだ、おいちゃんに話してみるか」

ただボーッとしてたんじゃないのかと眺める四人パーティと、後に乗り込んできた冒険者たちの視線を受けながらリゼルは困ったように微笑む。馬車は一度だけ大きく揺れて、再び馬を走らせ始めた。

リゼルとて、煙の所為だというのは分かっているのだ。

興味がないと如実(にょじつ)に告げるような視線も、投げつけられた嘲りの言葉も全て、二人の本心ではないと理解している。だが理解していようが何も思わない訳ではない。あっさりと流せるものでもない。簡単に言えば物凄くショックだった。

「あー、あそこな」

ベテラン冒険者らしく、例の迷宮にも例の階層にも訪れたことがあるのだろう。今は隣に座り、納得したように頷いている男をリゼルは窺った。できればいつ頃元に戻るのかも知りたい。

「心当たりが？」

「おう、俺も食らったことあるしな」

カラカラと笑った男は、同意を求めるように自らの仲間たちを見た。

程近い場所に立っている面々が、雑談しながらも肩を竦めたり、その相手を揶揄ったりしている。その中の一人、女冒険者がニヒルに笑いながらもリゼルの隣に座る男を指した。

「そいつもだけど、食らった奴らはとにかく態度が悪くなってね。階層を抜けるまではパーティの空気が悪くて仕方なかったよ」

「階層を抜ければ治るんですか？」

「私たちん時は治ったよ」

礼を告げれば、ひらりと細い指先が揺らされる。リゼルは納得したように内心で頷いた。本来ならば、彼らのようにギスギスしながら攻略することになるのだろう。だが、ジルやイレヴンは並外れた実力によって一人だろうが進めてしまう。だから同行者を拒むのだ。

「貴族さんは気にすんな。どうしても仲間相手に思っちまうんだよ、嫌いで仕方ないってな」

「嫌い……」

マイナス感情を抱かれたのだろうという予想はついていた。同士討ちにならない為の迷宮仕様があったのかもしれないが、それにしてもよくぞ斬られなかったものだと考えてしまう。二人共、嫌悪よりも無関心が先立つタイプだからだろうか。

「なら、本音ではあるのかな」

足手纏いと言われた。つまり、もしジルやイレヴンにとってリゼルが嫌悪の対象だとしたら、そういう評価を下すということだ。二人の実力を考えれば納得せざるを得ないし、普段の二人が「居ないより居たほうが楽」だと思ってくれているのも知っているが。

考え込んだリゼルに、冒険者の男が問いかける。

「うん、どうした？」

「得物(えもの)がいきなり真上に飛んでいく仲間ってどう思いますか？」

「んん?!」

真剣な目で問いかけるリゼルに、男のみならず乗客全ての視線が向いた。

「どうせ避けるからって時々ジルたちごと撃つんですけど嫌でしょうか」

「待て待て」

「迷路で迷わないのは情緒(じょうちょ)に欠けたり」

「待て待て待て待て」

色々と信じられない言葉が飛び出すなか、男は片手を挙げて何とかリゼルを制する。

まず最初から意味が分からない。そして次は色々と酷い。だが撃たれている本人たちが気にしていないなら問題ないのではないか。最後の迷路に関しては、確かに迷宮らしさには欠けるが楽ができるなら良いのではないか。そう頭の中で混乱を落ち着かせていく。

「あー……」

男は槍に縋(すが)るように俯けていた頭を上げ、引き攣らせながらも口を開いた。

「あいつらが嫌だって言ったことあるか？」

「ないです」

あっさりと告げたリゼルに、落ち込んでいる訳ではないのだと男は気付いた。

悩んでもいない。今この場にいない二人のフォローを男がするまでもなく、リゼルは分かっているのだろう。ならば、事情は簡単だ。少し意外だとは思うが。

「まぁ、理屈で済むもんでもねぇか。あんま拗ねてやんなよ」

ジルたちが悪い訳ではない。二人の本意では決してない。全て迷宮の所為だから仕方ない。

そんなことリゼルはきちんと理解している。けれど何も気にしないでいられるほど、リゼルにとっての二人は小さい存在ではなかった。流そうと思えば流せないでもないのが、今はそこまでして平静を保たずとも良いだろう。眉尻を下げ、苦笑する。

「分かってはいるんですけど」

「ハハッ、そんなもんだ」

男が笑った。拗ねているのかと目を丸くしていた彼の仲間たちも可笑しそうに口を開く。

「一発ぶん殴ってやんな。私たちの時はそうしたから」

「あん時ゃ正気のヤツ全員に殴られたなぁ」

「空気悪すぎてホント嫌だったんだよね」

「殴る、というと……」

「こうだ、こう！」

その後、馬車は一度も止まらないまま王都へと帰っていった。


イレヴンは一人、死んだ目をして迷宮一層に戻ってきた。

洞窟の肌寒さから、一気に溶岩道の熱気に包まれる。それを一瞬すら心地好いと感じる余裕もなく、力なく扉に手をかけて外へ出る。差し込む光が眩しく、落ち込んだ気分では受け止められずに目を伏せた。伏せた先に、黒い塊。

「…………うわ」

黒い塊はガラ悪くしゃがんで項垂れているジルだった。

珍しい姿だが、イレヴンとて茶化せる精神状態にはない。むしろ全力で共感する所存だ。いまだ来ない馬車を待つように、同じくその場にしゃがみこんで項垂れる。深い溜息を一つ。

「……」

「…………」

「……馬車いつ来んの」

「知らねぇ」

冒険者による帰宅ラッシュの時間帯でないということは、動いている馬車の本数も少ないということだ。こんな時は目安の砂時計も動かされないので、どれほど待てば良いのかも分からない。早く来いとは思う。しかし同じくらい、一生来るなとも願った。

ふいに、イレヴンが地面につかんばかりに頭を下げながら低く唸る。

「ニィサンはまだマシじゃん」

「……あ？」

ジルの顔が上がる。凶悪な面構えだ。

「俺、足手纏いとか、言っ……、……」

「うわ」

もはや言葉も紡げないイレヴンに、ジルから完全にドン引きした声が寄越される。

やはりそれほどか。それほどなのか。イレヴンの目がどんどんと死んでいく。彼にしても、正気に戻った際に壁に頭を打ちつけたぐらいには衝撃だったのだ。本当に自分がそれを言ったのかと夢の世界に逃げ込みそうになったほどの衝撃だった。失神しかけたともいう。

「怒ってっかなぁ……」

「怒ってはねぇだろ」

「余計怖ぇー」

二人は色々と心の準備を済ませつつ、いまだ音もない馬車を待ち続けていた。

その頃、一足先に王都に戻ったリゼルは冒険者ギルドを訪れていた。

依頼にあった緑の石は全てリゼルが持っている。ひとまず終了手続きだけは済ませておこうと思ったのだ。リーダーさえ終了手続きを終わらせていれば、メンバーは後からでも手続きができる。拠点に戻るなり腹減った酒飲みたいと消える冒険者への対策であったり、依頼失敗で荒れたパーティ同士の衝突を避けたいギルド側の事情だったりする。

「後の二人はどうしたんですか」

「後から来ますよ。宜しくお願いします」

スタッドの問いに、リゼルは微笑んで返す。リゼル達もいつも三人で訪れている訳ではない。時折二人だったり、少ないが一人の時もあるので、スタッドもその答えに納得したようだった。

布袋に入った緑の石を渡し、何事もなく手続きを終える。報酬を受け取り、どうやら手が空いているらしいスタッドと雑談に興じていた時だ。新たな冒険者の訪れにギルドの扉が軋む音がした。冒険者たちが乱暴に開閉するのでこの扉は常に変な音がする。

「一刀に目は行くが、狙いは獣人だな」

普段なら他人の来訪を気に掛けないリゼルも、聞こえてきた名前に自然と振り返った。

やってきたのは二人組の冒険者。見覚えはなく、恐らく最近王都に拠点を移した冒険者だろう。冒険者としては中堅らしい佇まいの彼らは、会話を止めないままにギルドに足を踏み入れ、そしてリゼルと視線が合った途端にぎょっと目を剝いて立ち止まった。

「お前、一刀と獣人を連れてる……」

「こんにちは」

覚えていてもらえたらしい、とリゼルは感心しながらも微笑んだ。

冒険者らは一瞬、狼狽したように互いに顔を見合わせるも、すぐに緊張感に顔を険しくしてリゼルを見据える。スタッドもリゼルを窺うが、穏やかなアメジストに荒事にする気はないらしいと結論づけて様子見の体勢をとった。

「うちのイレヴンが、何か？」

「……誤魔化しても意味はないか」

冒険者たちは居心地が悪そうに居住まいを正し、リゼルと向き合った。

喧嘩を売ろうという様子ではない。先の発言も合わせれば用件にも想像がつく。それにしても、とリゼルは困ったように苦笑した。彼らにとっては、何ともタイミングが悪いことだ。

「今日、お前のところの獣人に引き抜きを持ち掛ける予定だ」

「許しません」

丁寧な申し出には好感が持てる。だからこそ、リゼルはそれを拒否してみせた。

「渡したくない気持ちも分かる。だが、交渉するのは自由だろう」

「イレヴンは駄目です」

冒険者たちは眉を顰めた。

パーティのリーダーが優秀なメンバーを手放したくないのは分かる。だが嫌だと言おうが言うまいが、引き抜きによる離別を止める権限など誰も持たないのだ。大切なのは当人の自由意思。冒険者たちが交渉を止める理由にはならなかった。

「貴方たちの為ですよ」

その考えを見通したかのようにリゼルが告げる。

「そういうのイレヴンは嫌がります。パーティに一番思い入れがあるの、きっと彼なので」

「決して応じないと？」

「はい」

冒険者たちの厳しい視線にもリゼルは平静を崩さない。余裕のある態度に見栄はなく、冒険者たちも難しそうに顔を顰めた。そこまで断言するのであれば、引き抜ける可能性は非常に低いのだろう。しかし彼らも相応の条件を用意したつもりだ。

「試しに話だけでも」

「嫌な思いをさせると分かっていて？」

首を傾けたリゼルに、冒険者たちも唸る。そう言われてしまうと立つ瀬がない。

「それにイレヴン、今日は凄く機嫌が悪いと思います。八つ当たりするかも」

「何だ、それくらいは」

言いかけた冒険者の口は、ふと視界に入ったギルド職員らにより閉じられる。

ひたすら無表情のスタッドは良い。だが、その隣に座る職員の顔色がリゼルの発言と共に一気に抜け落ちたのだ。更には周囲にちらほらいる冒険者。彼らが「あちゃー……」と言わんばかりに首を振っている。冒険者たちもそれなりに酸いも甘いも嚙み分けた中堅どころ。防衛本能は強い。

「……いや、止めておこう」

「そうですか？　良かった」

冒険者たちは、リゼルの清廉な微笑みと共に告げられた「良かった」を「パーティメンバーが取られなくて良かった」という意味だと受け止めた。反してリゼルは「貴方たちが知らない間に存在を消されることにならなくて良かった」という意味で告げている。

彼らは知らず知らずの内に、運良く窮地を逃れることができていた。

「じゃあスタッド君、また」

「はい」

リゼルが手を振れば、頷きで返される。いつものスタッドだった。

それに目元を緩ませ、リゼルは顔を引き攣らせている冒険者二人に軽く挨拶をしてギルドを出た。きっと落ち込んで帰ってくるだろうイレヴンに、追い打ちをかけるような真似をさせる訳にはいかない。ギルドにも寄らず、宿へと顔を出すかもしれないが。

「どうも、御一人ですか」

「どうしました？」

通りを歩くリゼルの隣に、まるでずっと一緒に歩いていたかのように男が一人現れる。

リゼルは特に驚くでもなく問いかけた。長い前髪で目元を隠した彼は、今やなきフォーキ団の精鋭と呼ばれた男だった。呼んでいたのはリゼルとレイだけだが。本人らも初めてリゼルにそう呼ばれた時には誰のことを言っているのか全く分かっていなかった。

「一刀にも引き抜きかかるっぽいんですけど」

「今日？」

「はい」

先程のやり取りから、もしかしたら必要かと教えてくれたのだろう。一体何処から見ていたのか、なんて疑問に思いながらもリゼルは思案する。ジルならばいつもどおり、無視して流しにかかるだろうか。

「冷静に話せそうな方々ですか？」

「や、無視された途端斬りかかるタイプですね」

「じゃあそのままにしておいてください」

「了解です」

あっさりと了承する精鋭だったが、疑問には思ったのだろう。一瞬だけ窺うように寄越された視線を、見えてもいないのに気付いたかのようにリゼルは笑う。

「イレヴンは八つ当たりしても気が晴れないタイプで、ジルは八つ当たりで折り合いをつけるタイプです」

「ああ、成程」

同時に彼は、ジルたちの機嫌が最悪だという事実に行きついたのだろう。

精鋭は今日はアジトに近寄らないでおこうと心に決めた。アジトは複数あるので顔を合わせずに済む可能性もあるが、命の危機はできるだけ回避するに限る。そうとは知らずに運悪く鉢合わせた面子が盛大な八つ当たりを受けてくれるはずなので、自らが戻るまでにはそれなりに機嫌が回復しているはずだ。

そう願うしかない精鋭に、リゼルは付け加えるように告げた。

「イレヴン、今日はこっちの宿に泊まると思います。明日にはきっと大丈夫ですよ」

「有難いっすわ」

精鋭は最近、リゼル相手に覚えた心からの感謝をしっかりと述べておいた。

「あ、でもジルなんですけど」

「はい？」

「最近、変なのに纏わりつかれてるって言ってたんです」

「あー、余所から流れてきた奴ですね」

その知名度の高さから、ジルは情報屋に目を付けられることが多い。腕の立つ者からそうでもない者まで、もはや慣れたと言ってはいるが時折鬱陶しそうにしている。ジル曰く、腕の立つ情報屋なら逆に気にならないから好きにさせているとのこと。

実は精鋭も、ジルが言っているだろう存在を既に把握していた。確かに最近、一人その手の情報屋がちょろちょろしている。なかなか尻尾を摑めず、手間がかかるならそこまでする義理もないしと放置していたが、リゼルが機嫌最悪のイレヴンを何とかしてくれるのなら話は別だ。

「ジルが戻ってくる前に追い払っておいてください」

「どの程度ですかね」

「ご自由に」

次の瞬間には既に精鋭の姿は消えていた。

仕事が早いことだと感心し、リゼルはのんびりと宿への道を歩いていく。


そして今、リゼルの腰にはイレヴンがしがみついていた。

「ほんと、全然思ってねぇし」

「何度も聞きましたよ」

ベッドに腰かけたリゼルは、本を片手にイレヴンの艶やかな髪を撫でる。最初は椅子に腰かけて読書に興じていたのだが、その最中に何とも珍しいことに足音を立てながら部屋へと飛び込んできたのだ。立ち尽くす姿を手招けば突撃され、椅子から落ちかけたこともあり、しがみついて離れないイレヴンを引き摺ってベッドへと移動した。

「怒ってねぇの」

「怒ってません」

ちょっと拗ねたけど、とはリゼルは口には出さない。

口に出せば気にすると知っている。それを敢えて口にするような、当てつけのような真似をする気は更々ない。ふざけて落ち込んでみせている時のイレヴンならばともかく、今は本気で消沈している彼に追い打ちをかけようとは思わなかった。わざとでもないのだから。

しがみついた腹から見上げてくる瞳へ微笑み、手にしていた本をベッドに横たえる。その頬にある赤い鱗を指先でなぞりながら、言い聞かせるようにゆっくりと言葉をかけた。

「君が一度もあんな風に思ったことがないってちゃんと知ってますよ」

「……でも帰ったじゃん」

「安全策です」

しばらく窺うようにリゼルを見上げていたイレヴンだが、その言葉に嘘はないと察したのか擦り寄るように鱗を掌へと押しつけてきた。そのまま彼は頬に触れる手を握り、床についていた膝をゆっくりと持ち上げていく。

「本当に怒ってねぇ？」

「本当です」

視線は合わせたまま、イレヴンが上体を更に押しつけてくる。リゼルは耐えきれず後ろに傾き、その背を片手で支えられながらベッドに倒れ込んだ。握られたままの掌を宥めるように握り返し、シーツへと体を沈めながら苦笑を零す。これは相当落ち込んでいるらしい。

試すように細められた瞳孔に、瞳のアメジストを甘く緩めてみせた。

「本当？」

「本当」

受け入れるように赤い髪を梳けば、ようやく満足したのだろう。

首筋へと頬の鱗を擦り寄せてくる彼に、リゼルは天井を見上げながらその背を撫でてやった。二人でいる時には時折、獣人特有のスキンシップで甘えを見せるイレヴンだが、これだけ甘えてくるのは久しぶりだ。

「やっぱさァ、リーダーは分かってるっつうのは知ってるけどさァ」

「そうでしょう?」

機嫌の良さそうな声に同意を示しながら、リゼルはふと開けっ放しの扉を見る。

扉の向こう側には、壁に寄りかかるジルの姿。視線に気付いたらしく、ふと片眉を持ち上げながらこちらを向いたジルに、何を遠慮しているのかと微笑んで手を振ってみせた。微かに顰められた顔が、溜息をつきながら彼の自室へと消えていく。

「今日泊まってって良い?」

「良いですよ。夕食、女将(おかみ)さんに頼みましょうか」

まるで安堵の溜息のようだったと、明日になったら伝えてみようか。一発殴るのは無理そうなので少しばかりの意趣返(いしゅがえ)し。そんなことを思いながら、リゼルは落ち込みアピールに余念のないイレヴンのフォローに勤(いそ)しむのだった。

147.

ある朝のことだ。何故だか酷く暖かい、と毛布に包(くる)まりながらジャッジは思った。

身じろぐように肩まで毛布に潜りこむ。もう少しだけ心地好い微睡を堪能していたかった。けれど店を開けなければ。寝ぼけながら肘をシーツに押し付けるように枕から頭を持ち上げる。どうやら我ながら珍しいことに、うつぶせで眠っていたようだった。

開いてくれない瞼をそのままに、こくりこくりと舟を漕ぐ。そのまま暫く経った後、そろそろ眠気には諦めてもらおうかと薄っすらと目を開いた。

「え……？」

零れた声に咄嗟に喉を押さえる。自分の声ではない。全く聞き覚えがなかった。動揺に瞳を揺らしながら、ジャッジは視線の先に横たわる存在を呆然と眺めていた。

「リゼル、さん」

まるで他人と喉を差し替えられたようだった。それを恐れるように、消え入りそうな声でその名を呼ぶ。同じベッドで寝ているリゼルは、顔を向こうへと向けたまま熟睡しているようだった。

ゆっくりと上下する毛布を見つめ、ジャッジは困惑のままにシーツの上で後ずさる。

「ッ」

何かが手を掠め、大きく肩を揺らした。

助けを求めてリゼルへと手を伸ばしかけるも、視界に入った鮮やかな赤に動きを止める。視線だけでそちらを見れば、シーツについた手の甲に赤い髪が被さっていた。見覚えのある赤だ。

「イレ……え？」

振り返るが誰もいない。しかし手に触れる赤い髪はジャッジの動きに合わせるように流れていく。

もはや恐怖すら抱き、半泣きになりながら、やはり耐えられないとばかりにリゼルを起こそうとした時だ。ふいに部屋の扉が開かれ、跳ねるように顔を上げる。

そうしてようやく、今いるのがリゼルたちの宿だと気付いた。ジャッジも何度か訪れたことがある。視界に入った内装は記憶そのままで、何より開かれた扉の前に立っているのがジルだったのだから。

「ぁ」

普段はその威圧感に少しばかり押されてしまう相手であるが、今は心からの安堵を抱いていた。ジルならば今の状況を説明してくれるだろう。解決してくれるだろう。そして何よりリゼルを起こしてくれるだろうと、徐々に体から力が抜けていく。

歩み寄ってくるジルに、ジャッジは慌ててベッドの上で姿勢を正す。何故ここにいるのか分からないと、何が起こっているのか分からないと説明しなければ。そう口を開きかけた時だ。

「ジ、っえ」

リゼルごしに伸ばされた長い腕に、力ずくでベッドから引き摺り落とされた。後ろへ転がるように落下したが、咄嗟にシーツを握ったおかげで辛うじて頭をぶつけずに済む。しかしジャッジは顔を青ざめさせた。腹の底が冷えきった感覚と共に、湧き上がる震えを抑え込めずにいた。

確かにジルはいつも少し怖い。だが、それは圧倒的強者から齎される威圧からであり、ジルの人格について恐怖を抱いたことなど一度もない。揶揄うように頭を握られたことはあるが、こんな風に相手を屈服させるような乱暴な真似をされたことなどない。呆れたように溜息をつかれたことはあるが、声を荒げて怒られたことなど一度だってなかった。

「……ッリゼ」

圧倒的な力に振り回された恐怖は薄れず、ジャッジは震える声で必死にリゼルを呼んだ。

自身に比べて小さな背中。けれど誰より安堵を齎す相手。異様なほどに感情を見出せないジルの視線に怯(おび)えながらも、何とかベッドに這いあがって震える指先でリゼルのシャツを握る。

ジャッジがベッドから転がり落ちた物音ですでに目を覚ましかけていたのだろう。熟睡していたはずのリゼルが振り返り、眠気に瞼の落ちかけた瞳がジャッジを見て緩んだ。

「どうしました？」

普段よりゆったりとした口調だった。穏やかに微笑みかけられ、伸ばした手が握られる。

「いじめられた？」

体ごとこちらを向いたリゼルが、幼子を寝かしつけるように傍らのシーツを叩いた。

先程までジャッジが横たわっていた場所へ、戻ってこいと言うように。ジャッジはベッドへと完全に身を乗り上げ、そろそろと毛布に脚から潜り込む。立ち尽くすジルとリゼルを見比べ、微かに己の体温が残る真っ白なシーツへと横たわった。慎重に枕へ頭を預ければ、シーツに横たわっていたリゼルの手が頬へと寄せられる。そのまま、掻き上げるように髪を梳かれた。

「あの……」

普段とは少し違う撫で方に震えが収まる。ジャッジは少しばかりの羞恥(しゅうち)を抱いたが、それ以上の安堵に包まれて体の力を抜いた。目の前のリゼルはすっかりと瞼を下ろし、薄っすらと開いた唇からは早くも寝息が零れていた。ジャッジの髪を梳いていた手が、首筋を通ってぱたりとシーツに落ちる。

「……」

その時だった。ベッドの横で立ち尽くしていたジルが動く。

じっと二人の様子を見下ろしていた彼は、冷めた表情をそのままに手を伸ばしてきた。その手が毛布越しにリゼルの肩へと触れ、自らのほうに向かせようと柔く引く。

「ん」

リゼルは拒否するように身を捩った。それに一度は離れたジルの手は、触れるのを躊躇うように宙を彷徨っていた。しかしすぐに、先程よりも少し強くリゼルの肩へと触れる。

「まだ、ねむいです」

億劫（おっくう）そうにリゼルが仰向（あおむ）けになるのを、ジャッジはただ呆然と眺めるしかなかった。

寝起きが悪いとは聞いていたが、ジャッジが起こせばリゼルはいつだって眠たそうにしながらも起きてくれた。もう少し、などと一度も聞いたことがない。珍しい光景にしきりに目を瞬かせていれば、ふいにリゼルの瞳が薄っすらと開かれる。

リゼルは真っすぐ傍らに立つジルを見上げ、寝起きで少し乾燥した唇を小さく動かした。

「きょうは、いじわるですね」

ジルの一切の挙動が止まった。だが全く感情の窺えない無表情とは裏腹に、彼の背後に雷鳴轟（とどろ）く光景を幻視できるほどショックを受けているのが分かる。その反応に覚えがあった。

まさか、あり得ない。ジャッジは愕然（がくぜん）とそう思いながらも意を決したように囁いた。

「……スタッド？」

「いきなり呼ばないでくれませんか気持ちが悪い」

確かにジルの声で、遥かに淡々と零された暴言に、疑惑が確信へと変わる。

「ジルさん、意外と表情豊かだったんだ……」

ジャッジは混乱のあまり訳の分からないことを呟いていた。開いた口を閉じることもできずに固まっていれば、目の前のジルの姿をしたスタッドに奇妙なものを見る目で見下ろされる。

彼はほんの微かに眉を寄せ、そして何かに気付いたように告げた。

「……馬鹿の皮を被った愚図（ぐず）ですか」

「え？」

その言葉に、ジャッジは中途半端に横たわったまま己の体を見下ろした。

両手を目の前に掲げてみる。骨ばった細く長い指は、いかにも剣を握り慣れているように皮膚（ひふ）が硬くなっている。握り締めれば手首に筋骨の筋がはっきりと浮かび、予想外に力が籠もったのか掌に爪が食い込んだ。少しばかり感動しながらも慌てて力抜く。更に先程からちらちらと視界に入る赤を摘めば、それは艶のある赤い髪。引っ張れば確かに頭皮が痛んだ。

急激に顔から血の気が引くのが分かった。潤む視界で、救いを求めるようにリゼルの寝顔を見つめる。それに対し、頭上からから酷く不愉快げな呟きが零された。

「顔が気色悪い」

「酷い……」

色々な意味で精神が衰弱しきったジャッジ、いや、今はイレヴンと称するべきだろうか。彼はすっかりと項垂れながら、二度寝を堪能しているリゼルの名を弱々しく口にした。

「えーと」

目を覚ましたリゼルは、ベッドに腰かけながらも寝起きの頭を働かせる。

目の前に立っている二人。その見慣れた姿の見慣れない挙動を観察しながら唇を開いた。

「スタッド君」

「はい」

ジルが淡々と返事をする。

「ジャッジ君？」

「は、はい」

イレヴンが戸惑い交じりに頷く。

「ジルは意外と表情豊かだったんですね」

取り敢えずそれだけ感想を零したリゼルは、いまだに夢ではないかと若干疑っていた。なにせ色々と違和感が凄い。ジルも凄いが特にイレヴンが凄い。しぱしぱと目を細めながら眺めていれば、イレヴンが困ったように眉を下げる。

「リゼルさん……？」

「いえ」

不安で仕方がないと訴えるような眼差しに、リゼルは内心を一切悟らせないよう微笑みを浮かべる。仕草や口調を見れば、違和感があろうと確かにジャッジが思い出された。ならば不安なのも道理だろう、と癖のように頭を撫でようと伸ばした手は、しかし横から割り込んできた掌に遮られた。

手首を掴む腕。なぞるように視線で辿り、無表情でこちらを見下ろすジルに苦笑を零す。

「ジ……スタッド君、ちょっと痛いです」

弾かれたように手が離れる。

「すみません」

「大丈夫ですよ」

いつもの力加減がジルの体では強すぎるのだ。わざとでないのは知っている。こちらを窺っているジルに、そう伝えるようにリゼルは首を振ってみせた。けれど灰銀の瞳は、その色を閉じ込めたガラス玉のようにリゼルを見下ろし続ける。

リゼルはどうしたのかと瞳を見返し、ふと思い至った。差し伸べるように手を翳(かざ)せば、ジルが一度だけ瞬く。そのまま彼は当然のように身を屈め、しかしそれでは足りないと気付くとリゼルの前に膝をついた。

「(これは)」

差し出された頭をゆっくりと撫でる。少し硬めの黒髪に指を通し、感触を楽しむように柔く握る。そのまま髪の先端まで梳いて、親指で額をなぞるように形の良い頭蓋を撫でていく。無表情の後ろに花が一輪飛び出してみえた。その姿にリゼルは謎の感動を抱く。

そんなジルの隣には、そわそわとするイレヴンの姿。普段から感情を全て表に出しているように見えて、それがブラフであったりワザとであったりするのが彼なのだが、それがよく分かる変化だった。相手を試すような視線がなくなるだけで随分と素直そうに見える。

そうしてリゼルが珍しい姿を存分に堪能していた時だ。ふいにノックもなく扉が開く。

「あ」

両手をジルの頬に当て、肉付きの薄い感触を楽しんでいたリゼルは、悪戯がバレた子供のような笑みを零した。視線の先には、盛大に顔を顰めたジャッジが扉に手をかけ立っていた。

「ジル？」

「ああ」

表情から当たりをつけ、呼びかければ肯定が返ってくる。

しかめっ面のジャッジは溜息を一つつき、後ろ手に扉を閉めて遠慮なく入室してきた。

「おい」

普段から猫背気味の背筋を伸ばした姿は、元来の長身も合わさって酷く迫力があった。そんなジャッジはいかにも嫌そうに口元を歪め、床に膝をついて愛でられているジルを睨むように見下ろす。

いつもの誠実そうな声が消え、いつもより低く深みのある声がその唇から零された。

優しく頬に触れる手を取り上げられたジルが、感情の映らない淡々とした無表情で振り返る。その隣ではイレヴンが呆然自失になっていた。元は自分の体とはいえ色々と衝撃だったようだ。

「誰の体で好き放題してやがる」

「その顔で凄まないでくれませんか。五割増しで癪に障る」

え、とイレヴンが立ち上がったジルを見た。

「えーと、ジル、はジャッジ君の店から来たんですよね？」

「目ぇ覚ましたらそこだったからな」

言いながら、ジャッジは視線を流すようにイレヴンを見た。

そのまま数秒。訝しげな視線を向けられ、リゼルも一つ頷いてみせる。

「ジャッジ君です」

「……また似合わねぇな」

「す、すみません」

気が引けたように上目で窺うイレヴンの姿に、ジャッジの口元が引き攣るように歪んだ。

「きっつ……」

「ジャッジ君に罪はありません」

「……」

「罪はないんです」

リゼルがいつにも増して強く言い含めれば、ジャッジも零しかけた言葉を呑み込む。困惑したように両者を見比べるイレヴンへ、リゼルは何でもないと優しく微笑みかけた。甘やかしすぎだ、と言うようにジャッジが再度溜息を零し、ベッドに腰かけるリゼルへと歩み寄る。

その際、投げやりのように告げた。

「おい、休業中の札はかけといたぞ」

「あ、有難うございます！」

彼は嬉しそうに顔を笑みに染めたイレヴンに黙り込んだ。

「ジャッジ君は悪くありません」

「………分かってる」

酷く苦々しげな声に、リゼルは困ったようにジャッジを見上げた。

普段の控えめな様子は微塵も伺えない。気怠げに伏せた瞳を流すようにこちらを見下ろしている。

長いブラウンの癖毛は適当に結ばれていて、服装は非常にシンプルだった。まるで別人のようだが、実際に姿形が同じなだけの別人状態には違いない。

じっと眺めていれば、その眉が微かに寄せられる。

「ジャッジ君の顔でそういうこと、しないでください」

「うるせぇ」

「そういう口も」

「うるせぇ」

一刀両断された。割と本気で言ったのに、なんて思いながらリゼルも立ち上がる。

今ここにいるメンバーを思えば、残る一人が誰でどこでどんな姿をしているのかは想像に難くない。今どうしているのかは分からないが、取り敢えずできることからやらなければ。

「まず着替えましょうか。ジルはそれで良いとして……良いですか、ジャッジ君？」

「は、はい」

自分自身の体だからと気になるだろうと問いかけるも、イレヴンは全く気にした様子もなく頷いた。本来の体の持ち主とは違って服装のこだわりはないようだ。そんな彼の姿は寝た時の恰好のままで、上は黒のタンクトップ一枚という軽装。ならばとジルを見れば、いつも半裸で寝ている彼が一枚羽織っている。中にいるスタッドが納得できなかったのだろう、そこらへんに引っ掛けられていたらしい冒険者装備を雑に身に纏っていた。

「ジル、着替えを用意してあげてください」

「何が楽しくて自分の面倒見んだよ……」

「私はこのままでも気にしませんが」

「黙ってこい」

流石に自分の姿で適当な恰好をさせておくのは避けたいのだろう。ジャッジは嫌そうにしながらもジルを呼びつけて部屋を出ていった。ジルも一度リゼルを窺うも、頷いてみせれば素直にその後を追う。何だか酷く奇妙な光景だった。

「あ、あの、僕は」

「ジャッジ君は……どうしましょうか」

一応、イレヴンの空間魔法付きのポーチはここにある。リゼルの書き物机の上に放られているのだが、勝手に漁るのも気が引けた。更には衣装持ちである男なので、適当な私服を取り出そうとして部屋が埋まるのも避けたい。

リゼルは代わりに椅子を見る。脱いでそのまま引っ掛けられた冒険者装備、あれならば良いかと手に取った。他人の装備は着方がよく分からない、というのが冒険者あるあるで、リゼルも例に漏れずに何枚かの布切れを手の中で転がす。

「ジャッジ君、着れそうですか？」

声をかければ、傍に寄ってきたイレヴンが手元を覗き込む。丸まろうとした背が、驚いたようにすぐさまピンと伸びた。見開かれた朱鷺色の瞳がリゼルを捉え、瞳孔を強く引き絞る。そして慌てたように一歩後退りした。どうしたのかと不思議そうに眺めるリゼルに、彼は照れたように眉を落として口元を緩めてみせる。

「いえ、その……近くて、驚きました」

ふにゃふにゃと笑うイレヴンに、リゼルは可笑しそうに頬を緩めた。

屈む仕草が自然となるほど、随分と今まで気を遣わせていたようだ。それが彼自身の意思によるものだと分かってはいるが、改めて実感できたのはリゼルにとっても幸いなことだろう。

「あと、これ、多分大丈夫です。着れます」

「流石は鑑定士ですね」

イレヴンに装備を渡し、リゼルも着替えを始める。途中、何か不都合はないかとそちらを窺えば、しっかりと割れた腹筋をしげしげと触っている姿があった。気持ちは分からないでもないので見なかったことにする。いつか自分も立派な腹筋を身につけたいものだ。

その後、隣室で着替えを済ませたジルとジャッジが戻り、リゼルたちも支度を整え終えた時のこと。四人が各々好きな場所に座り、朝食はどうしようかなどと話していると、ふいにジルとジャッジが何かに気付いたように上を向く。

「ジル？」

「来たぞ」

問いかければ、ジャッジが端的に告げる。

釣られるようにリゼルとイレヴンも見上げた瞬間、窓が派手な音を立てて勢い良く開かれた。咄嗟にそちらを見れば、そこから部屋へと降り立つ影が一つ。見慣れたギルドの制服を盛大に着崩し、一切の表情を浮かべない顔を忌々(いまいま)しげな笑みに歪めたスタッドの姿があった。

彼は足音一つ立てずにイレヴンへ迫ると、容赦なくその胸倉を鷲掴(わしづか)む。

「よりによってテメェかよ！」

「ち、違……スタッドはあっちで、僕は」

「うわ何だコレきっっっっも」

リゼルが遮り続けてきた言葉は、まさかの本人の口から齎されてしまった。傷つくのではとリゼルたちがイレヴンを窺うも、彼は意外にも怯えた表情を引っ込めて困惑を浮かべる。

「そうは言っても、イレヴンだし……」

中にいるジャッジも他の誰に言われても傷ついただろうが、イレヴン自身がイレヴン自身へ突っ込む分には問題なかったようだ。リゼルは良かった良かったと頷き、さてと椅子から立ち上がる。

何はともあれ不可解な現象に見舞われただろう全員が揃ったのだ。これ以上事態が混乱することはないだろう。

「朝食に行きましょうか」

腹ごしらえは大切だ。落ち着いて話すにもちょうど良いだろうと五人は部屋を後にした。

朝食の人数が増えてしまったことをリゼルが女将に謝罪するも、女将は快く了承してくれた。そもそもイレヴンが泊まっていたので、朝食はたんまりと作ってくれていたのだろう。

ならば全員無事に朝食に有りつけそうだと、五人は食堂で一つのテーブルを囲んでいた。

まずジャッジが適当な席に座った。そして他のテーブルから椅子を一つ引き摺ってきたスタッドが、それを誕生日席に置くと自らはジャッジの隣に座る。次にイレヴンが恐る恐るスタッドの前に座れば、特に異論もなくジルも淡々とジャッジの正面に腰かけた。真っ先に座った二人が、自らの顔を眺めながら食事をとることになる配置。彼らは若干の難色を示すも、まぁ仕方ないと口には出さずに落ち着く。

「今日は何かあるのかい？」

「ちょっとした話し合いです」

リゼルが朝食を運ぶ女将と連れだって和気藹々（わきあいあい）と戻ってきた。

その手には朝食の載ったトレー。急に人数を増やしてしまったからと手伝いを申し出たのだ。女将は当然のように拒否したが、今回はリゼルが押し通すことに見事成功した。

「リッ……っい！」

それを見て咄嗟に「手伝わなきゃ」と立ち上がりかけたイレヴンが、正面のスタッドに思いきり足を踏まれて撃沈する。同様に手伝おうとしたジルもジャッジに縫い止められたが、こちらはそれを歯牙にもかけずに立ち上がった。

「大丈夫ですよ、ジル」

ジャッジが苦々しげに舌打ちを零すなか、ジルは微笑んだリゼルを数秒眺めて腰を落ち着ける。リゼルも後を女将に任せ、残っている誕生日席へと腰掛けた。

料理が次々とテーブルの上に並べられていく。そのままテキパキと準備を進めている女将が、手を止めないままにカラカラと笑ってイレヴンを見た。

「全く、あんたがいたお陰で助かったよ。質より量になるのは困りものだけどね」

「そん」

直後、普通に返事をしそうになったスタッドがジャッジに後頭部を引っ叩かれた。

それを目前で目撃したイレヴンが、自らのやるべきことを悟って一気に混乱する。イレヴンらしく、イレヴンらしく、と心の中で唱えながら咄嗟に口を開いた。

「腹減った！」

「パンはたくさん焼いたから、それで腹を膨らませるんだよ」

はっはっと笑いながら朝食の準備を終えた女将が厨房へと去っていった。

その背を見送り、リゼルはさて食事だと正面を見る。

「おい」

「ごめん……」

「おい」

「ごめんってば……」

　スタッドに物凄く威圧されて反省しているイレヴンがいた。

「凄く新鮮ですね」

「なかなか愉快な光景ではあります」

「変に思われなかったんだから良いだろ」

　リゼルはまじまじとそれを眺め、無表情のジルと皮肉げに笑うジャッジが同意する。

　だが本人としては、変に思われなかったことが余計に不本意なのかもしれない。スタッドが不貞腐れたように勢いよく椅子の背に凭れると、その指先が腰元でピッと宙を掻く。長髪を椅子の背に挟まないよう弾いていた癖だ。

「つってもアレはねぇじゃん」

「女将さんのイレヴンへの印象は、とにかく食事なんですね」

「じゃねぇの」

　スタッドは顔を顰めながらフォークを握り、リゼルもスープへと手を伸ばした。そしてジャッジが大ぶりのウインナーに齧(かぶ)りつく。各々、好きなように食事を開始した。

「つうかニィサン全ッ然痛くねぇんだけど」

「みてぇだな」

　フォークで指され、嫌そうに顔を顰めたジャッジが手を開閉させる。

先程、後頭部を引っ叩いた時のことだ。確かに良い音はしたが、叩かれたスタッドはけろりとしていた。もし引っ叩いたのが本来のジルならば、痛みに悶絶することになっただろう。

「タッパある癖に弱ぇんだよ」

「す、すみません……」

「ジルが普段、それだけ手加減してるってことですよね」

申し訳なさそうなイレヴンを慰め、リゼルは感心したように頷いた。

本来のジャッジは仕事に肉体労働を含む商人だ。弱いとはいうが、流石に勢いよく引っ叩けばそれなりの力になる。早朝、スタッドがジルの体で腕を掴んだ時の力が強すぎたのも同じことで、常人が想定する力加減では行きすぎてしまうのだ。だから普段の何気ない仕草にも力をセーブする癖がついている。意外と戦闘時の手加減が上手いのも納得だろう。

「してもらわなきゃ困るんスけど。俺の首吹っ飛ぶ」

「そこまでじゃねぇよ」

「むしろあれで加減してんだからマジ人外」

「おい、こいつぶっ叩け」

「私の体なんですが」

ケラケラと笑うスタッドに、ジャッジがジルへと食事の手を止めないまま促す。

ジルはグラスから水を飲みつつ、非常に惜しがりながらもその提案を却下した。これでイレヴンの体が本人のものであれば喜んで全力でぶん殴っていたところだ。色々吹っ飛べ。

「他に支障があるのは？」

リゼルは、やはり確認しておくべきだったかと改めて問いかける。

今までも気になってはいたが、全員それなりに好き放題に動いていたので流していた。

「でかくて足もつれる。重くて動きづれぇ」

「今は平気そうですね」

「慣れた」

ジャッジの言葉に、さらにイレヴンが小さく縮こまる。

この辺りは仕方がないだろう。今までの戦闘に特化していた体が、ごく一般的かつ超長身な道具屋になっているのだから。早々に慣れているあたりに彼の身体的センスが窺える。

「俺はあんま。身長変わんねぇし」

「イレヴンはもう少し服をきちんと着てほしいんですけど」

「えー」

「そういうやらしい笑い方も」

「リーダーほんっとこいつらに夢見てんなァ」

平素の無表情無感情はどこへ行ったのか。にやにやとスタッドが笑う。

彼が身に着けているのは、何とか見つけたらしいギルド職員用の制服。だが本来ならきちんとした印象の制服は跡形もなく着崩され、その指先はパスタの巻かれたフォークを煽るように揺らしている。きゅう、と笑みに細められた目が面白がるようにリゼルを見て、彼はふいにリゼルへと身を乗り出した。

「こっち見る目、すっげぇ甘ぇし？」

覗き込むように向けられた瞳に、そうだろうかとリゼルは一度だけ目を瞬かせる。

ジャッジを窺えば呆れたようにこちらを見ていた。肯定を示すそれに、それほどだったかと今度はジルたちへと視線を移す。納得いったように頷いたり、こちらを凝視したりしていた。

「そうなんですか？」

「露骨じゃねぇけど、それなりじゃねッスか、あー気分良い」

宣言どおり機嫌が良いスタッドに、そういうこともあるかとリゼルは一つ頷いた。甘やかしている自覚はあるので、だからどうという問題でもない。今後も変えるつもりはなかった。

「ジャッジ君は大丈夫ですか？」

「体が軽いぐらい、です」

パンを千切りながら、イレヴンが考えるように告げる。

彼は実際、階段を下りるときなど若干危なっかしかった。「ぐらい」とは言うが、壁に手をついて酷く慎重に下りていたし、今もグラスを手に取ろうとして誤って倒しそうになっている。かなり身長差のある入れ替わりなのだ、違和感は相当強いのだろう。

「無理そうなら言ってくださいね」

「は、はい」

とはいえ今すぐ解決できるものでもない。慣れてもらうしかないだろう。

当の本人が悲観的になっていないのが救いか。彼は割とすぐに混乱するし、訳が分からない事態に半泣きにもなるが、受け入れてしまえば割り切った考え方をするので逞しい。

「あ、でも、何か」

「ん？」

もご、と口の中を動かしながらイレヴンが言いあぐねる。言いたくないというよりは、どう伝えれば良いか分からないといった風だ。どうしたのかと全員の視線が集まるなか、彼は舌で歯をなぞるように動かしながら小さく首を傾けた。

「歯？　から、何か出てる……？」

「ああ」

「あー」

納得したように頷いたのはリゼルとスタッドだった。

ようは、蛇(へび)の獣人特有の事情。毒の分泌腺(ぶんぴつせん)が開きっぱなしになっている。

「イレヴン、あれって危ないんですか？」

「えっ」

「出っぱなしはやべぇかも」

「えっ⁉」

平然と言葉を交わす二人を、イレヴンが混乱したように見比べる。

リゼルは、危険なものなのかと顔を青くする彼を落ち着けるように、大丈夫大丈夫と自らの皿からプチトマトを分けてやった。今やスタッドと化したイレヴンにも自殺願望などないのだ。彼が飄々としているのならば大して危ない状態でもないのだろう。

「おら、牙あんだろ」

「え？」

スタッドが自らの頬をトントンと叩く。

そして与えられたプチトマトを食んでいるイレヴンの頬を指した。

「その裏っかわに切れ目ねぇ？」

「切れ目？」

イレヴンが口をもごもごと動かす。

「んっ」

「あった？　そこ力入れろ」

「ん？」

イレヴンが口をもごもごもごもごと動かす。

それもそうだろうとリゼルは苦笑し、我関せずと食事を進めているスタッドへと視線を向ける。

唯人が手の握り方を一から説明するのと同じこと。生まれ持った本能のままに行えることは説明しづらく、特に獣人はその辺りが言葉足らずになりがちだ。

「イレヴン、もう少し詳しく教えてあげてください」

「俺、フッツーにできんスけど」

「だから獣人は本能的って言われんだよ」

「唯人は考えすぎぃ」

スタッドは一体何が分からないのかと顔を顰め、懸命に口を動かしているイレヴンを眺めた。教えてやれと言われても、己は物心ついた時には自然とできていたのだから、かみ砕いて説明しようにも難しい。改めて意識してしまうと逆にできなくなりそうだった。

「んー……」

スタッドももごもごと口を動かす。とはいえ唯人の口内に分泌腺などない。

本来の体でそうしていたようにイメージしながら、数秒。何とかコツを見つけて口を開く。

「あー……上顎の真ん中に向かって力入れる？　紐で袋の口絞るみてぇに」

「あ」

実践してみたら何故か口が開いたらしい。イレヴンはすぐ口を閉じ、申し訳なさそうに眉を寄せた。そのまま唇を歪めた直後、パッとその顔を輝かせて周囲に成功を知らせる。

違和感が酷いと言ってはいけない。ジャッジは何も悪くない。誰も何も悪くない。

「できた……っ」

嬉しそうなイレヴンに、これで一件落着だとばかりにスタッドも食事を再開させる。だが彼は、二口三口とパンを口に運んで手を止めてしまった。いかにも不可解だと言わんばかりに眉を寄せ、奇妙なものに触れるかのように慎重に腹を触る。

体調でも悪くなったのかと、それに気付いたリゼルが問いかけようとした時だった。愕然としたスタッドが、いっそ助けを求めるようにそろりそろりとリゼルに顔を向ける。

「……何かもう、腹いっぱいなんスけど」

「イレヴン、いつものペースで食べてましたからね」

つまりは生まれて初めての〝これ以上食えない状態〟だ。

彼にとっては貴重な体験だろう、とリゼルは可笑しそうに笑う。元々のスタッドも決して小食という訳ではない。むしろ働き盛りの男らしくそれなりに食べる。だが、大食らいの中の大食らいであるイレヴンが普段のように食事をすれば、流石に限界が来るのだろう。逆にイレヴンに入ったジャッジはというと、全く満腹感が訪れないことに戦々恐々としながら食事を進めていた。

「あー、腹いっぱいなのに全ッ然物足りねぇーッ」

「我慢ですよ」

嘆くスタッドに、ジャッジが煩そうに顔を顰める。

そんななか、リゼルは淡々と食事を進めているジルを見た。食い足りない、食い足りないと騒ぐ己の珍しい姿にも然して関心がないようだ。その姿からは、たとえ冒険者最強の体であろうが力加減以外で支障はないように思える。

「スタッド君、ジルの体はどうですか？」

「魔力がクズですね」

だからこそ、齎された返答に思わず全員黙った。

ジャッジ姿のジルは自覚があるのか無言を貫いている。やや面白い。やや不謹慎だがリゼルはそんなことを考えながら、黙々とスープを飲み干す姿を眺めていた。

「平々凡々やや下の魔力量で冒険者最強という笑い種は別に良いとして、この錆びつききった魔力は一体どういうつもりですか。操作の度に苛立つんですが」

「やっぱり違いますか？」

「最悪です」

そう吐き捨てながらジルがフォークを置き、テーブルへと掌を押しつける。そこから広がるのは冷気。本来ならば全てを凍てつかせる魔力は、今や些細な霜を下ろすのみであった。

「あ、ジルの魔法」

「レアじゃん」

パーティメンバー二人はやや喜んだ。

しかしジルの体を間借りしているスタッドは納得してはいなかった。普段から魔力を用いる者とそうでない者では、魔力の出力や流れ方に大きく差が出る。一般国民に比べ、冒険者は魔道具を使う機会も多い。その度に魔力を意識するので多少なりとも扱い慣れているはずだ。

だが元のジルは違う。魔石に触れれば勝手に魔力を使ってくれる道具しか使えない。それで不便はないので改善する気もさらさらない。イコール魔力とか知らん状態。本人が気にしていないことが唯一の救いだろう。

「つうか普通に使えてんじゃん」

「当然ですが」

訝しげなスタッドに、ジルが何を当たり前のことをと冷淡に返す。

結果、本来のジルが魔力を扱えないのは本人が下手なだけだと改めて立証されてしまった。とはいえ魔力を自由自在に扱える者など少数派。気にすることはないとリゼルはジャッジへ呼びかける。

「ジル」

「うるせぇ」

気にしてない癖に気に入らないらしく憮然（ぶぜん）と返された。

「そういうお前は何で変わってねぇんだよ」

「何ででしょう」

若干の八つ当たりを含む問いかけに、ジャッジの顔でそういうことをしないでほしいと苦笑しつつ、リゼルは予定調和のように暇そうに椅子を揺らすスタッドを見た。誰もが察している。今のこの状況は明らかに〝迷宮だから仕方ない〟案件だ。しかもパーティの枠を外れた広い影響力。ならばこの問題は、きっとリゼルたちだけに留まらない。

そして恐らく、入れ替わりが起こっただろう昨晩までギルドにいた元のスタッドも、ジルと入れ替わったことに心当たりがないというのだ。ならば最も原因解明に近いのは、今朝ギルドで目を覚ましたスタッドことイレヴンだろう。

「イレヴン？」

「はいはーい」

目の前にある朝食に手をつけられないのがよほど口寂しいのだろう。

水の入ったグラスを齧っていたスタッドがにんまりと笑い、揺らしていた椅子の前脚を落とす。

「まぁギルドも大混乱。職員冒険者入り乱れ。部屋に突撃された時はすっげぇビビッた」

ケラケラと愉快犯的に笑うスタッドに、リゼルは突撃されるのも然もありなんと頷いた。

普段のスタッドならば寝坊などあり得ない。決まった時間に起きて、無駄なく身支度を整え、隙間時間になど興味がないと早々に働き出していることだろう。それが、ギルドが大混乱の時に限って起きてこないのだから、他の職員の驚愕も容易に想像がつく。

それにしても、部屋に飛び込んだ職員は混乱の鎮圧を求めたのか、または降りかかる異変を心配したのか、はたまた両方か。そうして目の当たりにしたのがイレヴンの入ったスタッドだというのだから、事態が悪化していなければ良いのだが。

同じことを危惧したのか、ジルが微かに頤を上げながらスタッドを見据える。

「余計な真似はしていないでしょうね」

「即行こっち来たっつうの」

疑惑を含んだ無感情な視線に、煽るように愉悦に歪んだ唇が告げた。

「『スタッドがグレた！』とは言われたけど？」

ぐ、とジルの手の中のフォークがひしゃげた。無意識だったのだろう、気付いた彼はおもむろにそれを直し始める。宿のものは大切にしなければ女将に叱られてしまうからだ。

「原因とかは……？」

「多分これじゃねぇのっつうのは」

即行とは言ったが、ギルドでそれなりに情報を仕入れてきたのだろう。

パンを千切る手を止めないイレヴンに、スタッドは適当に何度か頷いた。

「同じ目に遭ってんのは職員とか冒険者で確定っぽいし」

「なら原因はギルドにあんのか」

「昨日、普段と違うところがあった？」

「話早ぇー」

ジャッジとリゼルの言葉に笑い、彼は行儀悪く座りながら椅子を揺らす。

「花」

「はな？」

イレヴンが首を傾げる。決して見慣れることのない違和感を、ジャッジやジルは微妙に視線を逸らすことで回避した。古来より人々を救ってきた術こそ現実逃避という名の最終手段なのだ。

ちなみにリゼルは慣れたので、いつもジャッジにそうするように微笑ましそうにしている。穏やかに微笑む姿に、こういうとこ図太いよな、とはジャッジの皮を被ったジルの談。

「宝箱から花束出て、それをギルドが買い取って、綺麗だったから飾っといたのが昨日」

明らかにそれだ。

「スタッド君？」

「確かに昨日、いつの間にか窓口に花瓶が置かれていました」

ジルが淡々と述べる。花には全く興味がないと伝わるような口ぶりだ。

恐らく彼にどんな花だったのか聞いても、「花」以外の回答は返ってこないだろう。花に限らず、興味のない物には全く気に留めない潔さがある。

「おい、昨日ギルド行ったのか」

「あ、はい、鑑定に」

ジャッジの問いかけにイレヴンが答える。

これでもう確定だろう。影響範囲は、昨日に冒険者ギルドを訪れた者。効果はそれらの人々の中身を入れ替えること。どういう仕組みで、どういう意図があり、何に役立つかも分からないが、迷宮だから仕方ない。

「それだと余計に俺が外れたのが不思議ですね」

「ギルドでもセーフな奴いたし、たまたまじゃねッスか」

迷宮品にはそういうところがある。なんだか雑だったりランダムだったりするのだ。

ちょっと寂しい、なんて思いながらリゼルはグラスを置いた。自身の前に並べられた皿は全て綺麗に完食。少しずつだが、たくさん食べられるようになってきたなとご満悦だ。

「なら、今日は皆でギルドですね。そろそろ解決策が出てると良いんですけど」

それに異議を唱える者は誰もいなかった。

だが各々が食事を終えるなか、イレヴンのみが神妙な顔をしながら山ほど積まれたパンに手を伸ばし続けている。ジャムをのせ、もそもそと食べ続ける彼はふいに怖々と呟いた。

「全然お腹いっぱいにならない……」

「食べんのおっせぇなァ」

自分は悪くない、と落ち込みながらも結局イレヴンは出された分を全て食べ、それでも決して満腹にはならない腹具合に戦々恐々とすることとなる。


ギルドは騒然としていた。

冒険者らも己の身を襲った異変の原因がギルドにあると気付いたのだろう。なにせ冒険者は他のパーティと宿が被ることが多い。金払いの不確かな荒くれ者を受け入れようなどという宿は、大抵が予めターゲットを冒険者に絞っているので、泊まっている客が全員冒険者というのも珍しくはないからだ。薄利(はくり)多売(たばい)精神といえば良いか。治安を犠牲に客を確保しているともいう。根無し草の冒険者にとって宿は必ず必要なものなので、宿側からしてみれば入れ食い状態だ。荒くれ者に負けない精神力さえ持っていれば、だが。

そんなこんなで、同じ宿の冒険者間では情報共有が早い。そうでなくとも、訳が分からないことが起こると取り敢えずギルドに行ってみる者も多い。そんな者達で溢れたギルド内では、既にとある迷宮品が原因であると判明し、ならば解決策はと頭を悩ませた結果、まぁその内戻るだろうという結論に落ち着こうとしているところであった。

だが、そのタイミングで。

先程から忙しなく開閉しているギルドの扉が再び開いた。

また何処その入れ替わりパーティが、奇妙な現象に騒ぎながら入ってきたのかと。おざなりに人々が視線を向けた先には、奇妙な組み合わせの五人組の姿があった。話題性ナンバーワンの貴族全開な冒険者、冒険者最強と噂される一刀、当ギルドの誇る絶対零度（ぜったいれいど）、癖の強い獣人、後ひとりはよく分からないがギルドで時々見る気がする。一人ずつならば違和感はないが、共に連れ立ってギルドを訪れるには奇妙な面子。ギルド内の視線が彼らに縫い留められる。

ならば、と息を呑む冒険者たちは結論づけた。五人が自身らと同じ目に遭っているのは間違いない。問題は、誰がどう入れ替わっているのかだ。

「痛って」

ふいに鈍い音がした。同時にジャッジが呻く。

どうしたのかとリゼルたちが振り返ると、扉の鴨居（かもい）にぶつけただろう額を押さえているジャッジの姿があった。あ、とイレヴンが申し訳なさそうに肩を竦める前で、ぶつけた部分に手を当てていたジャッジが慣れたように舌打ちを零す。

「てめぇ此処ぶつかんのか……」

「は、はい……すみません……」

周りの冒険者たちはイレヴンを二度見した。

衝撃的すぎて現実が呑み込めない。見間違いだろうかと奇妙な空気がギルドを支配する。

それを打ち破ったのは、ギルドの奥から慌ただしく姿を現したギルド職員だった。対応に追われていた彼はスタッドを見つけるや否や、すぐさま一人だけ楽させてたまるかとばかりに駆け寄った。

この場を支配する微妙な空気に気付かないまま、彼はのこのことリゼルたちの下へとたどり着いてしまう。

「おっ、スタッ……あー……スタッド？」

窺うように問いかけたのは、今朝のスタッドを見て「グレた！」と叫んだのが彼だからだ。

「はい」

それに対し、スタッドはリゼルの隣で無表情に応えた。

感情を映さぬガラス玉のような瞳。抑揚のない声は小波すら立たない湖面のよう。つまりいつものスタッドであり、職員があれっと目を瞬かせるのと、冒険者たちがおっと目を見張ったのは同時であった。迷宮品の影響を受けなかったのかと誰もがそう思い、そして。

「なァんつって」

にんまりと浮かべられた軽薄な笑みに全員撃沈した。

「人の体で遊ばないでくれませんか不愉快です」

「（一刀かぁ～～～）」

「（敬語似合わねぇーー……）」

「（容赦のない一刀とか死ぬしかない）」

冒険者たちが違和感の塊のような光景に内心で激しく身もだえる。

「趣味悪ィ真似すんなよ」

「（これ一刀か。誰だ？）」

「（でけぇし怖ぇしやべぇんだけど）」

「（あれがこうなるかぁ……）」

　畳みかけてくる強烈な衝撃に冒険者たちの情緒はかき乱されっぱなしだ。

　それならばと、彼らは戦々恐々とリゼルを見る。この清廉で穏やかな男が、一体誰と入れ替わっているのかと。入れ替わってしまったのかと。それ次第では平常心ではいられないと、すでに平常心ではない彼らは何故か期待を込めてそう思った。一周回って楽しくなってきたともいう。

　もはや彼らにリゼルが入れ替わっていないという選択肢はない。一瞬でも期待したスタッドに裏切られた事実は重い。実際に裏切ったのはイレヴンだがそれは置いておく。そんなギルド中の空気に押されるように、リゼルたちの前に立つギルド職員は意を決して問いかけた。

「えーと、リゼル氏の中には……」

「俺ですか？」

　微笑む姿は、見れば見るほどいつものリゼルでしかなかった。

　実際にいつものリゼルなのだが、そんなことなど知る由もない職員は警戒を露に身構える。まさか入れ替わっていないはずがない、そんな空気に流されまくっているともいう。

　彼は険しい顔でリゼルを観察した。冒険者らしさなど欠片も存在しない立ち振る舞い。向き合っているだけで腰が低くなってしまいそうな高貴な雰囲気。与えられていると思わせるような柔らかな微笑み。果たしてこれらをリゼル以外が出せるのか。否。ならば誰なのか。

　共にギルドを訪れた面子が違うならば、その体を手に入れ我が物顔で成りきっているのは。

「誰だ貴様!!」

「てめぇ誰に向かってンな口利いてんだよ」

「あ、リゼル氏は変わってないんですね。すんませんっした」

スタッドに顔面を鷲摑みにされた職員は即座に服従した。

「変わらない人って他にもいるんですよね」

「何人かいますね。ランダムみたいですけど」

顔面を摑まれたまま器用に答える職員に、スタッドを宥めて手を離させながらリゼルは頷いた。

どうやら本当に運によるものなのだろう。一度くらい入れ替わってみたかったが、迷宮による完全なランダムならば仕方ない。

「解決策はどうですか？」

「いやー、全然ですね。問題の迷宮品も隔離してますけど、戻んないっすわ」

「そうですか……一度、ジャッジ君に見てもらっても？」

「おっ、ジャッジ氏ですか！　どうぞどうぞ」

ギルドに凄腕の鑑定士として認知されているジャッジだ。断られるはずがない。リゼルがイレヴンを振り返れば、彼は少し驚いたように目を瞬かせながらもコクリと頷いた。そして頼られたことへの喜びからか、はにかむように頰を緩ませる。

直後、まるで禁忌に触れてしまったかのように、それを目の当たりにした者たちの顔面から血の気が引いた。彼らは己の正気を疑うように首を振り、さりげなく視線を逸らして見なかったフリを決めている。これは酷い、と内心で零したのは果たして全員か。

「……てめぇなァ」

気持ちは分かる、と心からの同意を示すジルたちを尻目に、スタッドが顔を引き攣らせた。

「俺の顔で変な真似すんじゃねぇよ」

「えっ、変って」

「それ」

「でも、普通に」

「だから止めろって」

困ったように眉を落とすイレヴンに、スタッドの語調が徐々に荒くなっていく。そのまま同じようなやり取りを繰り返すこと数度、もはや半分喧嘩になりつつある二人をリゼルが止めようとした時だった。

「イレヴンだって、スタッドと全然違うし……っ」

「だから泣くんじゃねぇようっぜぇなァ」

苛立ちを孕んだ怒声に、イレヴンが納得できないという顔で口を噤んだ。

普段は気弱な彼だが、いつもと変わらぬ一挙一動にことごとく文句を言われる理不尽は耐えがたいのだろう。易々(やすやす)と泣き寝入りしようとはせずに懸命に言い返している。リゼルが共にいる時、彼は無意識ではあるが多少強気に出られることがある。

そしてイレヴンが半泣きのままで言い返そうと口を開いた時だ。しつこいとばかりにスタッドがついにキレた。鬱陶しげに片眉を上げ、唇を歪めながら皮肉げに嗤(わら)う。

「あんまピーピー言ってっとニィサンに頼んでてめぇの童貞卒業し」

「うわあぁぁーーー!!」

イレヴンは顔を真っ赤にして叫んだ。スタッドはその音量に顔を顰めながらも鼻で笑う。

ジャッジは呆れたように溜息をつき、ジルは絶対零度の名に相応しい目でリゼルの耳を塞ぎ、リゼルはといえば耳を塞がれながらも優しすぎる力加減ゆえに丸聞こえだった。

「はァ？　お前マジで？」

「え、えっ」

「ニィサン」

「知らねぇよ。まぁ立派なモンは持ってんじゃねぇの」

「ジ、ジルさ……っ」

ぱくぱくと口を開閉させるイレヴンが、適当に返すジャッジと耳を塞がれているリゼルを絶望した目で見比べている。彼にとっての救いは、リゼルが聞かなかったこと唯一つ。知られたくない、というよりはリゼルに聞かせるような話題ではない。聞かせたくない。リゼルがどんな反応をしようとショックを受けるだろう己を悟ったこその防衛本能ともいう。

「スタッド君？」

リゼルは何となくそれを察し、そっと聞こえていなかったフリをした。どうしたのかと問いかけるように呼びかければ、耳を覆うジルの掌が微かに力を強めていく。聞いてほしくないのは、どうやら彼も同じなのだろう。

誰にしもそんな時代はある。真相はどうあれそんなに恥ずかしがらなくても、とリゼルは思うも確かに公衆の面前で話題に出されるのは許容できないだろう。それにしても何故自分は耳を塞がれたのかと不思議ではあるし、今も周囲から若干気まずげな視線が飛んできているのも疑問でしかないのだが。リゼルは内心で首を傾げながら耳ガードを外してもらう。

「えーと、それで」

「何でもないんです!!」

「分かりました、気にしないことにしますね」

青を通り越して真っ白な顔で言い募るイレヴンに、リゼルはこれ以上は何も言わないと微笑んでみせた。ついでに聞いていないことも念押ししておく。この世には優しい嘘というものが存在するのだ。

リゼルは何事もなかったかのように、職員に迷宮品を見せてもらうようイレヴンを促した。職員に連れられてギルドの奥へと向かう後ろ姿には暗雲が立ち込めている。果たして男としての矜持(きょうじ)は無事で済んだのだろうかと心配になりつつ、戯れるようにネタを引っ張るジャッジとスタッドに苦笑した。

「あまり揶揄わないように」

「最悪です」

ジルが吐き捨てるように追い打ちをかける。

「(あそこ濃いなぁ)」

そんな風にわいわいと賑やかなリゼルたちへと、基本的に荒くれ者が荒くれ者に変わっただけの周りの冒険者たちはしみじみと感想を零すのだった。

その後、イレヴンことジャッジが迷宮品を鑑定した結果、〝寝れば治る可能性が高い〟という結論が出た。それも入れ替わった者たちが、同じタイミングで眠りについていないといけないという。

昨晩も寝ている間に入れ替わったので納得だが、ギルドにいた冒険者たちは「こんな時間から眠れるか」と不平不満を零しつつ綺麗に解散していった。

そして今、リゼルたちも全員で宿に帰ってきて、各々(それぞれ)の枕を持ち寄っている。

「雑魚寝？」

「固まって寝たほうが良いんですか？」

「いえ、多分、それは関係ないです」

「ですが全員寝たと確認できるほうが確実では」

「さっさと寝ろ」

結局ジルの部屋からリゼルの部屋にベッドを運び込み、二つを隙間なく並べて全員で好きに寝ることにした。リゼルは入れ替わっていないので一緒に寝る必要もなかったのだが、「リーダーいねぇと意味分かんねぇから」という謎の意見に全員の賛同があった為、ベッドが狭くなるのではと思いつつ眠りにつくこととなる。

結果、起きた時には無事に元に戻っていたのは言うまでもない。

148.

その日、冒険者ギルドに滅多にない客が訪れていた。

空も茜色に染まる頃、ギルドには深追いせずに依頼を切り上げてきた冒険者たちが集う。彼らは皆一様に、物珍しげに、あるいは楽しげに、はたまた驚いてその三人組を眺めていた。彼らの視線の先にいるのは幼さの残る子供が三人。何やら酷くご立腹な少女を先頭に、好奇心のままに周囲を見渡している少年が二人、気後れもせずにギルドを横断するように歩く。

「あっ」

ふくれっ面から一転、ふいに少女は笑みを浮かべた。

まるで花が綻ぶような笑顔。そんな少女の視線の先には受付カウンターがある。冒険者たちは皆一様に、誰かは分からないものの職員の子供か妹だろうと途端に納得した。集まっていた視線が散っていくなか、少女はふわりとスカートを翻して駆け出すと、空いている受付カウンターに両手をかける。つま先立ちをして、精一杯に身を乗り出した。

「お兄ちゃん！」

その愛らしい笑顔で少女が呼びかけたのは。

「「（絶対零度ォーーーー!?!?）」」

通りがかりの無表情が少女を見下ろしている。

とうに散っていた冒険者らの視線が一斉にそちらを向いた。冒険者だけではない。その場にいたギルド職員全てが愕然とその光景を見つめていたし、スタッドの隣に座る若い職員など椅子から転げ落ちていた。

そんな彼らの視線の先で、少女の満面の笑みを受けたスタッドはといえば、やはりというべきか無反応。つま先立ちしていた少女は、きょとんと目を瞬かせて踵（かかと）をつける。

「あたしね、貴族さまの宿で」

「知っています」

愛想など欠片もない声に、しかし少女の表情は途端に華やいだ。

そして周囲は何故か盛大に安堵していた。何故なら少女がリゼルの名前を出したからだ。そこを通しての知り合いならば一度や二度は顔を合わせたこともあるのだろう。いや、リゼルを通しているとしても疑問の残る組み合わせではあるが。誰もがスタッドに子供の相手ができるなどと思っていないのだから。

「えっと、それでね、イライしたくて」

「分かりました。冒険者への依頼は初めてでしょうか」

「うん！」

「では説明を」

「ちょいちょいちょいちょいちょい」

子供が冒険者に依頼。

一体何がどうなればそうなるのかと、と周囲が目を白黒させている間にも、スタッドはというと特に何を支障に思うでもなく依頼人対応を始めている。それこそ大人相手と変わらぬ事務的なやり取りが始まったのを、床に転がっていた職員が慌てたように遮った。彼はスタッドの椅子に手を載せ、声を潜めて訴える。

「子供の言うこと真に受けんのはどうよ⁉」

「ギルド規定に依頼人の年齢制限の項目はありませんが」

「そういうんじゃなくて、お遊びなんだから適当に」

声を潜めていようが職員の声ははっきりと子供たちに届いていたのだろう。

ふいに子供たちの胡乱(うろん)な眼差しが職員を射抜いた。

「しんけんな人を茶化す人はダメな人って貴族さまがいってた」

「あの人はダメ」

「人としてダメ」

「生きててすみません……」

子供の信頼を失ったという事実は何故こうも心に刺さるのか。

職員は今にも死にそうな顔をして引き下がった。代わりに子供だろうが対応を変えなかったスタッドの好感度が子供たちのなかでぐんぐんと上がっていく。実のところは引き下がった職員のほうが親身になってくれているのだが。子供というのは現金なものなのだ。

一連の流れに然して関心を抱かないスタッドが、話を進めて良いだろうかと口を開いた。

「この度、当ギルドの説明をいたしますスタッドです。宜しくお願いします」

「よろしくお願いします！」

「「よろしくお願いしまーす！」」

良い子の挨拶に、子持ちのギルド職員が微笑ましそうに頷く。

向かい合っているのが無表情かつ無感情でなければ、楽しい冒険者ギルド見学と勘違いしそうだった。シュールな光景だなぁ、と冒険者たちも何もできずに眺めている。

「冒険者ギルドでは、依頼人の方から冒険者への依頼の仲介を主に行っております」

「ちゅーかい」

「橋渡しです」

「はしわたし」

スタッドは隣の席で暗雲を背負っている職員を向いた。

「『皆のお願いごとを聞いて、それが得意な人に、俺たちが代わりに頼んでおくよ』」

凝視されれば流石に気付くのだろう。顔を上げた職員が、その意図を察して身ぶり手ぶりで翻訳していく。子供たちはそれでようやく理解できたのか、感心したように素直に頷いていた。

その幼気な視線がすぐにスタッドへ戻るあたり、子供たちの職員への信頼度はいまだ低い。

「依頼の申請には依頼料が必要です。依頼料はランクごとに決められています」

「ランク知ってる！　Ａから、Ｆ！」

「Sからです」

なんで。まさかそう来るとは。

それが当たり前だった冒険者らは、確かにと内心で同意しながら説明の続きを求めるようにスタッドを見た。ついでに隣の職員もスタッドを見た。瞬きを忘れたように淡々と子供らを見下ろす姿はいつもと何も変わらない。子供相手に猫なで声を出している姿のほうが想像できないのだから、いっそ安心感すらあった。

そんな周囲など一切気に掛けずにスタッドが説明を続ける。

「確かにギルドの設立当初はAからFしかありませんでしたが、後々それらの範疇に収まらない規格外の冒険者が現れました。よってAランクの依頼の中でも彼らにしか達成できなかったような、高難度の依頼を格上げすることでSランクが作られました」

「『どうせすっげー依頼はすっげー奴らしか受けないから、すっげーランク作った』」

翻訳が大活躍だ。

「なんでAのままじゃダメだったの？」

「Sランク並みの依頼を持ち込む依頼人は裕福な人間が多いので、特別なランク設定とすることで依頼料を高額にしてギルドへの収益を」

「『大人の事情だよ!!』」

「オトナはすぐそうやっていう」

大活躍の翻訳は再び撃沈した。

そして周囲は物凄く納得した。Sランクの依頼料がべらぼうに高いのは有名な話。冒険者側は大して気にしたこともないのだが、依頼人層を思えば搾(しぼ)り取れるだけ搾り取りたいものなのだろう。あまり裕福ではない依頼人による、急を要するSランクの依頼というのもないでもないが、過去の何十年かの記録を漁ってようやく一件見つかる程度。そういう時はギルドが密かに冒険者と交渉し、ランクを下げた指名依頼として出来レースらしいことをする。極秘だが。

「依頼のランクは依頼内容によって変動します」

「……『どんな依頼をしたいのかな』」

息も絶え絶えな翻訳には見向きもせず、子供たちは顔を見合わせた。

少女が意気込むように眉を吊り上げる。彼女は腕を組み、堂々とした立ち姿で息を吸った。

「戦争です!!」

全員少女を二度見した。

「我こそはというグンシは名乗りをあげなさい！」

「ぐ、ぐんし？……軍師??」

「となりの学び舎(まなびや)のれんちゅうにフクシューしてやる！」

「復讐(ふくしゅう)!?」

流石はリゼルの関係者だと周囲は遠い目をしながら納得した。納得した理由が酷い。

およそ幼気な少年少女の口から飛び出すには不釣り合いな単語の数々に、顔を引き攣らせる職員はもはや遊びだとは茶化せなかった。先程の、心臓が痛くなるほどの胡乱な眼差しは勿論のこと。何より少女の怒りが本気すぎて怖かったからだ。

「ギルドでは暴力沙汰での冒険者の雇い入れをお断りしております」

そんななか、淡々とスタッドは話を進めていく。

「ぼうりょくじゃないもん！」

「具体な依頼内容を教えていただけますか」

「やつらを、頭のてっぺんから泥だらけにして、お母さんに怒られるようにして、ぎゃんぎゃん泣かせてやりたいの！」

「その服、二度ときれなくしてやる！」

「クツだって三回あらってもムダなくらいドロドロにしてやる！」

「こわ……最近の幼女こわ……」

それは困るし物凄く怒る、と後ろで聞いていた子持ちの職員が眉を下げる。特に白い服の時にやられてしまうと大変だ。恐らく手洗いしてる時にもう一度キレるだろう。

スタッドの隣に座る職員は、頬を膨らませながら復讐を語る少女へと恐る恐る問いかける。

「あー……と、こういう時ってさ、大人連れてくると卑怯とか言われんじゃゃ……」

「女には、やらなきゃいけない時があるの！」

「それに貴族さま、フクシューでは自分の手をよごすなって言ってた」

「だから泣かすのはれんちゅうの母さんたちにまかせんだよな」

ギルドにいる全ての者の脳裏に、ほのほのと微笑んで手を振るリゼルの姿が浮かんだ。

ちなみにリゼルはそれほど物騒なことは教えていない。「復讐って何？」と聞かれた時に、当たり障りのない豆知識としてさらりと答えただけだ。だが度々リゼルの英才教育を受けた子供たちは、それを自分なりに咀嚼し正しく理解した。将来有望だ。

「それに、ほしいのはグンシだから、ぼうりょくじゃないの」

「しょうぶの方法も約束ももうすんでるから」

「ぜったいかてる作戦がほしい」

つまり子供たちは何らかの勝負で、相手を完膚なきまでに負かしたいのだ。泥だらけと言っている辺り、子供時代にヤンチャの呼び名をほしいままにしていた冒険者たちには勝負内容の見当もつく。何だか面白そうじゃないか、と何人かが声を上げかけた時だった。

「だから、貴族さまくらい頭のいい人を、おねがいします！」

「オンリーワンでは⁉」

全員引っ込んだ。そして職員は叫んだ。

そもそもそこらの冒険者が名乗り上げたところで、スタッドは彼らに依頼を受けさせる気などない。子供たちに交ざりながらテンションが上がり、最終的に大人気ないことになるのは目に見えていた。今でさえ主婦層からの冒険者の評判は宜しくないのだ、それを悪化させるような愚行を許すはずもなかった。

スタッドは淡々と子供たちを見る。依頼人の希望に沿う方法など一つしかなかった。

「ならば指名依頼にしてはいかがでしょうか」

「しめー？」

「通常、依頼を受ける冒険者はランダムですが、指名依頼ならば任意の冒険者に依頼を任せることができます。受けるかどうかは冒険者に一任されますが」

「『好きな冒険者を選んでね』」

少女らの顔がパァッと輝いた。

誰もが聞かずとも分かる。子供たちが真に望んでいる相手は最初から唯一人だけなのだ。

「貴族さまがいい！」

「「貴族さま！」」

異口同音に告げられる名に、凄いとこいくなぁと誰もが気の抜けた笑みを零す。

今の王都で最も多くの指名依頼を集めながら、受諾率は最も低いというパーティのリーダー。引き受けるにしても依頼人や内容などの法則もなく、あるのは彼らが興味を引かれたかどうかの一点のみ。報酬に金貨を積むような依頼人すら存在する冒険者へと、子供たちが同じように指名依頼を出そうというのだ。

「こちらの用紙に記入をお願いします」

「あ、椅子いるか。ちょい待ってて」

「みっつ！」

「ほいほい三つね」

隣に座る職員が、近くのテーブルから椅子を三つ引き摺ってくる。背伸びして受付カウンターに置かれた依頼用紙を覗き込んでいた子供たちは、嬉しそうに椅子へとよじ登った。腰かければ足はつかないが、書き物をするにはちょうど良い高さだった。

元気良く礼を告げる子供たちに、職員は胸がジンとして心臓を押さえる。そのまま天を仰いだ。自分は駄目じゃない。子供に駄目だとレッテルを貼られる人間ではないのだ。まだセーフ。ひたすらにそう言い聞かせていた。

ちなみにスタッドは、挙動の可笑しい職員へと不快げな一瞥を向けるのみ。子供たちに椅子を、という発想すらなく座ったまま一切動かない。彼は良い意味でも悪い意味でも子供扱いのできない男だった。

「名前と、イライと」

少女が代表して依頼用紙に記入していく。

見ていた冒険者たちは、流石は大きな国の首都に済む子供たちだと感心していた。小さな村では文字など使わずとも生涯過ごせるので、読めるけど書くのは苦手だという者も少なくない。むしろ読むのも苦手だという者すらいるが、冒険者である限りは割と何とかなるので誰も気にしていない。

「しめーのぼうけんしゃと」

大きく〝きぞくさま〟と書かれた指名欄をスタッドはじっと見ていた。

まぁ分かるから良いかと口は挟まない。こういうことも珍しくはないからだ。

「ほうしゅう……」

少女の手がピタリと止まる。

「お兄ちゃん、ほうしゅうってお金？」

「確実なのでそれが多いというだけで決まりではありません。依頼によっては現物支給、納品物の数割支給、珍しいところでは試食など依頼自体が報酬となる場合もあります」

「『お金が一番簡単だけど、別のものでもいいよ』」

「指名依頼については冒険者側が納得しさえすれば良いので報酬の自由度が高いです」

「『貴族さまが喜びそうなものって何かな』」

うんうんと悩み、コソコソと話し合う子供たちをスタッドは黙って眺めていた。

彼らの内緒話は筒抜けだが、お陰でスタッドのほうもある程度の試算を立てられる。子供たちの依頼内容を貨幣で払おうとすれば幾らになるか。通常の戦術指南ならばランクはおよそD以上。そうなると漏れ聞こえてくる子供たちの予算では依頼料には足りない。

そうなれば、いつもと変わらず断るだけだ。そう結論づけたスタッドが、ふと何かに気付いたように顔を上げた。対応中の彼が相手から視線を逸らす場合は酷く限られる。

「貴族さま、なにがほしいかな」

「お金とかじゃきっとダメだよ」

「のこったご飯、毎日たべてあげるとか」

食べてもらってるのか、と周囲の冒険者もスタッドと同じ方向を見る。

こそこそと話し合う三人の子供たちへと頭上から影が落ちた。不思議そうな少女らが仰け反るように真上を見上げる寸前、三人が頭を悩ませていた用紙が背後から伸びた腕に奪われていく。あ、と目で追った先には優しい微笑みがあった。

「ご指名、有難うございます」

「貴族さま！」

「「貴族さまだ！」」

椅子の上で体ごと振り返った子供たちへ、リゼルはにこりと笑ってみせた。

そのまま依頼用紙へと視線を落とせば、両隣からジルとイレヴンもそれを覗き込む。

「依頼は【ふくしゅうのおてつだい】」

「すっげぇ楽しそう」

「内容、〝ぐんしをぼしゅうします！〟」

「適任じゃねぇか」

揶揄うようにニヤニヤと、あるいは面白がるように鼻で笑う二人に、リゼルも可笑しそうに目元を緩めた。目前から用紙をずらせば己を見上げる幼い顔が三つ。輝くような目を向けられているあたり、この依頼を十全にこなせるだろうと随分と信頼されているのだろう。

リゼルは考えるようにスタッドを一瞥し、期待の眼差しを向ける子供たちへと視線を戻す。

「復讐の動機は何ですか？」

「どーき？」

「切っ掛け、理由、事の始まり」

「りゅう！」

少年二人が勢いよく少女を振り向いた。

三人は同じ学び舎に通う友人同士だ。一般的な学び舎というと数日に一度、近所の先生から読み書き計算を習う場所のことをいう。学び舎ごとに違いはあるものの大体そうで、少女たちが通う学び舎もその例に漏れない。そんな学び舎は、王都のそこかしこに存在するのだが。

「昨日ね、外であそんでたら、隣の子たちに泥団子なげられてね」

少女が憤慨しながら話し始める。

隣の子、というのは隣地区の学び舎の子供ということだろう。周囲はその時点で大体察した。相手を上から下まで泥だらけにしてやりたいという願望。憤慨する少女。更に昨日は雨上がりで、地面が非常にぬかるんでいた。

「あたしのね、お母さんに買ってもらった白のワンピース！　特別なの、初めてきたのに！　泥んこになっちゃってね！」

あーあ、と軽いリアクションを冒険者たちがとろうとした瞬間だった。

「万死（ばんし）に値（あたい）するね」

「それは許せない」

「復讐に走る権利はあるよ」

「弁償すれば良いんだろとか逆ギレされたら×××千切るレベルだねぇ」

ギルドにいた女冒険者と女性職員から一斉に同意の声が上がった。真顔だ。

冒険者たちは「マジかよ」と呟きながら真顔になったし、「弁償させれば?」と口にしかけたイレヴンは口を閉じた。そうか、そういう問題じゃないのかと男一同粛々と胸に刻み込む。

「女性の服を汚すなんて酷い男もいたものですね」

そんななか、リゼルは同意するように平然と告げた。

少女も膨れっ面のまま何度も頷く。そして普段から、件の学び舎と遊び場を巡って争っている少年らもフクシューだフクシューだと声を上げた。子供たちの戦意は全く衰える様子がない。

「依頼料、持ってきました?」

「おこづかい!」

「「の、あまり!」」

「じゃあ、三人ともお小遣いの半分ずつこのお兄さんに渡してください」

子供たちが、握りしめた銅貨を一つずつスタッドの前へと置く。

スタッドは子供たちの後ろに立つリゼルを見上げた。まだランクも決まっていない。けれど間違いなく依頼料には足りない。これは突き返しても良いのだろうか、窺うように視線を向けた先ではリゼルが唇の前にそっと指を立てている。口を閉じ、並べられた銅貨を見下ろした。

その間にジルが依頼の終了手続きへと向かう。面白がりはしたものの関わる気はないという意思表示だった。

「お兄ちゃん、よろしくね」

「「よろしくおねがいします」」

「…………承（うけたまわ）りました」

取り敢えず受けとれと隣の職員にジェスチャーで促され、スタッドは並べられた銅貨を回収した。どうすることもできず握り締めたまま膝の上に乗せておく。

それを確認し、リゼルは再び子供たちの前に依頼用紙を置いてみせた。いまだ空欄の報酬欄をトンッと指先で叩き、それを覗き込む子供たちの旋毛（つむじ）を見下ろしながら微笑む。

「報酬、何にしましょうか」

子供たちが首を傾げてリゼルを見上げた。しかし、同じくゆるりと首を傾けられてしまう。答えを教えてはもらえないようだと、彼らは悩むようにうんうんと頭を抱えた。

「ご飯、たべてあげるのは？」

「いつもと同じじゃつまらないです」

「お金？」

「そんなことしたら、俺が君たちのお母様に怒られますよ」

楽しそうに首を振るリゼルを、スパルタだなぁと周囲は眺めていた。

ギルド内は混雑する時間を迎え始めている。今も何組かの冒険者が入ってくるが、誰も出ていこうとはしない。「何してんの？」「なんか面白い」という会話が、ギルドにいた者と新しく入ってきた者たちの間で頻出（ひんしゅつ）していた。普段ならば「子供の遊び場じゃねぇぞ」と声を張り上げるような者も、一体どうなるのかと好奇心を露わにその光景を眺めている。

「このお兄さんなら、ヒントをくれるかもしれません」

「俺？」

「そういうの得意でしょう？」

ふいにリゼルがイレヴンへと話を振った。

振られたイレヴンはといえば、意外そうにリゼルを見てから子供たちを見下ろす。彼は子供が好きではない。むしろ嫌いな部類ですらある。だが目の前の子供たちはリゼルの庇護下にあり、そうであるならば拒否までは行かない。何より復讐の為に金を惜しまず、手段も選ばない根性は今回に限っては気まぐれな彼に非常に効果的だった。

だからこそ、リゼルも話を振ってみたのだが。

「まぁ良いけど」

「ありがとう、お兄ちゃん」

さて、とイレヴンはしなる髪を指先で弾く。正直、リゼルへの交渉材料など自分が知りたいぐらいだ。幾つか候補はあるものの、自身が使いたい時に使えなくなっては困る。それらを子供たちが提示できるかはまた別だが、本命は出し惜しむに越したことはないだろう。

そんな利己的な考えなど知る由もなく、子供たちは行儀よく教えを受ける姿勢をとった。

「間違いねぇのは本」

「本……」

「貴族さまのほしい本、わかんない」

「まァこれが用意できるとは俺も思ってねぇけど」

なら何故言った、という視線が集まるなか、イレヴンがにんまりと笑う。

「てめぇらが用意できんのは情報ぐらいじゃねぇの」

「じょうほう？」

「リーダーが知らなそうで、興味持ちそうな情報」

子供たちが顔を見合わせ、何度目かの秘密の作戦会議を始めた。

美味しいお菓子屋さん、秘密の抜け穴、埋めた宝物、綺麗な花の咲く木、髭が凄すぎるおじさん。

次々と挙げられる候補に、リゼルは聞こえない振りをしているものの正直少しばかり気になった。

子供は侮れないなぁと素直に感心する。

「ここは、とっておきの」

「あれか」

「あれはぜったいすごい」

どうやら意見が纏まったようだ。

さて絶対凄いと称される情報は何だろうと、「せーの」と声を合わせる子供たちを見る。

「ひゃっぴきの猫だまり!!」

凄く見たい。

「うん、報酬決定です。用紙にそう書いてください」

「はーい！」

子供たちは交渉が成立したことを喜び、嬉々として依頼用紙を記入していく。

これで全ての項目が埋まった。後はこれをギルドに登録してもらい、リゼルたちへと依頼を回すだけだ。だが本当にそうする訳にはいかないとスタッドが見つめる先で、悪戯っぽく微笑んだリゼルが子供たちから用紙を受け取る。

「これで依頼は成立しました」

リゼルは少しばかり畏まったように告げて、手にした用紙を子供たちへと翳してみせた。

その中央を指先で一度だけノックする。途端、依頼用紙を舐めるように緑の炎が揺らめいた。子供たちが驚きの声を上げるなか、用紙はキラキラと光の粒を撒き散らしながらポンッと燃え尽きた。

子供たちから、ついでに周囲の冒険者らから歓声が上がる。

リゼルは子供たちにも対等に接するが、相手が子供だという配慮を放棄することもない。まさか本当に冒険者ギルドを利用させる訳にはいかないだろう。そりゃそうだよなぁ、と周りからは納得の視線が集まっていた。

「宜しくお願いします、依頼人さん」

「よろしくおねがいしますっ」

「おねがいしまーすっ」

胸に片手を当てたリゼルに、子供たちも椅子から飛び降りて元気に挨拶した。

「じゃあ作戦会議です。あっちのテーブルでしましょうか」

「はーい」

子供たちが今まで座っていた椅子を持ち上げ、せっせと運んでいく。

リゼルは微笑ましくそれを見送りながら、さりげなくスタッドから子供たちの依頼料を受け取った。このまま懐に入れる訳にも子供たちに返す訳にもいかない。親に返せばきっと子供たちが怒られてしまうだろう。それが正しいのかもしれないが、冒険者としては依頼人の秘密を守るべきだ。今回はさりげなく言い聞かせるに留め、共犯者になろうかと小さく笑みを零した。

次に宿題の手助けを頼まれた時に、この依頼料で買った菓子を女将から出してもらっても良いだろう。そんなことを考えながらポーチに銅貨を入れれば、子供たちと入れ替わるように終了手続きを終えたジルが戻ってきた。掌で報酬を遊ばせる彼を迎える。

「イレヴンはどうしますか?」

「見てく。面白そうだし」

「ジルは?」

「帰る」

ジルは報酬を三等分してリゼルとイレヴンに渡し、言葉どおり颯爽とギルドを去っていった。イレヴンと同じく彼も子供が好きではない。ジルがいると子供たちもやや委縮するし、ジル自身が望まない限りリゼルも仲を取り持とうとは思わないので、そのままあっさりと見送った。

「ニィサンも大概正直だよなァ」

「面倒ごとは積極的に避けますよね」

「一番面倒臭がりッスよね」

リゼルたちがテーブルに向かえば、三人はぷらぷらと足を揺らしながら待っていた。そわそわと周りを見渡し、ちらちらとこちらを窺う姿に、普段は寄り付かない場所に全く緊張していない訳ではないようだとリゼルは苦笑する。丸いテーブルの、何故か一辺に集まるように座っている彼らと向き合うようにリゼルとイレヴンは腰かけた。

「じゃあ、軍師として詳しく話を聞きましょうか」

リゼルが微笑めば、予供たちはピンッと背筋を伸ばす。

よく躾けられてるなぁと、イレヴンはテーブルに寄りかかるように頬杖をつきながら思う。リゼルにその意志があろうがなかろうが、どちらにしても子供たちはこうなるのだろう。思えば王族の教育係であったのだから、市井の子供が受けるには何とも贅沢な教育だ。

「勝負はいつですか?」

「明日のまなびやがえり!」

「方法は?」

「泥だんごなげ!」

「じゃあ、目標は?」

「泥だらけにして泣かす」

「せいぜいお母さんに怒られるがいい」

打てば響くような幼い声に、リゼルは何かを考えるように頷いた。

目指すは完全勝利なのだろう。少女を見れば分かる。それしか考えていないような顔をしている。

蹂躙してやろうという強い意志を感じる。それができると信じて疑わないような目に、随分と厳しそうな依頼人だとリゼルは苦笑した。さてどうしようかと唇を開く。

「こちらが一切汚れず、相手を上から下まで泥だらけにするのは簡単です」

「ほんと!?」

少女が満面の笑みを浮かべる。少女らしい、可憐で可愛らしい笑みだ。

だがその笑みの由縁を知る周囲はあまり和めなかった。隠されない敵意がむしろ怖い。

「イレヴンならどうしますか？」

「手足縛って泥池に落として浮き上がらなくなるまで待つ」

「イレヴン」

「なーんつって」

誰が体の中まで泥だらけにしろと言ったのか。

教育的指導が入りかけたので、イレヴンは顔を引きつらせながら提案を改めた。

「ふっつーに落とし穴か何かに落として、上から泥水流し込むのが良いんじゃねぇの？」

途中で入った教育的指導に首を傾げていた子供たちも、それには成程と頷いた。掘るのは大変そうだが、相手が勝手に落ちてくれる。上から泥をかぶせるだけで自分たちは汚れずに済む。随分と楽ちんだと思った。

ならそれが良い、と子供たちが同意の声を上げかけた時だ。

「確かに簡単ですけど」

ふいにリゼルが口を挟む。

「ダメなの？」

「かんぜんしょーりなのに？」

「君たちにとっての完全勝利が何かってことです」

どういうことだろう、と子供たちの不思議そうな目がリゼルを向いた。

ついでにギルド職員も冒険者も向いた。もはや盗み聞きどころではなく見物している。

「穴を掘って落として、泥水をかけて、それを見下ろした感想は？」

少しの間。

「たぶんもう泣いてる」

「『かわいそう』」

「そうですね」

リゼルが安堵したように笑う。ここで清々すると言われなくて何よりだ。

恐らくこの場で唯一それを笑って見られるイレヴンは、つまらなそうに子供たちを一瞥していた。

子供を苛める趣味はなかったはずだが、物足りなさを感じているのかもしれない。

「良いですか。目的を勘違いしちゃいけません」

「泣かす？」

「では、ないでしょう？」

首を傾げる子供たちにリゼルはゆっくりと語りかける。

「復讐っていうのは手段ですよ。自分のなかで、折り合いをつける為の方法です」

「おりあい」

「納得、気持ちの切り替え、心が穏やかになること」

「分かったっ」

「目標は、おりあい！」

「そう。じゃないと、復讐する意味がありません」

だからこそ、こちらが罪悪感を抱くような方法では駄目なのだ。

すぐに納得を示した子供たちに、理解の早い子だとリゼルも頷く。もしかしたら鵜呑みにしているだけかもしれないが今はそれで良い。それでは済まされない事態など、訪れないに越したことはないのだから。

「だから、君たちはきちんと知らなければいけません」

優しい微笑みで齎された忠告に、子供たちはパチリと目を瞬かせた。

「それしか方法がなくても、誰もが当然の権利だと肯定しようと、自分だけは復讐を正当化しないように。力に訴えた手段をとることを正義だと思ってはいけません」

「……フクシューはダメってこと？」

「駄目じゃないですよ。ただ、間違えないようにってだけです」

リゼルも全てを理解させようと思って言っている訳ではない。

けれど、難しい難しいとテーブルにへたれる子供たちには、それほど難しい話でもないだろうと可笑しくなってしまう。むしろ簡単だ。ようは、暴力は良くないよという極々ありきたりな道徳の話。後から後から理由を重ねて正当化することに慣れてはいけないよ、というだけのことなのだから。

何故なら、間違った正義感ほど他者に利用されやすいものはない。子供の喧嘩でそこまで忠告する気はないが、いつか役には立つだろうとリゼルは言うだけは言っておいた。

「そういう奴は使いやすいんスけどね。何つうの、正義感？　みてぇなやつ。勝手に突っ込んで周り巻き込んで自滅してくれるから口封じの手間ねぇし」

なにせ身近にこんな存在がいるのだ。言い聞かせて損はないだろう。

そんな会話に「レベル高い会話してるなぁ」という視線が集まるなか、ふいに少女が口を開く。

「貴族さま、フクシューいや？」

「嫌じゃないですよ。だって、君たちはそうしないと気が済まないんでしょう？」

「すまない」

「泣かす」

「覚悟、できてますね」

「できてる！」

「ドンとこい！」

ならば、依頼を受けたリゼルは精一杯それを助けるのみだ。

元々、復讐の是非を問う気など更々ない。むしろリゼルは〝必要ならば仕方ない派〟なのだから。

戦意も高くやる気も溢れている子供たちに、ならば早速作戦会議だとポーチを漁った。

「大切なのは、相手に遺恨を抱かせないことです」

取り出したのは、数枚の紙と三本のペン。テーブルの上に並べれば子供たちは目を輝かせ、椅子の上に立ち上がらないギリギリまで身を乗り出す。

「いこん」

「相手を恨む気持ち、君たちが相手に抱いている怒りと同じもの」

「あっちもフクシューするってこと？」

「そうなったらキリがないですからね」

うんうん、と子供たちは頷いた。

今まさに復讐心に駆られている彼らだ。しっかりと理解できただろう。

「だから、勝負は正々堂々と。そのうえで完全勝利しましょう」

「あんま圧倒的すぎても絡まれねぇ？」

「そうなんですよね」

リゼルがうーん、と考えながらペンと紙を子供たちにそれぞれ渡す。

意味はあまりない。作戦会議っぽくて良いかなと思っただけだ。実際に少年少女は喜び勇んでペンを握り、さくせん、と紙に書き込んではテンションを上げているので目論見(もくろみ)は成功している。

「決め台詞、ですね」

「は？」

真剣に呟いたリゼルに、何故そうなったという視線が集まった。

「完全勝利を決めて、決め台詞を叩きつけましょう。相手が敗北を認めざるを得ないような、とても格好良い決め台詞です」

辛勝だと意味がない。圧倒的勝利だからこそ言える決め台詞。

大半のギルド職員と女冒険者はよく理解できなかったが、大半の男冒険者は深く頷いて納得を示した。それは敗けを認めざるを得ない。恨むより先に羨望が沸きそうだ。そう言いたげですらある。

証拠に、子供たちも大はしゃぎで大賛成していた。

「どんな決め台詞にするかは君たちに任せますね。一番大切な作戦です」

「「はーいっ」」

「かっこいいのにするね！」

リゼルたちは地図が欲しいだの、仕掛けがどうだのと話し始める。

それを眺めている職員らは「本格的な作戦だけど良いのかなぁ」とギルドの評判を心配して目をしぱしぱさせていたし、男冒険者たちは脳内で格好良い決め台詞を真剣に考えこんでいた。そして数少ない女冒険者は「スカート似合わないんだよな……」と己の逞しい足を見下ろしてひらめく裾に思いを馳せるのだった。


とある少年たちは、悔しそうに歯を食い縛って目の前に立つ少女を睨みつけた。先日、泥を引っかけてやった白いワンピースが、真っ白な裾をひらめかせているのが印象的だった。

戦況は最悪だ。こちらの服は泥にまみれ、歯を食いしばれば砂利を噛む感触がある。頭を振れば髪から砂が零れ、靴の中に入り込んだ泥のせいで足の裏も気持ちが悪い。手持ちの玉は既になく、追い詰められた公園の隅は乾ききった硬い地面で覆われている。補給は絶望的だ。

追い詰めていたつもりが、いつの間にか追い詰められていた。連携のとれた動きはいっそ称賛に値して、作戦AだのBだのに完全に翻弄されてしまった。正直凄く格好良かった。フォーメーションとか応答の掛け声とかも格好良かった。

「これで、おしまい」

少女の鈴が鳴るような声。同時に、相手が手にした泥玉が振り上げられる。

少年たちは腕で顔を庇い、きつく目を瞑った。しかし衝撃はいつまで経ってもこない。恐る恐る薄目を開ければ、玉は振り上げられたまま止まっていた。三対の眼がこちらを見据えている。

「負けをみとめれば、さいごの一発はかんべんしてやる」

「さいごまで戦うなら、そのカクゴをみとめてオレたちも戦うぞ」

追い詰められた少年たちは呆然と顔を見合わせた。

しかし、すぐに凛々しく眉を吊り上げる。どうせ負け戦だ。最後まで戦ってやろう。

「やれ!」

啖呵をきった少年に、玉を構えた二人を従えた少女が凛と微笑んだ。

「戦いがおわったら、いいおともだちになれそうね」

そして少女たちの攻撃が少年たちの腹を射抜く。

勝負は少女たちの完全勝利で幕を閉じた。

「あれ、『貴族さまたちをイメージしたの』って言われたんですけど」

「分からねぇでもねぇんだよなァ」

「え？」

イレヴンに案内された密かな観戦スポットで、リゼルは勝負の行方を見守っていた。

少女は酷く清々しい顔をして、泥だらけの少年たちと和気藹々と話している。どうやら無事に和解できたようだ。同じく清々しい顔をした少年たちが、これから帰って母親にしこたま怒られるのかと思うと少しばかり複雑だが。

一番の被害者はあの泥だらけの服を何とかする母親たちなのでは。薄々気付いていた事実は残酷ではあったが仕方ない。復讐には犠牲が付き物なのだ。そういうことにしておく。

「じゃあ行きましょうか、ひゃっぴきの猫だまり」

「こっからだとー」

夕暮れ時、晴れの日、その条件で運が良ければ見ることができる〝ひゃっぴきの猫だまり〟。二人はどんな光景なのだろうと話し合いながら、子供特有の抜け穴満載かつ道なき道を苦戦しつつも進んでいくこととなる。

だが猫だまりは色々と凄かったので、リゼルもイレヴンもとても満足したのだった。

149.

ジルとイレヴンの手合わせは、大抵が宿屋の庭か王都の外で行われる。

前者は手狭だが、二人にとっては戦略が変わるだけで大した支障はない。勿論宿の女将さえ怒らせなければ、という制限はつくがこれは仕方のないことだ。そして後者については、依頼で外に出た際の暇つぶしに行われることが多い。こちらは時折他者、大抵は他の冒険者に目撃されては遠くから眺められたりもする。他人の視線が気にならないジルたちには全く関係ないのだが。

そんな二人の手合わせ事情。今日は宿の裏庭だった。

「何か、アドバイスとか、ない訳ッ」

「欲しいんならやるけどな」

ジルはイレヴンの横薙ぎの一閃を剣で受ける。死角から刺し込まれる第二撃を手首を摑んで止めた。その手を引き寄せカウンターを狙うも、相手の両脚が地面を蹴ったのを見て拘束を解く。後退しながら仰け反れば、眼前を鋭い刃を携えた靴先が掠めていった。

その脚が地面に降りるまでの間。赤い髪を撓らせ、今まさに着地しようとするイレヴンは空中にある。つまり身動きがとれない。その隙を逃さずジルは躊躇せずに大剣を振るった。

「あっぶね」

甲高い音を立てて刃と刃がぶつかり合う。

身動きがとれないとはいえ全く動けない訳ではない。イレヴンは体を捻るようにジルの大剣へと己の剣をぶつけた。一度振るえば弾かれぬ冒険者最強の剣。逸らすことなど少しも叶わないが、それこそ想定どおりだとイレヴンは嗤う。降り抜かれるジルの剣を軸に体を回転、伏せるような体勢で地面へと着地した。

見上げ、見下ろし、二人の視線が交差する一瞬。イレヴンは既に予備動作を終えていた。背に隠した手、笑みに歪む唇。それに気付いて微かに眉間の皺を深めたジルへと、彼は思いきりそれを振りかぶる。

「よっしッ！……あー……」

ジルの眼前に翳された手に、白くグチャッとしたものが潰されていた。

強く香り始めるのは甘い匂い。防がれたか、とイレヴンは萎えたように明後日を見る。

「これ止めんの？　殺気ねぇ攻撃とか弱ぇと思ってたんだけど」

イレヴンにはもう、追撃しようという気はない。

しゃがんだ体勢ではジルの剣を止められも避けられもしない。多少の隙は作れたのかもしれないが、それでもまだジルが大剣を振るうほうが早かった。ここまでかと、黒いグローブを汚してやった達成感に機嫌を上向かせながら立ち上がる。

「リーダーのアドバイス生かしてみたんだけどなァ」

「……」

「うわ、すっげぇ嫌そうな顔。これ口つっこめりゃ本当に勝てんじゃ」

直後、イレヴンはベッタベタの掌を顔面に食らって思わず叫んだ。

「ちょいリーダー聞いてニィサンがさァ！……いねぇし」

宿のシャワーを借りてすぐ、イレヴンはリゼルの部屋へと突撃した。

だが目当ての姿がないことに気付き、不平不満の表情を消して一瞬でテンションを下げる。思うままに慰めてもらえないのなら騒いでも意味がない。鍵はかかっていなかった。しかし食堂にもいなかった。ならば鍵をかけ忘れたまま外出しているのだろう。不用心だとは思うが、荷物の全てをポーチに入れて持ち歩いているのだから何がある訳でもない。

「何処行ってんだろ」

呟き、ベッドに腰かけるとそのまま寝転がる。

ちなみにリゼルだが、今はギルドで気になっていた依頼を一人受けている最中だった。Fランクの【冒険者の友人がいると見せかけて交渉を有利に進めたい】という依頼を受けて、自分では迫力が弱いだろうかと少し心配しながら依頼人の元へ向かい、粛々とした顔で「ちょっと……友人とは……」とやんわりチェンジを申し立てられて微妙に落ち込んでいる最中ともいう。

「っし」

ベッドから下ろしていた足を軽く上げ、反動をつけて跳ねるように立ち上がる。

時間も早いので二度寝しても良いが、がっつり運動した後なので眠気はない。ジルは迷宮にでも行っただろう。さて何をしようかと考えながら、特に目的地を決めないままに部屋を出た。

イレヴンが訪れたのは、馴染みのチョコレート店だった。

そろそろストックも少なくなり、甘いものも食べたいのでちょうど良い。イレヴンは朝イチで甘いものも辛いものも重いものも食べられる、シチュエーションに食欲が左右されないタイプであった。

「いらっしゃいませ」

「んー」

クラシカルなエプロンドレスに身を包んだ店員に、素晴らしい営業スマイルで出迎えられる。それに手を上げてショーケースを覗き込めば、目移りしそうなほど多種多様に並べられているチョコレートの数々。定番のシンプルなものから、美しい細工や模様が施されているもの。それらを特に心弾ませることなく目で追った。

相変わらず周りは女性客ばかりだが、イレヴンは何を気にすることもない。

「本日はお連れ様はいらっしゃらないんですね」

「見てぇの？」

「とても」

「駄ァ目」

余所では愛想が良いと称されるイレヴンだ。戯れるように会話を交わす。

だが目を細めて笑う顔にはリゼルに向けられる甘さも、ジルに向けられる挑発的な色もない。誰が見ても少し癖のある、けれど人好きするような笑顔が浮かべられていた。

「それでも、時々いらっしゃるんですよ」

「あー……そういや前、持ってた気ィする」

アスタルニアへと出発する前。宿の女将や、よく話す少女らの母親たちに小さな箱を渡していたのを思い出した。イレヴンは包装など頼んだことがないので分からなかったが、この店のチョコレートだったのだろう。皆一様に顔を輝かせていたのだから、この店の知名度の高さなど言うまでもない。

「これ新作？」

「完全新作ではありません。去年も、この時期に店頭に並べていたものです」

「中は？」

「小さく刻んだドライフルーツが入っております」

ドライフルーツ、とイレヴンは四角いチョコレートを見下ろした。艶やかなチョコレートの表面には、中に入っているだろうフルーツが鮮やかに描かれている。正直、見目など食欲が失せるほど酷くなければ何でも良いのだが、リゼル曰く「こだわりがあるのは素晴らしい」のだとか。イレヴンにはよく分からないが、きっと隣に並ぶ淑女(しゅくじょ)が可愛い可愛いと顔を蕩けさせているのとは、また楽しみ方が違うのだろう。リゼルの評価の仕方は独特だ。

「これ腐んの早い？」

「いえ、他のものと変わりませんよ」

「ふぅん」

何という聞き方をするのだ、という店員の視線を気にすることなく、イレヴンはドライフルーツ入りのチョコレートを指差した。

「これ四十と、この二列十個っつ。そっちの酒入りの五個」

「一つずつお包みしても宜しいですか？」

「ん」

ブランデー入りは完全に自分用だ。ジルもこれだったら食べられるだろうか。分ける気もないが。そう考えかけ、ふいにイレヴンの頭に妙案が浮かんだ。

「この店さァ、オーダーメイドとかできる？」

「オーダーメイドですか？」

毎度毎度チョコレートを一つずつ包むという面倒臭い注文をする客にも、店員は慣れたように対応しながら首を傾げた。彼女はチョコレートを包む手を止めることなく、不思議そうにイレヴンを見返している。今まで特にこだわりなく大量買いしていた相手から、オーダーメイドの言葉が出たことがそれほど意外だったのだろう。

「そ。できる？」

「ケーキなどは時折承っておりますが……どういったものでしょうか」

「そうだなァ」

イレヴンはショーケースに腕を置き、楽しそうに口を開いた。

「人間の食べ物じゃねぇってくらいクソあっっっまいの」

「はい?」

「口に入れただけで悶絶するぐらい」

何を言っているのか分からない、という目を店員は辛うじて堪えた。だが会話が聞こえていた範囲の女性たちは思いきりイレヴンを凝視する。彼女らは皆一様に甘党ではあるが、甘ければ甘いほど良いというにも限度があるのだ。

「食べるのは、人ですよね?」

「だいじょぶ、ほぼ人外だから」

ほぼ、と聞いていた者の内心が一致した。

だがイレヴンは構わず大きさや形を指定していく。口に入れたらすぐ甘味が広がり、大きさは小さめで形は薄め。あまり軽すぎると狙いづらいから重さはそこそこ。匂いも強烈なのが良いけど口に入れてから匂ったほうが良い。それらの要望をひと通り受け取った店員が、一体どういう使い方をするのかと疑問に思いながらも手を止める。

「パティシエに確認して参りますね」

「よろしくー。このケーキ貰(もら)うわ」

「お席にお持ちします」

いつもどおり何か食べて待っていようと、イレヴンは目についたケーキを指差した。ちまちま包むのは地味に時間がかかるので、もはや互いに慣れたやり取りであった。

そして空いているテーブルに向かう。席について程なく運ばれてきたのはワンホールのチョコレートケーキ。こういうものを空間魔法に入れると、出す時に運次第ではグチャグチャになってしまう。地味に買って帰れないので、これを食べながらの待ち時間はなかなかに有意義だ。満足げにそんなことを思いながら、フォークをケーキに刺した時だった。

「相席、宜しいかしら……っ」

「どーぞ」

意を決したようにかけられた声にあっさりと返す。

それに対し、少しばかり戸惑いながらも正面に座ったのは一人の少女だった。身に着けているのは仕立ての良いドレス。顔立ちはやや幼さが残りながらも、大人になりかけだからこその目を離しがたい魅力を湛えている。そんな彼女は、イレヴンと同じくこの店の常連だった。

少女はやや緊張した面持ちで、震えそうになる唇を何とか開く。

「その、お話ししても？」

そわそわと、指先を絡めては解いて、彼女は控えめに問いかけた。

イレヴンはケーキを頬張りながら視線を正面に向ける。ちらりと視線が合っては焦ったように逸らされる。そんな初々しい姿を暫く眺め、にこりと愛想良く笑ってみせた。

「食い終わるまでだけど」

「え、ええ！　勿論良いわ！」

頬を薔薇色(ばらいろ)に染め、緩みそうな口許をきゅっと引き締めた姿は酷く可憐で可愛らしい。

けれどイレヴンは、恐らく大抵の男が相好(そうこう)を崩すだろう笑みに無関心であった。随分と箱入りっぽいな、なんて思いながら大量にクリームののったコーヒーを味わう。何故ならこれほどまでの箱入り少女を目前にすると、同じく箱入りであるはずのリゼルの謎の行動力に意識が行ってしまう。主に、何故そうなったという意味で。休暇ではしゃいでいるにしても凄い。

「あの、私もよくこの店に来るのだけど。最近、あまり見なかったから」

「あー、アスタルニア行ってたから」

「アスタルニア……」

長い睫毛(まつげ)を震わせ、少女が感心したように数度瞬いた。見知らぬ異国への憧憬(どうけい)か。

彼女は運ばれてきたケーキに手をつけることなく、躊躇うように顎を引いて言葉を続ける。

「それは、冒険者として、かしら」

「ん」

イレヴンは変わらぬペースでケーキを口に運ぶ。そのまま肯定すれば、少女はほんの微かに気落ちしたようだった。以前リゼルと共にこの店の依頼を受けた際、少女がその場にいたかイレヴンには覚えがないが、冒険者だと知らなかったというのはあり得ないだろう。

それでも確認をしたのは、できれば否定が欲しかったからだ。彼女が望む関係に、冒険者は決してなり得ない。勝手なことだと思いはするが、当然の反応でもあるので気にはならなかった。人望が欲しいのならば、そもそも冒険者になどなっていない。

「アンタみてぇなのは怖がりそうだけど」

「いえ、そんな、全然……っ」

咄嗟に顔を上げた少女の両目をイレヴンは真正面から覗き込んだ。

微かに揺れる汚れなき瞳。それを視線で絡め取り、見つめること数秒。瞬きを忘れ、呼吸すら忘れたかのように少しも動かぬ少女に、ふと瞳を弓なりに撓らせながら笑ってみせる。

「へぇ」

その一言に少女は息を呑んだ。

低く深い声。笑みを滲ませる吐息。縦に裂けた瞳孔から視線が離せない。冒険者だから怖いとは確かに思わない。けれど、彼女は確かに恐ろしさを感じていた。手を差し伸べられれば抗えないだろうほど魅力的な、甘く闇色をした抗いがたい恐ろしさだった。

「それ、食わねぇの？」

「え？」

ふいにイレヴンが、少女の前にある手付かずのケーキをフォークで指す。

「食って良い？」

少女は慌てたように頷いて、両手でそっと皿を押し出した。

イレヴンが片手を伸ばし、遠慮なく皿ごと掛って自らの前へと置く。

「あんがと」

「い、いえ」

盛りつけられたフルーツを指で摘む姿を、少女は夢から覚めたように眺めていた。

今、自分は一体何を考えていたのだったか。呆けたように一度だけゆっくりと瞬きをする。

「お待たせいたしました」

「お、どう？」

そんな彼女を尻目に、店員が包み終えたチョコレートを運んでくる。

少女の淡い恋心を知る店員としては、もう少し時間をやりたいところだが仕事は仕事。イレヴンも既にホールケーキを食べ終えているというのもあり、タイミングを見計らって声をかけたのだ。

「ちょい待って」

イレヴンは少女の分のケーキを三口で食べ終え、トレーに積まれた大量のチョコレートをポーチに流し込む。そしてコーヒーを一気に喉へと流し込むと、オーダーメイドの件はどうなったのかと楽しげに問うた。

「できそう？」

「申し訳ございませんが、美味しく食べていただけないものを作るのは遠慮したいと……」

「マジかァ」

要は、碌（ろく）でもない使い方をされそうだから嫌だ、ということだ。正論なので何も言えない。

「まァ良いや。ごっそさん」

「有難うございました」

イレヴンはテーブルの上に数枚の金貨を残して席を立つ。

それに少女が慌てたように顔を上げた。立ち去ろうとする姿を引き留めるように手を伸ばしかけるも、きゅっと握りしめて膝の上へと押し当てる。それでも自らを奮い立たせ、身を乗り出した。

何か伝えようと小さな唇を開けば、ふいに笑みを深めたイレヴンの顔が下りてくる。

細められた瞳が視界を通り過ぎ、唇が耳元へと寄せられるのに、少女はギシリと動きを止めた。

「火遊びしてぇならいつでもドーゾ」

囁き、何事もなかったかのように去っていくイレヴンを少女は呆然と見送る。火遊び、という言葉に思うところはあるものの、今はそれどころではない。真っ赤になった耳を露に、彼女は両手で顔を覆うと額をテーブルへと打ちつけた。

「新しいケーキ、お持ちいたしましょうか?」

「…………ホールでくださる?」

店員の女性は「普通は胸がいっぱいで食べられない、となるところでは」と思いつつ、唸るようなか細い注文に了承を返した。周囲の女性客が目を輝かせて甘酸っぱい少女の姿に密かに盛り上がるなか、彼女は後に「蛇に捕食されかけている小鳥を見るようだった」と語ったという。


甘いものを食べたら辛いものが食べたくなってきた。

そんなことを思いながら、イレヴンは特に目的もなく街中をブラついていた。途中の屋台で甘辛く焼かれた肉の塊を購入し、悩むことなく食べ歩きへとシフトする。唇の端についたソースを二股に割れた舌先で舐めとり、綺麗に残った骨を他の屋台のゴミ箱へと放り投げた。

「あ」

「あ?」

ゴン、と骨がゴミ箱の底を叩く音。同時に聞き覚えのある声が聞こえた。

振り返ってみれば珍しくもオフの恰好をしたジャッジの姿。店を閉めて食材の買い出しにでも出ていたのだろう。ちょうど良かった、とばかりに歩み寄ってくるのが少々意外で足を止める。最近は怯えることも減ったとはいえ、リゼルがいない場で話しかけてくるとは珍しい。

「今日、リゼルさんは？」

「知らねぇ。出掛けてるっぽい」

「そっか」

更に珍しいことに、ジャッジはリゼルの不在を聞くと安堵したように肩の力を抜いた。

落胆するならともかく、とイレヴンが訝しげに眺める前で、彼は意を決したように頷く。

「今、良い？」

「良いけど」

「ちょっと、聞きたいことがあって……」

声を潜め、いかにも内緒話の様相だった。これだけ人に溢れる場所ならば、むしろ世間話のように話したほうが周囲に聞き流されやすいだろうに。自分には関係ないので別に良いが、とイレヴンは自然体のままで聞く体勢をとる。

「裏オークションって、どうやったら出れる？」

「はァ？」

予想だにしない質問に思わず声を上げたイレヴンへ、ジャッジは慌てたように付け加えた。

「無理なら良いんだけど、でもどうしても欲しいのがあって……っ」

「何？」

「か、絵画」

「何の？」

ぐう、とジャッジは追い詰められたかのように口を噤んだ。

裏オークションも様々あるが、イレヴンが時々顔を出すようなオークションでは出品されるものが曰く付きばかり。盗品、遺品、危険物。時には表より値がつくからという理由で出品される真っ当な美術品もあるが、大抵が偽物だったり、やらせ入札が行われたりする。当然その存在は秘められており、ほのぼの平和に過ごすジャッジが知っているのが不思議なぐらいだった。

「それ、本物って確証あんの？」

「実際見た訳じゃないけど、噂を聞く限り、多分」

「ふうん」

リゼルの信頼する鑑定士だ。ジャッジがそう判断したのならそうなのだろう。

危ないものに手を出すようには見えないので、求めているのは裏オークションでは稀である本物か。やらせだったら面倒だ、などと内心で零しつつもイレヴンは面白そうに唇を笑みに歪ませる。

「で？」

「う……」

オークションに参加する方法が知りたいなら教えろと、その意図をしっかりとジャッジは受け取ったのだろう。彼は一瞬黙り込むも、観念したようにおずおずと告げる。

「……リゼルさんの、絵画」

イレヴンが無言で凝視すれば、耐えきれないというように顔が逸らされた。その顔色は白い。恥じ入られるよりマシだが、と呆れ半分ドン引き半分に眺めていると、その視線を何だと思ったのか彼は慌てたように弁解を始める。

「えっ、ほ、欲しくない⁉」

「今日にでも宿行けよ。本人見れるから」

「そういうんじゃなくて……ッほら、変な扱いされたら嫌だし」

一体どんな扱われ方を想像しているのか。むしろジャッジはどんな扱い方なら満足するのか。絵画の為に家を一軒建てるべき、と言われても不思議ではない。いや、流石にないか。ないと思いたい。イレヴンは今からでも他人のフリをしようか真剣に考えた。

しかし、と弁解を重ね続けるジャッジを尻目に考える。迷宮品のリゼルの絵画が出品されること自体は非常に興味深い。その隣に大抵いただろう自負はあるが、気になるといえば気になった。

「それ、いつのオークションだって？」

「え？　あ、今夜……」

「今夜ァ？」

随分と急な話だ。だが、何とかできない訳ではない。

イレヴンは挑発的に笑い、背中で揺れる髪を指先で弾いてみせる。

「ぜってぇ落とせよ」

「教えてくれるの!?」

「ああいうトコ、一見はまず無理だし。一緒に入ってやるよ」

「あ、有難う……っ」

ジャッジ一人で行ったとして、たとえオークション会場に入れようが無事に出られる保証はない。むしろ辿り着けるかどうかも難しいだろう。会場への道筋が難解というのもあるが、それ以前の問題なのだ。こんなにでかくて気弱そうなのが歩いていては目立って仕方がない。絶好のカモだと集られ、有り金全てを奪われる程度ならばマシなほうか。

「リーダーに怒られんのヤだし」

「リゼルさん？」

「何も」

知っていて一人で行かせたなら流石に怒られるだろう。

これで興味のない品ならば場所すら教えずに流すが、イレヴン自身も割と乗り気になってしまった。そして折角見にいくのなら、目の前でリゼルの絵画を見知らぬ他人に落札されるよりはジャッジに花を持たせることを選ぶ。

「じゃあ」

「夜てめぇの店行くから待ってろよ。そのダッセェ服も何とかしなきゃなんねぇし」

「え、ダサ……え？」

その後、方向が一緒だからと何となく二人が揃って歩いていたら、珍しく素朴で安価な焼き菓子の屋台を覗いているリゼルを見つけた。

「リーダー何買ってんの？」

「宿の子たちにお菓子でも、と思って」

「あー、依頼料で買うっつってたっけ」

「二人はどこか行くんですか？」

「あ、リーダー聞いて。こいつさァ」

「うわぁぁーーーー!!」

不思議そうな顔はされたが、ジャッジは何とか隠し通すことに成功したのだった。


雲一つない黒い空は、月の輪郭を際立たせて美しい。

人々も寝静まり、静寂が街並みを支配する時間。けれど路地裏の深部は今時分が最も活気づく。騒がしい訳ではない。だが奇妙な熱気があった。全員が互いを認識していないような、けれど誰とも知れない相手の視線を常に感じているような、別世界にやってきたような感覚。

それが自分の知る王都ではないようで、ジャッジは不安そうに目元の仮面へと触れる。彼は今、イレヴンと共に準備を済ませて豪奢な屋敷の前に立っていた。

「おら、背筋伸ばせ」

「だって、普通に怖いし……」

「もっと怖い目に遭いてぇなら別に良いけど」

直後、ジャッジは過剰に背筋を伸ばして、歩き出したイレヴンに続いた。

屋敷に入っていく人々は、誰も彼もがその身を着飾っている。豪奢なドレスを身につけた女、いかにも貴族らしい服を着こなした男、薄手のドレスに肌を惜しげもなく晒す女や、そんな彼女に身を寄せられるように腕を差し出す男。皆一様に、その顔を隠している。

「顔、出してる人いないね」

「身バレ防止」

「あ、そっか……」

小声で話しながら、ジャッジは自分たちがこれだけ着飾ったのも納得だと頷いた。

髪型も服装もいつもと全く違う。イレヴンにより連れられた裏商店の一つ、そこで正装を手に入れて着替えも済ませ、髪などの身支度も全て整えられたうえ、仮面まで用意された。ジャッジから見てもセンスの良い完璧なコーディネイト。値段も相応のものだったが、イレヴンは今日が済んだらハンカチーフ一枚残さず捨てろと言う。勿体ないとは思うものの、色々と恐ろしいので従う外ない。

「招待状を拝見いたします」

「ん」

住むのは貴族か大商人か。そんな屋敷の前には、厳めしい顔をした男が二人立っていた。

仕立てのよい黒服に身を包んだ男たちに、イレヴンが黒い封筒を差し出した。ジャッジが着せ替え人形になっている間に、いつの間にか手に入れていた招待状だ。そのやり取りに慣れず、ジャッジはイレヴンの背後に少しばかり隠れる。体格的に盛大にはみ出してしまいながらも、招待状を精査(せいさ)する男たちを不安げに窺った。

「ようこそいらっしゃいました。どうぞ、お入りください」

「おら、行くぞ」

「う、うん」

「お楽しみを」

酷く落ち着いた低い声に見送られ、二人は屋敷へと足を踏み入れた。

ジャッジはそろりと後ろを振り返ってみる。男たちは送り出すように、こちらへと腰を折っていた。その背筋が伸ばされ、向けられる顔が何となく恐ろしくて慌てて前へと向き直る。

「目当てのモン以外はいらねぇの」

「どうだろ……競り合ってまで欲しいとかはないかな」

「ふぅん」

玄関ホールを抜け、様々な絵画、壺(つぼ)、その他の装飾品が並ぶ廊下をメイドに先導されながら歩く。時折「あ、偽物」と小さく囁いていればツボに嵌まったのか、前を歩くイレヴンが肩を震わせながらにやりとした笑みを向けてきた。それに何となく緊張が解(ほぐ)れていく。

然程(さほど)歩かない内にたどり着いた重厚な扉。メイドが片側だけ開いた扉へと身を潜らせたイレヴンに続いてジャッジも入れば、そこは大広間といえば良いのだろうか。客人を招いて演奏会でも開く

部屋なのかもしれない。無数の椅子が置かれている所為か、想像よりは狭いというのが第一印象だった。

「お飲み物をお伺いいたします」

「ワイン」

「え、あ、同じものを」

二つ並んだ椅子へと二人は通された。それぞれにサイドテーブルが置かれている。そこには番号の書かれたプレートと、果物の盛られた皿が置かれていた。ジャッジはそれらを暫く眺めていたが、果物に手をつける勇気はなかった。豪華絢爛な客人らに囲まれた空間では喉を通りそうにない。

メイドがワイングラスを二つ、そしてトーションを添えたワインボトルを一つ運んでくる。注がれたそれは薔薇のように赤く、天井のシャンデリアを反射して煌めいている。

「それは飲んで良い」

「え、飲んじゃ駄目なやつがあるの？」

「まぁ今日は大丈夫だろ。ほぼ飛び入りだし」

ジャッジは顔を青くして、引き寄せかけたグラスを恐る恐るサイドテーブルに戻した。

そして二人が席について、およそ十分ほど経った頃だろうか。席はほとんどが埋まり、ついにオークションが始まった。肘をついて退屈そうにそれを眺めるイレヴンの横で、ジャッジは姿勢良く、むしろ若干固まりながらも進行を見守る。そこかしこから聞こえてくる金額は表のオークションの比ではなく、出品される品も世間に流して良いのかと危惧されるものも多い。

特にジャッジは、どんどんと吊り上がる値段を余計に気にしてしまっていた。

「あれは？」

「に、偽物」

ニヤニヤと問いかけるイレヴンに、ジャッジは言いづらそうに小さく囁く。

今まさに金貨二百枚で競り落とされた品のことだ。競り落とした張本人である、身なりと恰幅(かっぷく)の良い男は酷く満足そうに胸を張っている。良いのだろうかと思うものの、まさかこの場で教える訳にもいくまい。この場でなくとも気軽に声をかけられるような相手ではないだろう。

「あー、たっのし」

「ああいうの、出品する側、知ってるのかな」

「さァー」

趣味の悪い楽しみ方をしているイレヴンに、ジャッジがへにゃりと眉を下げる。

その時だった。待ち望んでいた品を仄めかす解説が耳に届く。

「続きましては、王都で最も有名である冒険者。その絵画の迷宮品でございます」

お、とイレヴンが身を乗り出し、ジャッジはピンッと更に背筋を伸ばした。白い布に覆われ、台車で運ばれてきたのは一人で運べるかどうかの大きさの絵画。騒めく客人らの声は女性がやや目立つだろうか。

「どうか、覚めない眠りに心を囚(とら)われぬよう。……さぁ、御覧ください」

翻すように白い布が取り払われる。

「おい、予算は」

「上限なし」

「ぜってぇ落とせよ」

「任せて」

絵画の中には、まるで王城のような広い空間があった。

その真ん中にぽつりと置かれているのは白い玉座。そこに座り、微睡むリゼルの姿が描かれている。王にしては穏やかに。目元は甘く緩み、薄っすらと開かれた唇は笑みを湛えて。差し出された手は柔らかく誘い、誰もが無意識の内に応えてしまいそうになる。空間を丸ごと時を止めて閉じ込めたかのような絵画だった。

「これ、迷宮なんだよね……？」

「つうか罠。道ねぇし、いかにも仕掛けっぽいしで試しに座ってみたリーダーが即効寝た」

すると何故か次々と魔物が湧き始めたので、ジルとイレヴンは急いでリゼルを起こしたものだ。

だが百パーセント罠だったということもなく、リゼル曰く「眠りについてすぐに見始めた夢に進む為のヒントがあったかもしれない」とのこと。よってリゼルはもう一度玉座に座り、もう一度寝て、ジルたちが現れる魔物を黙々と斬っている間に見事にヒントを持ち帰った。その時の絵画だ。

「……あの手は？」

「起こしてっつう手。一瞬で熟睡させられたから起きれねぇって」

「え、じゃあ、あれって」

「ただの寝ぼけてるリーダー」

台無しだ。

だが貴重なシーンには違いない。更に他の席で囁かれる会話を思えば譲れるはずもない。ジャッジは気合を入れた。見栄の為に知人の絵画だと嘯かれるのは不愉快で、ただの値打ち物としか見ていない節穴には任せられず、欲を孕んだ愛を以て愛でられるなど以ての外だ。

「札は俺が上げる」

「え？　う、うん」

「金はてめぇが決めろ」

ぱちりと目を瞬いたジャッジだが、すぐにきりりと眉を吊り上げた。

他に譲る気がないのはイレヴンも同じであるのは疑いようもなく、ならば信じるのみ。

「さぁ、微睡む貴人を思うままに愛でる、唯一の権利は貴方のものです」

進行役の男が白い仮面に手を当てながら笑う。

「金貨百枚から参りましょう」

入札開始の合図に、プレートを握りしめた者たちがそれを上げようとした時だ。

今まで傍観を決め込んでいた赤髪の獣人が、隣から寄越された囁きに酷く好戦的に笑う。

「五百」

愉悦を孕んだ声が、場を静寂に陥れた。入札のプレートを掲げようとした誰もが動きを止め、艶やかな赤へと驚愕の視線を向ける。オークショニアを促すように掲げたプレートを揺らす姿は余裕を醸し、それは限界まで手札を切ったようには全く見えなかった。はったりとも思えない。五百以上の金額を重ねようと、更に上乗せされるだけだろうと思わせる嘲笑であった。

華やかなドレスを身に着けた一人の女が、仮面の下で悔しげに奥歯を噛み締めている。

「五百、他にございませんか？」

勝敗は一瞬で決した。

視線を集めながら悠然とプレートを下げるイレヴンの隣で、人々の視線から外れたジャッジが安堵の息を吐く。予想したより安く済んだことへの安堵だ。イレヴンの「初っ端からかませ」のアドバイスをそのまま実行した彼は、そこに後悔など微塵もなくふにゃふにゃと笑っている。

「有難う、イレヴン」

「まァーだ油断はできねえけど」

イレヴンが煽るように顚を上げた。視線の先には、忌々しげに顔を歪めたドレス姿の女。何故それほどに欲していたのかは知らないが、良い趣味をしているものだと彼はワインを呷る。

不思議そうな顔をしているジャッジは気付いていない。リゼルならば、知らなくて良いとその眼を覆うのだろう。けれど、イレヴンはそれほど親切でもなければ甘やかすつもりもないので。

「イレヴン？」

「帰りの夜道は気ィつけろよ」

「え⁉」

この程度の警告ならば良いだろうと、顔色を悪くしているジャッジにケラケラと笑った。

「お気をつけて」

「あ、有難うございます」

手渡された絵画を、ジャッジは丁寧に受け取って空間魔法へと入れた。

そして気が抜けたように息を吐く。無事、目的は達成した。オークションはまだ途中だったが、最後まで見物することなく退場したので屋敷の廊下に人気はない。二人は毛足の長い絨毯(じゅうたん)を踏みしめながら玄関へとたどり着き、扉を開けて待っていた男たちに見送られて屋敷を出る。

「てめぇがいなけりゃ、偽モン買ってったヤツ煽って帰んだけど」

「ご、ごめん……？」

何やら物騒なことを言うイレヴンに首を傾げつつ、ジャッジは大切そうに空間魔法の施されているトランクを抱え直した。商人として他に出品されていた美術品に惹かれなかったというと嘘になるが、危ない橋を渡るほど身の程知らずのつもりもない。

「それどうすんの？」

「どうしよう……飾るのは恥ずかしいし、良い人がいれば売っても良いかなぁ」

まだ仮面は外さないまま、ジャッジは怖いもの見たさで後ろを振り返る。扉の前、一人のメイドが美しい姿勢で頭を下げ続けていた。

二人付きのメイドだったのかもしれない。オークション中は終ぞ彼女以外に接待を受けなかったので、見えていないだろうが慌てたように礼を返し、その間に数歩先行してしまっていたイレヴンへと早足で駆け寄る。

「まず間違いなく最ッ高の扱いしてくれる奴いるけど。しかも確実に倍でも出す」

「えっ、だ、誰？」

「明るい美中年」

「……ん？」

「リーダーの知り合いのお貴族サマ」

ジャッジは思い当たる節があった。リゼルが何度か、迷宮品をプレゼントするのだと言っていた相手だろう。恐らく建国祭で顔を合わせた相手だ。遠い目をしつつ、酷く納得したように頷く。

リゼルの価値を、確かに認めていた彼ならば任せられるかもしれないが。

「うーん……もう少し、考えてみる」

「ま、残しといても良いんじゃねぇの。あの顔が見れなくなった時の為に」

「えっ、また遠出するって言ってた？」

問えばイレヴンは仮面を外しながら、何も言わずに笑みを浮かべていた。

仮面が影になって目元は見えない。不思議に思い、更に言葉を重ねようとするもタイミングが良いのか悪いのか、ちょうど衣装一式を揃えた店へと到着してしまった。仮面は中に入るまで外すな、というイレヴンの言葉を守り、こちらは仮面を着けたままでジャッジは促されるままに扉を潜る。

「回収するって言われてもぜってぇ渡すなよ。自分で燃やせ」

「う、うん」

詳しい事情を聞くのが怖い、とジャッジは素直に頷いた。

店に入るなり二人を出迎えたのは、異形のマスクを被った店長が一人。元の服の入った銀のトランクを差し出され、ジャッジはたどたどしく礼を告げながら受け取った。本人の魔力を流し込まねば開かない仕組みのトランク、しかも出掛けにイレヴンに言われてそれなりの金貨を渡している。恐らく中身も問題なく返却されているだろう。

それでも一応トランクを開き、中身を確認し、そうしてようやく重厚なカーテンで区切られた狭いフィッティングスペースに入ろうとした時だ。

「……あれ」

いつの間にかイレヴンの姿が消えている。

着替えないのだろうかと疑問を抱いていれば、ふと近くに立っていた店長の異形のマスクから掠れた笑い声が零された。落ち着いた、少し不気味な声は性別の判別ができない。

「ゴ心配ハ、イラナイカト」

「えっ……と」

「スグ、戻ラレマスヨ」

促され、ビロードのカーテンを潜る。姿見とランプが一つずつあるだけの小さなスペースだ。

ジャッジは感じる不安に眉を下げ、消沈したように着替え始める。イレヴンがいない理由に心当たりがないでもない。だが今の自分にできることなど、彼の邪魔をしないように大人しく着替えて待っていることだけだ。肩を落とし、さっさと着替えてしまおうと襟へと手をかける。

「俺の服は？」

「コチラニ」

「え⁉」

その時、外から聞き慣れた声がした。

「は？　何だよ」

「え、な、何でも……えっ⁉」

「だから何だっつうの」

店長の言ったとおり本当にすぐに戻ってきた。何やら酷く恥ずかしい思い違いをしていたのかもしれないと、ジャッジは盛大な羞恥に襲われながらも何とか着替えを再開する。

その隣で、袖についた血に嫌そうに顔を顰めたイレヴンには気付くこともなく。


異形の店主が営む服飾店。二人はその裏口から店を出た。

今は、路地裏をすっかり抜けた王都の大通り。イレヴンは何度も礼を言うジャッジを、やや鬱陶しそうに見送った。気配を消した元盗賊の精鋭が一人、それを追ったのを意識の隅で確認して欠伸(あくび)を一つ。退屈そうに路地裏へと踵を返し、誰へともなく呼びかけた。

「で？」

「まぁ、甘やかされたどこぞのご令嬢ですね。貴族さんとの面識はありません」

いつの間にか後ろについていた、長い前髪で目元を覆った男が何てことなく告げる。

「欲しいもの取られた腹いせかと」

「欲しがった理由は?」

「さぁ」

肩を竦めた精鋭に、イレヴンは一瞥すら向けず眉を寄せた。

いつの間にか現れた雲に月が隠された闇の中、艶のある赤が蛇のように撓る。

「恋でもしたんなら健全なんでしょうけど」

「うっぜ」

「ただ、八つ当たりを差し向ける割には結果に興味がないそうで」

「へぇ」

「頭が放っておいてるのはそのままです」

つまり、イレヴンが返り討ちにした何人かは今もその場に転がっているらしい。

それらの刺客を差し向けた女はすでにそんなことを気に掛けていないだろう。腹いせが成功しても失敗してもどちらでも良い。今は自身の部屋にでも帰って優雅な寝支度の最中かもしれない。

「刺客どうします?」

精鋭の問いかけに、途端ザワリと路地裏の闇が震えた。

「そ、その女の部屋とか、か、壁とかに、はり、磔にしたほうが」

「笑顔に刻んでベッドの上に吊るしておくとかすっげぇー良い目覚めぇ!」

「刻んで女の飯に交ぜとくぐらいが平和的じゃないすかね」

「ほっとけ」

執拗にジャッジが追われることもなければ、絵画が狙われることもない。ならばわざわざ構ってやる必要もないだろうと、イレヴンは呆れきったように返す。これでジャッジが関わっていなければ好きにさせるし、何なら令嬢を煽って遊んでやるのも一興だが、今回だけは駄目だ。リゼルにバレたら注意される。

「刺客っぽいの、何人か生きてんだろ」

「もうすぐ死にますけど」

「女の情報、引き出すだけ引き出して処分しとけ」

捨て駒だけなら好きにして良い、とイレヴンは餌を与えるように指示を投げる。まだ生きてんのかな、と零しながら姿を消した精鋭たちを気にすることなく、慣れたように細い通路を奥へ奥へと進んでいく。随分とお行儀良くしていたからか、酷く肩が凝ったような気がした。

自分も随分とぬるくなったと一人笑い、彼は路地裏の闇の中へと姿を消した。

後日のこと。

「あ、リーダー聞いて。こいつリーダーの絵画買ってんスよ」

「何で言うの……!?」

リゼルとジャッジが揃った瞬間に即行バラした。

床に崩れ落ちたジャッジにとっては、リゼルに見せてと言われなかったことだけが救いだろう。

何だか恥ずかしい、と恥ずかしげもなく微笑むリゼルに、イレヴンも楽しそうにケラケラ笑うのだった。

150.

「小生にとってはね、彼、あるいは彼女は高嶺の花なんだよ」

羽毛交じりの髪に半分だけ隠された相貌が、恋をしているかのように憂いげな色を帯びる。零された吐息は熱を孕み、真っ白い肌をほんのりと紅色に染め、彼女はそこに焦がれる相手がいるかのように空を見上げていた。雲一つない、抜けるような美しい青空だった。

「君たちにも分かるだろう？」

恋焦がれるような吐息混じりの声に、リゼルたちは――……。

指名依頼は、原則としてギルド職員が個別に指名されたパーティへと声をかける。

該当するパーティがギルドを訪れた際に、指名依頼を担当した職員が忘れないよう声をかけるのだ。よって曖昧な指名や、拠点移動などでまだ顔を覚えていない冒険者を指名されると、たびたび職員は「誰だこれ」と悩むこととなる。指名依頼は、職員にとってもなかなかに責任重大な仕事であった。

「今、宜しいでしょうか」

スタッドは依頼帰りのリゼルたちへと声をかける。

「どうしました?」

「貴方たちのパーティへ指名依頼が来ています」

そんな指名依頼で、職員たちに大変有難がられているのがリゼルたちだった。

何故なら迷わずに済む。たとえ依頼人が名前を知らずとも、〝貴族らしい〟と言われたらリゼルで〝黒くて強そうなの〟と言われたらジルで〝赤い蛇っぽいの〟と言われたらイレヴンで間違いないからだ。大抵が〝貴族〟または〝あの目立つ三人組〟で来るのだが。

「いっつも勝手に断ってんだろ」

「上流階級による必要性のない依頼はそうするよう頼まれているだけです黙ってろ馬鹿」

「能面」

そのまま死角で始まった潰し合いに気付くことなく、リゼルはスタッドによって渡された依頼用紙に目を通す。隣からジルも覗き込んできた。

【あの奇跡のような瞬間を】
ランク：なし
依頼人：魔物研究家
報酬：都度相談（最低銀貨20枚）
依頼：君たち以外にも護衛の依頼を頼んでみたが、全くよろしくない。

いざ魔物が出ると慌ただしくてね。小生はもっと集中して彼らを観察したいんだ。自分が無茶を言っている自覚は勿論ある。けれど頼むよ。一歩も動かず特等席で美しい彼らの生態を見られた至福の時間を、もう一度味わわせてくれないだろうか。

非常に覚えのある依頼人と依頼内容だ。

「またかよ」

「イレヴンさえ良ければ俺は構わないんですけど」

「俺？　何々？」

ひょい、とジルと同じく依頼用紙を覗き込んだイレヴンの顔が引き攣った。

「……リーダー受けてぇの？」

「これだけ熱心にお願いされると、そうですね」

「何で？」

「前に聞いた〝魔物の核を用いた擬似生命に関する研究〟の進捗が気になります」

何だそれ、とジルたちの視線が集まるなか、リゼルはほのほのと微笑んだ。

研究職である彼女の話は非常に興味深い。魔物という非常にマイナーなジャンルの研究だからこその、目新しい発見や斬新なアイディアに溢れている。リゼルが例に挙げた研究も、新しい魔物を作り出そうというものではなく、魔力の流れに状況に応じた指向性を持たせられないかという研究だ。様々な分野に応用が利きそうなので気になっていた。

「リーダーが受けてぇなら良いけど」

「ジルはどうですか？」

「好きにしろ」

前回から間を置いたからだろう。研究家である彼女のインパクトが多少薄れたのか、渋々ながらイレヴンは頷いた。ジルも得意そうにはしていなかったが特に問題はなさそうだ。

「スタッド君、お願いします」

「分かりました」

こうしてリゼルたちは指名依頼を受けた。

日程などは依頼人側の都合もあるが、恐らくすぐに返事が寄越されるのだろう。面白おかしくそんなことを話していたリゼルたちへと依頼日が伝えられたのは、当然の如く翌日の朝のことであった。


冒険者ギルドに似合わぬ長身痩躯。そして真っ白な白衣と羽毛交じりの白髪。

久々に見た彼女は何も変わっておらず、ヒールを鳴らしながらギルドへとやってきた。

「やぁ、待たせたね」

ギルドのテーブルで待ち人を待っていたリゼルたちの元へと、研究家は白衣を翻しながらも颯爽と歩み寄ってきた。リゼルたちが以前、護衛依頼を受けた時よりも冒険者ギルドに馴染んだように見える。きっと他の冒険者たちと共に、何度も魔物の観察へと赴いていたのだろう。最初の頃の所在なさげな様子が嘘のようだった。

「お久しぶりです、研究家さん」

「ああ、しばらく王都を離れていたと聞いていたけれど」

「はい、アスタルニアへ」

のんびりと依頼人を待っていたリゼルが立ち上がって出迎える。

椅子を引いて促すリゼルに、研究家は可笑しげに口元を緩ませながら腰かけた。自分がそういう扱いを受ける違和感を、彼女は非常に興味深く思っている。もちろん満更でもないが。

「アスタルニア、良いね。あちらにも色々な魔物がいるんだろう？」

「そうですね。森に棲む魔物も多いですし、迷宮にも特色があって……人魚、巨大蜘蛛、鎧王鮫」

「後はー……ヴァンパイア？」

「ヴァンパイア！」

研究家のテンションが一気に上がる。途端に、ぶわり、と羽毛のような髪が膨らんだ。

そうだと思った、とイレヴンは自らその名を口にしておきながら、悟ったような目をして彼女を眺める。アスタルニアの淑女たちのように〝さいきょうのびけい〟に熱を上げている訳ではないのだろう。そういう創作があることを知っているかも定かではない。それでも盛り上がれるのが、彼女が魔物研究家である何よりの証明だった。

「あの、アスタルニアの迷宮にしかいないという⁉」

「俺は見てないですけど。あ、ジルが」

「振るな」

「素晴らしい！　実態なき体と、蝙蝠への変異！　非常に興味深い！」

やはりヴァンパイアをきちんとヴァンパイアと認識したうえで大興奮している。

リゼルはそんな姿に思わず感心の息を吐いた。アスタルニアの一迷宮にしか存在しない魔物。資料など滅多に見つからないだろうに、随分と熱心に調べ上げているのだろう。そんなリゼルの反応を、彼のパーティメンバーは訳が分からないものを見る目で眺めていた。

「それで、今日なんですけど」

「ああ、そうだった」

話を切り出せば、すぐさまテンションは落ち着いた。

いや、期待に心躍らせてはいるのだろう。やや膨らんだ毛先の羽に、リゼルはそう予想する。獣人の感情の起伏が分かりやすいというのは、こういったところから来ているのだろう。そもそも取り繕おうとする者が少ないのだが。

「以前は平原から森にかけて観察しましたね」

「ん、よく覚えているものだ」

「色々と印象的だったので」

不思議そうな研究家を前に、ジルとイレヴンはリゼルの言葉に内心で深く同意した。

襲いくる魔物を前に、興奮を隠せず高笑いする姿は忘れようにも忘れられない。早く忘れたいというのに、きっと今日も見ることになるだろう。覚悟を決めておけるだけマシだった。

「迷宮には他の冒険者とも一度入ってみたが、どうにもね。小生の体力がないのもあるけれど」

「慣れないと疲れますよね」

「見るからに体力ねぇし」

「最終的に肩に担がれて移動していたら、耳元で喧しいと怒られてしまった」

担いだ冒険者も、まさかその状態で高笑いされるとは思わなかっただろう。

三人は同意するように頷いた。心外そうな研究家ではなく、至近距離で高笑いを食らった冒険者への同意だ。イレヴンは研究家に不満そうにする権利はないと思ったし、ジルは鼓膜にダメージを負っただろう冒険者へと酷く同情した。そしてリゼルが本日の方針を決める。

「じゃあ、今日は迷宮のリベンジに行きましょうか」

「ぜひ、そうしてもらいたい」

研究家はぺこりと頭を下げた。こういうところは律儀だ。

「一番近場だと……歩いて二十分くらいでしょうか」

「いや、そこは行ったんだ。できれば別の迷宮が良いな」

「そうすると、馬車に乗ることになるんですけど」

「うん、冒険者以外は乗れないのかい？」

彼女が首を傾ければ、髪で半分覆われた相貌が露になる。

別段、晒されている面と変わりはない。そういう癖毛なのかもしれない。

「いえ、それは多分大丈夫ですけど」

リゼルは確認するようにジルを見た。肯定するように頷かれる。冒険者以外が乗っている場面は見たことないが、恐らく問題はないはずだ。ギルド所有の馬車なのだから、ギルドを利用した依頼人が乗るのは何ら矛盾（むじゅん）していない。

けれど、とリゼルは研究家へと苦笑を零す。

「今の時間、とても混みますよ」

「全く、君は相変わらず紳士だな」

彼女は可笑しげに目を細め、全く気にしないというように笑った。

「それは当然のことだよ。冒険者の領域へ、不作法に足を踏み入れようとしているのは小生だ」

「ギルドが依頼を受理したからには正当な客人です。当然の配慮だと思いますけど」

「ふむ、気遣いは素直に喜ぼう」

けれど大丈夫だと、研究家は力強く頷いた。

本人がそう言うのならリゼルに止める理由はない。最終確認のためにジルたちを窺う。

「まぁ行けんじゃねぇの」

「頼むから馬車ん中でテンション上げんなよ」

「善処（ぜんしょ）しよう」

問題なさそうだった。イレヴンは顔を引き攣らせたが。

「じゃあ行きましょうか」

ならば早速出発しようとリゼルたちが席を立つ。

いつもの三人と、依頼人が一人。馬車乗り場まで向かうその背を、ギルドに残された職員や冒険者たちは黙って見送った。まさか依頼人をギルドの馬車に乗せるとは。とはいえ確かに規定で禁止されている訳ではない。それでも前例がないものだから、光景としては非常にシュールなものになるだろう。しかもそれを行うのがリゼルたちのパーティだというのだから余計に。

彼らは暫く、空飛ぶスライムを目撃したかのように神妙な顔をしていたが、まぁ自分たちには関係ないかとそれぞれの作業に戻っていった。同じ馬車に乗るだろう冒険者には内心で「頑張れ」と無言のエールを送っておく。乗り合わせてみたいような、そうでもないような。そんな何とも複雑な気分だった。

リゼルたちは、無事に乗ることができた馬車にのんびりと揺られていた。

相変わらず芋洗(いもあら)い状態の満員馬車。幸いにも壁際をとれたので、研究家とリゼルは壁に凭れられている。囲むようにジルとイレヴンが立っているが、彼らは掴む場所もないのに馬車の揺れなど気にも留めない。流石は一流の冒険者だと言えるだろう。

「魔力の指向性は、最終的には外からの刺激と切り離すことも考えてるんですか？」

「完全に、ではないね。魔力が流れる先があってこその指向性だ。できるに越したことはないが、実現はそれこそ生命を創造するに等しいだろうね」

壁に背を凭れていても時折ふらつく痩躯。けれど彼女の中性的な顔は焦ることなく、むしろ会話に興味の全てを向けているようで、リゼルも非常に楽しんで会話を弾ませる。

「ようは、効率性なんだよ。魔力の強弱を感知し、弱い部分へ優先的に送る。実現すれば魔道具の寿命は格段に延びる」

「ならエレメント水は重宝しますよね。足りてますか？」

「時々依頼に出して足しているからね。減るような使い方もしない」

「それは良かった。最終的には魔石で同じことを？」

「そうなれば大成功なんだが。エレメント水だと魔力と引き合う性質があって目的には――」

「魔力の均衡（きんこう）を図るっていう意味なら、スライム核のほうが――」

「一度試してみたが、あれはむしろランダム性が強くて――」

同乗する冒険者が、「意味分からん」と素知らぬ振りをしながら内心突っ込んだ。

彼らは普段どおりに賑やかな騒ぎながらも、物珍しい会話に密かに耳を澄ませていたらしい。エレメントは分かる。スライムも分かる。むしろ倒せる。けれど会話は全く理解できない。これだけ単語は分かっているのに意味が分からないことなぞそうそうなかった。

「（やっぱ貴族さん頭良いわ）」

「（何かこう……頭良いわ）」

「（何がどう良いのか全く分からんけど頭良いのは確か）」

そして結局、冒険者らは「まぁ倒せれば良いけど」などと粛々と頷くに落ち着く。

ならば何故会話に興味を持ったのかと、彼らの反応にジルは呆れたように溜息をつくのだった。


その迷宮では、無数の部屋を通り抜けなければならない。

扉を開けば別の部屋。階段を上れば雰囲気が変わり、民家に、城に、寄合場（よりあいば）に。子供部屋、寝室、広間、書斎（しょさい）、キッチン、統一性のないあらゆる部屋が隣り合って繋がっている。およそ廊下と呼ばれるものはほとんど存在せず、奇妙な家主が奇妙な増築を繰り返したかのような迷宮だった。

「まるで迷路のようだね」

「その内、嫌になりそうですよね」

「ニィサンよく踏破したよなァ」

「こいつ使ったに決まってんだろ」

こいつ、と顎で示されたリゼルは苦笑する。

迷宮攻略が趣味であるジルだが、あまりにも面倒臭い迷宮は避けがちだ。けれどボスとは戦いたいものだから、最近は捻くれた迷宮にリゼルを連れていって面倒事を丸投げすることが多い。楽しいから良いけれど、とリゼルも二つ返事でついていく。

今回この迷宮を選んだのは当のリゼルで、研究家のために迷宮らしさと歩きやすさを重視した。色々な部屋は見ていて楽しいかもしれない、人工的で平らな床も歩きやすいだろう、それが彼女にとって重要なことかは分からないが。最終的に魔物しか印象に残ってなさそうだ。

「迷宮というのは、まさに別世界だね」

目を細めて愉快げに、興味深そうに告げる彼女の姿にひとまず一安心だった。

「折角の迷宮ですし、浅層、中層を見てみましょうか」

「願ったり叶ったりだ。希望でなく純粋な疑問だが、深層はやはり無理なのかな」

「研究家さん連れだと怖いですね」

あっさり頷いたリゼルに、研究家も素直に納得する。

魔物討伐という意味での戦力としては問題ないのだが、護衛という意味で守りとおせるかは確証がない。なにせ罠も奥に進むにつれて凶悪度を増す。そしてリゼルたちも時々嵌まる。今までは嵌まったうえでどうにかしてきたが、流石に止めておいたほうが良いだろう。

「お前の壁も微妙だしな」

「猛攻を受けると自信ないです」

「食らわせねぇくらい余裕だけど」

「いえ、今日は控えましょう」

リゼルの魔力防壁はそこそこ強い。だが、深層級の魔物の攻撃を一から十まで防げるかというと微妙だ。研究家の目的を考えるなら、多少は攻撃を食らう余裕があったほうが良いだろう。

「君たちには退屈な戦いをさせるかな」

四人は迷宮内を歩き出した。

すぐに見つけた階段を上る。途中、とある一線から壁材や床材がガラリと変わり、全く異なるデザインの家が繋がっていたのかと錯覚してしまう。大理石を叩く靴音も、踏んだ木材が軋む音へ。

研究家は珍しいものを見るかのようにあちらこちらを見回していた。

「別に弱けりゃ退屈って訳でもねぇだろ」

「そうかい?」

「続くと飽きっけど」

普通にしている研究家なら、ジルもイレヴンも苦手ではないのだ。

冷静で、分を弁えている。二人にとってはむしろ付き合いやすいタイプだった。

「足音が響くと魔物が寄ってきやすい、とかあるんだろうか」

「寄ってくるのもいますね」

「音拾うのと振動拾うのいるよなァ」

「その区別っていうのは？」

「耳ついてんのと床にいんの」

随分とざっくりしている。しかも〝それっぽい〟というだけの曖昧さ。だが冒険者ならこんなもので、経験則で何となくそれらを見分け、来たら来たで迎え撃つだけだった。

「ギルドの魔物図鑑見りゃ書いてあんだろ」

先頭のジルが階段の先に扉を見つけ、慎重さの欠片もない仕草で開ける。

中は広々としたバルコニーだった。いかにも山中の別宅にありげな美しい景色に面している。眼下に広がる森林、バルコニーに影を作る大木、空は青く晴れ渡り、吹く風は草木の香りを運んできた。これで別の部屋の窓を覗けば街並みが広がっていたりするのだから、全く迷宮というのは人知を超えた環境であるのだろう。

「これ、部屋って言うんでしょうか」

「〝部屋の迷宮〟にあんだから部屋なんだろ」

「いつ聞いてもネーミングセンスねぇなァ」

三人は数歩進み、ふと振り返る。護衛対象がついてきていない。リゼルたちの指示にはしっかり従う研究家にしては珍しかった。どうしたのかと窺ってみれば、彼女は愕然とした顔で立ち尽くしていた。

何かあったのかと、気遣うようにリゼルが口を開きかけた時だ。

「まさか、見れるのか……?」

独り言のように零された呟きに、リゼルたちは顔を見合わせた。

恐らく魔物図鑑のことだろう。冒険者ならば誰でも見られる図鑑には、外部の者が見てはいけないというルールなどなかったはずだ。冒険者以外に見ようとする者がいないというだけで。

「あれ、駄目でしたっけ」

「だったら言われんだろ」

「わざわざ規則作る必要もねぇんじゃん?」

冒険者以外わざわざ見ないという大前提があろうが、スタッドは決まりがあるなら説明するだろう。持ち出し禁止だと聞いているものの、それも単に冊数の問題だと言っていた。ならばギルドから拒否されることもない。

なにせ見られてどうなるものでもなかった。少しばかり魔物に詳しくなるだけだ。

「あの、他のどの魔物図鑑の追随（ついずい）も許さない、ギルドの英知（えいち）を……ッ」

わなわなと震える研究家の白い髪が、空気を孕むように大きく広がった。

「アッハハハハ！　良いぞ！　こうしてはいられない、ッ早く」

「早く、帰って良かったですか？」

「いや、いけない。やはり現地で実物を見る経験は何にも代えがたいからね」

落ち着いた。そして何事もなかったかのように歩みを再開させる。

扱いが慣れてきたな、というジルの視線を背に受けながら、リゼルは不思議そうに研究家を見た。

「図鑑、とっくにギルドに問い合わせてるかと思ってました」

「何、あれは冒険者たちの築き上げた英知の結晶だろう？　小生たちでいう、研究書の類かと思っていたんだよ」

「ああ、成程」

世間に出すようなものではなく、正真正銘研究者たちの生涯そのもの。門外不出のそれだと思い込んでいたならば、確かに見せてもらおうという発想すら浮かばないだろう。研究者特有の考え方だ。
コ、コ、と下が空洞になっている木の独特な音を聞きながら四人は次の扉に向かう。
「お」

途中、イレヴンが何かに気付いたように足を止める。

彼はバルコニーに悠然と侵入している大木の枝を指差した。

「リーダー、毛玉」

「え？」

「ほら、あそこ」

幹のような太い枝から分かれ、それでも一抱えはありそうな小枝の根本。生い茂った葉に隠れるように、掌サイズの毛玉が幾つか貼りついていた。一房だけ伸びた毛は尻尾のように見えるが、これは正真正銘ただ一房分だけ伸びているだけの毛でしかない。

これこそ〝おしゃれ毛玉〟。何処の迷宮にも稀に現れる、基本は無害で風変わりな魔物だった。

「何だ、あれは。一体何なんだ」

「あれも魔物ですよ」

「小生も聞いたことがない！」

リゼルは大興奮の研究家に頷いてみせる。彼女は猛烈な勢いで毛玉を観察し始めた。

触らないように、というリゼルの注意を忠実に守りながらも、接触以外の全ての手段を以てつぶさに観察している。襲いかからん体勢で上から覗き込み、がに股になって横から至近距離で、枝の陰からフェイントをかけつつ矯めつ眇めつ。流石にブリッジしながら真下から見始めた時にはそっと呼び戻したが。

「おしゃれ毛玉っていって、あの毛を上手く編んであげると色々くれるんです」

「色々とは⁉」

「俺が見たことあるのは、魔石と、回復薬と……」

「宝石、金貨、装飾品？」

「石ころ」

発言で器用さが分かる。とはいえやる気の有無もあるが。

ヴァンパイアすら網羅（もうら）している研究家が、おしゃれ毛玉の名前すら知らなかったのも無理はない。この魔物は冒険者の間ですら全く話題に上がらないのだ。依頼に出る訳でもなければ、あちらから襲いかかってもこない。むしろ冒険者内でもマイナーな魔物であり、存在自体は知っていても、ご褒美が貰えることを知らない者も多かった。

よって大抵の冒険者は「お、毛玉」と言いながら通りすぎる。

「ただ、魔物図鑑には載ってましたよ」

「本当かい？　いや、図鑑を読むのが何とも楽しみになってきた」

研究家は間近で毛玉を眺めながら、ふふんと鼻を鳴らすように笑った。

「ん？」

その時、ふいにイレヴンの顔が真下を向いた。

バルコニーの外に広がる木々は当然、高い位置に造られたバルコニーの下にも広がっている。床板の隙間から見える緑にリゼルも目をこらしつつ、何があっても良いようにと研究家の隣に移動した。耳を澄ましてみれば、微かに草木を踏む音がする。軽い何かが跳ねているような音だった。

リゼルたちは研究家を見た。予想はしていたが満面の笑顔で頷かれる。

「今日の魔物観察、一回目ですね」

「大歓迎さ！」

「来んのかな」

「来れりゃ来んだろ」

魔物が通り過ぎるのを息を殺して待つ、ことはせずにイレヴンは靴で床板をノックした。

敢えて呼び寄せようとするそれに、階下を移動していた音が一瞬止む。だがすぐに激しい草音がして、べたんと柱に何かが貼りついた音がした。木の表面を掌で叩くような音が近付いてくる。

「お、来た」

「じゃあ研究家さん、決まりごとは以前と同じで」

「動かない以外は何をしても良い、だろう?」

「そのとおりです」

リゼルは微笑むと、小さく首を傾げて魔力防壁を張った。

透明な膜が二人を包む。同時に、柵(さく)の外からベタンッとそれらが姿を現した。支柱を伝い、現れたのは様々な柄のカエルが三匹。体高は大の大人の膝ほどだが、近くで見ると異様に大きく思える。

それらが喉を膨らませて鳴く姿に、負けず劣らず研究家は大興奮で吠(ほ)えた。

「デザインフロッグか!」

「よくご存じで」

「なんて澄んだ鳴き声だ！　意思疎通は、いやッ、群れでの行動が自然なのか！」

バサリと灰白色の髪を波打たせ、彼女は一気にテンションを最高潮にして笑う。

「あの美しい模様……っ個性があるとは素晴らしい！　ハハッハハハハハ！」

「あれ鎧とかに貼りつけてる奴とかいるよな」

「金属鎧も一気におしゃれになりますね」

一匹のデザインフロッグが口を開く。襲いかかる舌を、ジルは軽く片足を曲げて避けた。

この魔物の模様は実に多種多様だが、大抵はよく分からないカエルらしい模様をしている。だが中にはドットや星柄など、思わず目を引く柄を持つものもいた。綺麗にはぎ取って持ち帰れば革職人などに買い取ってもらえるし、更に加工してもらって装備のワンポイントに使うような冒険者も多かった。地味な装備も一気に派手になるというものだ。

「小生も一着仕立てたいものだな！　ぜひ飾っておこう！」

「着ねぇのかよ」

ジルとイレヴンが、舌を飛ばしたり体当たりを仕掛けるカエルをすいすいと避ける。

まだ一階層目だけあって、まともに戦うとすぐに終わってしまうのだ。それは依頼人の望みではない。よって余裕のある二人の視線は度々リゼルたちへと向かい、今も飛び跳ねたカエルがリゼルの魔力防壁にぺたりと貼りついているのを「シュールだなぁ」と眺めている。それに大興奮な研究家とマイペースなリゼルとの対比が酷い。

「おっ、鳴くかも」

「鳥の獣人ってどうなんだ」

「や、俺は知らねぇし」

ふいに、ジルたちの前にいるカエルが喉の袋を大きく膨らませた。薄い皮膚が限界まで伸び、ぱんぱんに膨れ上がる。それを眺める二人の会話に疑問を抱きつつも、リゼルと研究家も「何か来るのか」と貼りついたカエルごしにその個体を見た。

次の瞬間、デザインフロッグの真っ白な口内が露になる。叩きつけられたのは強大すぎる鳴き声。痺れすら感じるほどに肌を震わせるそれは、もはや衝撃波と呼ぶに相応しかった。

「あーうるっせぇーッッ」

「これ数年ぶりに聞いたな」

研究家のことだから聞きたいだろうと、敢えて放置した二人はしっかりと耳を塞いでいる。普段は鳴き出す前に斬り捨てているので、これはリゼルも初めてのはずだ。

ひたすら煩いだけで大したダメージもないが、とジルたちが後ろを振り返るとそこには。

「あ、これ、すごくクラクラします」

頭を押さえ、ふらふらと頭を揺らしているリゼル。そして、その片腕にのけぞるように支えられたままピクリとも動かない研究家の姿があった。やばい死んだかも、と二人は一瞬真顔になった。

真正面から鳴き声を食らった二人の足元には、魔力の壁に貼り付いていた一匹だろう。完全に気絶して地面にひっくり返っている。同族同士でもダメージを食らう姿が物悲しい。

「ん？　リーダー壁溶けた？」

「溶けましたね。急いで張り直しましたけど」

「鳴き声にそんな効果ねぇだろ」

「いえ、凄くびっくりしたので」

単純に集中力が途切れた所為で、リゼルの魔力防壁は一瞬だけ消えた。

護衛依頼なのに失敗したなと考えるリゼルだが、そもそもジルたちも武器を手放して耳を塞いでいる。他の冒険者なら数秒は行動不能になることを思えば、すぐに防壁を張り直しただけ上出来だろう。

「で、それ生きてんスか」

「生きてはいんだろ」

「研究家さん、大丈夫ですか？」

ひとまず魔物を一掃し始めたジルたちを尻目に、リゼルは研究家へと声をかける。唯人よりダメージを食らっているのは、鳥の獣人としての何かが影響したのだろうか。聴力に優れていたりするのかなと、そんなことを思いながら細い体を優しく揺すった時だ。

「ッハ!!」

物凄い勢いで研究家が意識を取り戻した。

彼女は訝しげな顔で周りを見渡し、斬り捨てられたデザインフロッグを凝視する。魔力に分解されて消えていく魔物をまじまじと見下ろしながら、真剣な顔で世迷い事を口にした。

「彼らの一声に凄い衝撃を受けた……もしや、あれが世にいう告白というものなのか……」

「頭おかしい」

「もっかい寝かせろ」

「錯乱効果とかありました？」

素だ。

四人は浅層よりの中層で一体の石像を眺めていた。

その石像があるのは、この部屋だらけの迷宮には珍しい廊下の始まり。真っすぐな廊下は果てが見えず、両側には意匠も大きさも異なる扉がズラリと並んでいる。閉塞感はあるものの圧巻の光景は、世界中の扉を集めて嵌め込んだのだと言われても信じてしまうだろう。

「成程。この石像の鍵をとると、大量の魔物に追いかけられると」

リゼルたちがこの階層を訪れるのは二度目。仕掛けもすでに既知である。

情緒はないが、その仕組みを説明したリゼルに研究家は冷静に頷いた。彼女は石像の手に引っ掛けられている鍵の束を覗き込む。大きな輪っかに、様々な種類の鍵がぶら下がっていた。並ぶ扉と鍵、つい手に取ってしまいたくなる組み合わせだろう。実際、リゼルたちも一度目は見事に魔物に追いかけられた。

「けれど、この鍵を使わないと入れない部屋があるんだろう？」

「ねぇけど」

「ないのか……」

あっけらかんとしたイレヴンの返答に、研究家は全く理解できないという顔をしていた。

リゼルも苦笑を零す。迷宮だから仕方ない、は冒険者以外にはなかなか通用しない。

「けど、意味がなくはないんですよ。ここにある扉、ほとんどが開かないんですけど」

「こんなにあるのに開かないのか……」

「この鍵に対応した扉だけは、魔物に追いかけられてる時に開くんです」

「本当か！　何だ、鍵もちゃんと使うんじゃないか」

「いえ、開けるのに鍵を挿す必要はなくて」

「ないのか……」

意匠を凝らした扉、その意匠に対応したデザインの鍵。扉の数が多すぎて見つからないのではと思われがちだが、これが意外と分かりやすい。特に特徴のある扉がピックアップされているので、鍵のデザインをヒントにそれっぽい扉を開けば良いだけだ。冒険者によっては、手の込んだデザインの扉を適当に開けてみたら成功したという者もいる。

とはいえ初見の冒険者はまんまと鍵を取り、襲いくる魔物に「普通取るだろ！」とキレながら走り、「扉多すぎんだろ！」とキレながら逃げ込める扉を探し、「鍵いらねぇのかよ！」とキレながら部屋に飛び込んで魔物をやり過ごす者が大半だが。

「追いかけてくる魔物、見応えがありますよ」

期待するように目を輝かせる研究家に、リゼルはにこりと微笑んでみせる。

「走るのは？」

「そこらの子供に負けるね！」

「異性に抱えられるのに抵抗は？」

「全くないよ！」

羽毛交じりの髪を揺らす姿に、リゼルは可笑しそうに笑いながらジルを見た。

諦めたように溜息をつかれるのは了承の合図。いかにも軽そうな研究家一人、彼ならば何の負担にもならないだろう。何ならリゼルとイレヴンを担いだとしても余裕なのだから。

「むしろ俺のほうが心配なんですよね」

「そうかい？　足が遅そうには見えないが」

「まぁ遅くはねぇな」

「リーダーは普通」

速くも遅くもない。持久力も平均的。それがリゼルだ。

冒険者として歩き回るようになってから、貴族時代よりは多少マシになっているはずだ。だが成人男性の平均の域はまだ出ない。体力自慢の冒険者たちに限定すれば、むしろ平均を下回る。

周りが凄すぎる、というのがリゼルの談。以前に合同依頼で一緒になったアインたちも、草原に出るなり連続で何回バク転ができるかと遊んでいた。パーティ内で競争するのをリゼルも眺めていたが、それなりの距離を進んだ後に「目が回ったから」という理由で大の字に転がっていた。それでも最後は軽々とバク宙まで決めていたので、体力的にはまだまだ余裕だったのだろう。凄く羨ましいしやってみたい。リゼルの密かな野望は尽きない。

「おい」

「ああ、宜しく頼むよ！」

ジルに声をかけられ、研究家が勢いづけて両手を上げた。

どうにでもしてくれという意思表示。そこからどうしろと、と見下ろすジルの視線も何のその。もはや完全に魔物へと意識が飛んでいる彼女を、数秒だけ見つめたジルが動く。彼は堂々と研究家を脇に抱えた。

女性への気遣いなど微塵も見当たらないが、当の研究家は満足げなのだし良いのだろう。

「研究家さん。鍵、取ってみますか？」

「良いのかい？」

わくわくと心弾ませる姿は、これこそ迷宮を楽しむ模範的な姿勢に違いないと思わせる。

リゼルは初心を忘れないよう心を改めた。迷宮自体が色々な意味で期待を裏切ってくるので冒険者は若干すさみがちだ。裏の裏を読んでドツボに嵌まる、というのが迷宮に慣れてきた冒険者あるあるだった。

ジルは石像に近付いた。彼が石像に背を向けるように振り返れば、研究家の尻がリゼルたちへと向く。この向きなのは恐らく、追いかけてくる魔物を見られるようにというジルなりの気遣いなのだろう。多分だが。

「よし、取るぞ……」

「バーン！」

「ぎゃ」

イレヴンがやや遊んだ。そしてジルに引っ叩かれた。

鍵に触れる直前に驚かされた彼女は、ジルの脇に抱えられながら硬直(こうちょく)している。

「大丈夫ですよ、ビリッともしません。そのまま取ってください」

「信じるぞ。君の言葉だからな。小生は信じるぞ」

「はい、信じてください」

「つっても魔物は出んだろ」

「そういうんじゃないんだ。不意をつくのと心の準備ができているのとは違うんだよ」

何やら色々と弁解しつつ、再び彼女が恐る恐る鍵に手を伸ばす。魔物、魔物、と呟いて平常心を保とうとしているが、果たしてそれで合っているのかと思わずにはいられない。本来は罠として機能するはずの魔物たちも、まさか心の拠(よ)り所(どころ)にされているとは思ってもみないだろう。

「よし、取……っ」

研究家の手がしっかりと鍵を握る。そして、石像の手からそれを引き抜いた時だ。

次々と扉が開かれる音。重なり合ったそれは四方八方から聞こえてくる。その時にはすでに、リゼルたちは長い廊下を駆け出していた。激しい揺れに研究家が目を見開く。つい先程まで四人が立っていた場所が、扉から躍り出た魔物たちにどんどんと埋め尽くされていた。

「人形(パペット)か!!」

「舌噛むぞ」

涼しい顔のジルに抱えられたまま、研究家は顔を喜色(きしょく)に染めていく。

人形系の魔物は種類が多い。だが今、歪な動きで追ってくる魔物は皆一様に同じ姿をしている。木彫りのシンプルな関節人形。頭と手足のあるトルソー。大小の違いはあるものの顔も個性もなく、ただ身に纏う衣服でのみ個体が識別できる。その服装は、この迷宮にあるあらゆる部屋の住人とでもいうように多様であった。

「ちょいホラーだよなァ」

「あの量は怖いですよね」

「動きがまたカックカクだし」

「そのお陰で大した速さじゃねぇから良いだろ」

廊下を埋め尽くしながら迫りくる人形に対し、リゼルは割と全力疾走だった。

だがジルたちはというとまだまだ余裕がありそうで、何とも羨ましいことだと内心で零す。これでリゼル自身がへばったり、ジルたちのほうが面倒臭くなったりすると抱えられたりもするのだが、依頼人が目の前にいる今日はなるべく頑張りたい所存であった。冒険者の意地ともいう。

「ふ、ふふ」

ふいにジルの腰元から漏れ聞こえてくる笑い声。

来たか、とリゼルとイレヴンは走りながらもそちらを窺った。無理な体勢と揺れに乱れきっていた白い髪が膨らみ、背後の魔物に向かって見開かれた瞳が爛々(らんらん)と輝きを増す。

「素晴らしい!!」

そして、爆発した。

「同一個体でありながら洗練された個性！　けれど協調性などない集合体！　あの動きはどうだ、どうやって動いている、いやあの動きでどうやって前に進む!?」

「まぁ言われてみりゃ走ってるかっつうと微妙かも」

「わさわさしてるだけですよね」

「ハハッハハハハッ、どうやってこちらを認識しているんだ、それともただ廊下を埋め尽くそうとしているのか⁉　まっすぐにこちらに向かってくる健気さはどうだ、堪らないな！」

「あれを健気っつうほうがホラーだよな」

「ホラーの塊持ってんのどんな気分？」

「ひたすら怖ぇ」

「こら、失礼ですよ」

素材は何なのか。動きは、造形は、衣服の好みは。研究家はどんどんと一人で疑問と解答を吐き出してはテンションを上げていく。もはや誰も彼女を止められない。依頼人に喜んでもらえるのは冒険者冥利につきるなぁと頷くリゼルとは裏腹に、イレヴンはドン引きと共に珍しくも心からジルへと同情している。

そんなジルは無心だった。ひたすら無心だった。時に依頼人が忠告を全く守ってくれない護衛依頼もあるという。それに比べれば腕の中で暴れないだけマシな依頼人なのだろう。いや、マシだろうか。一切の身動きなく、口だけでテンションを上げていく姿が異様に怖い。

「ハハハッハハハッハハハハハハハハハ‼」

三人はドップラー効果もかくやという勢いでひたすら走り続け、そしてリゼルが力尽きた時点で近くの部屋へと逃げ込むこととなった。


迷宮の扉が開き、晴天の下にリゼルたちは帰りつく。

ひと通り迷宮と魔物を満喫し、研究家の体力が限界を迎えたのを見計らって依頼は終了した。本

来、壊滅的に体力がない彼女だ。日が傾くのを待たずして力尽きたのも道理だろう。

「ハァ……素晴らしい……何とも希少な経験をさせてもらったよ、心から感謝しよう」

「それなら良かった」

呆然と、しかし多幸感に包まれながら立つ姿にリゼルは穏やかに微笑んだ。

それを尻目にイレヴンは死んだ目をしているし、ジルは視線を空へと投げている。この疲労感。迷宮攻略の疲労ではないと断言できる疲労感。当然の如く精神的なものだろう。今も耳に残る高笑いは、閉鎖的な迷宮ではよく響いた。暫く聞きたくない。

「やはり迷宮というのは特殊な場所だな。魔物たちも個性的で実に良い」

「研究家さんは、研究の為っていうより純粋に魔物が好きですよね」

「まぁね。好きが高じてこうなっているのかもしれない」

中性的な顔に笑みを浮かべ、彼女は何かを思い出すように目を細めた。

「幼い頃、父と出掛けた先でとある魔物を見てね」

それが、とても美しかったのだと、美しいと感じたのだと研究家は言う。

姿も声も在り方も。幼い心を残さず奪うには充分すぎたと。それ以来、ずっと魔物のことを考えているのだと。いつまでも色褪(いろあ)せず、興味を煽られて仕方がないのだと告げた。

「その魔物とは再会を？」

「いいや」

研究家は懐かしむように空を見上げ、白くけぶるような睫毛を伏せる。まるで耳を澄ましているようだった。草原に吹き抜ける風に白衣の裾を揺らしながら、彼女はただひたすらにある日の出会いを脳裏に描く。忘れたことなど一度もなかった。

「あの日も、こんな気持ちの良い空をしていた。抜けるように青く、白い雲が鮮やかで、風も穏やかに流れていた。父のフィールドワークも、小生には楽しいピクニックでね」

閉じた瞳がゆっくりと開かれていく。

「そんな時、ふと」

鐘の音がした。

何だろう、とリゼルも空を仰ぐ。何処までも響き渡るような荘厳な鐘の音。まるで、天高くそびえる鐘楼から空を落ちてくるような音色だった。低いとも高いともとれる、不思議で、酷く心震わせる響き。それに深く聞き惚れたのは一瞬だっただろう。けれど、永遠にも思えた。

我に返ったのは、ジルに腕を引かれたからだ。

「運が良いっつうか悪いっつうか」

「悪けりゃ死ぬだろ」

「じゃあ良いって思っとこ」

音の正体が分かっているかのような会話。

分かっているのだろうな、とリゼルは逆らわず二人の動きに従う。何かから姿を隠そうとしているのか。覆い被さってくるイレヴンの顔に、口調とは裏腹に笑みは浮かばない。隣を見れば、直立不動のまま動けなかった所為で地面に引き倒された研究家の姿。彼女は目を見開き、呼吸すら忘れたように空を見上げていた。

その視線の先を、リゼルも追う。

「！」

最初は雲が沈んだのかと思った。

遠い空。海面に積もる雪が崩れ、水中へと沈むように白の塊が沈む。その雲の中から姿を現したのは白い巨体。光を吸い込むほどに透き通った白。それが滑るように、泳ぐように、空を悠然と泳ぐ姿に視線を奪われる。

真っすぐに近付いてきていようと、逃げることなど考えられないほどに。

「竜だ」

吐いた息に紛れるように研究家は呟いた。

頼むから高笑いするなとジルがその手を伸ばしかけ、止める。彼女の唇はそれ以上何も紡がなかった。ただ惚けたように薄っすらと開いて震える吐息を零している。それは誰が見ても、恐怖ではなく感嘆で。

「（気持ちは分かるけど）」

リゼルは視線を白い竜へと戻す。低く風を切る音が聞こえてきた。

姿かたちは水中の生き物に似ている。雄大な姿態は酷く泰然と見えるものの、実際は凄まじい速さで四人の頭上に迫る。その時、ふいに竜が一度だけ大きくその身を揺らした。白に紅い裂け目、開口したのだろう。直後、天からの祝福のような鐘の音が響き渡る。

あれは鳴き声だったのだ。綺麗だな、とリゼルは思った。

「低い」

ジルが顔を顰め、囁く。備えろという意味だったのだろう。

その両手がリゼルと研究家の頭を地面へ押さえこみ、身を低くさせた一瞬。そう、一瞬の出来事だった。悠然と迫る美しい白、確かに見えたのは空を映し込んだような青く輝く瞳。それらが一瞬でリゼルたちの頭上を通り過ぎていった。巨躯の鼻先から尾の先まで、リゼルは瞬きもせずアメジストの瞳に映し続けた。

そして視界が再び青空だけを映した、その直後。

「げ」

「うっわ！」

「ぎゃっ」

「わ」

暴風が吹き荒れる。木々が薙ぎ倒されんばかりに揺れ、葉擦(はず)れが騒音となって襲い掛かった。

完全に体が浮き、何処かへ飛んでいきそうな研究家の胸倉をジルが咄嗟に掴む。彼は残る片手で迷宮の扉を握り締めた。微動だにしない謎の扉が今は酷く有難い。そして同じく上体を煽られるままに転がっていこうとするリゼルをイレヴンが捕まえる。彼はその体を抱き寄せると、扉を掴むジルの腕にがっつりとしがみついた。

「ま、ま、待、りゅ、りゅ……ッ」

「前後不覚治してから言え」

大人しく支えられているリゼルの隣で、研究家が暴風にその身を翻弄されながらジタバタと暴れている。そのまま十数秒。ようやく暴風も弱まり、名残のように時折吹く風が髪を揺らす。

「リーダーだいじょぶ？」

「はい。有難うございます」

「戻ってはこねぇな」

イレヴンの腕が離れ、リゼルは地面に座り込んだまま乱れた髪を耳にかけた。

そして空を見上げる。あの昂然（こうぜん）たる白は、もう何処にもいない。

「あぁ……」

隣には大の字で地面に力尽きつつも、必死で空に目を凝らしている研究家がいた。

「彼が、彼こそ、小生の……再会できるなんて……ッ」

あの竜こそが、彼女の原点なのだろう。

人生の全てを懸けることすら躊躇わない決意の源。魔物への興味の始点。尽きぬ情熱を注ぐに値する存在。リゼルたちは各々気が抜けたように座り込んだまま、もはや腰が抜けたのか起き上がれもしない研究家を見下ろした。

「てめぇにしちゃ静かだったなァ」

「高笑いもなかったしな」

「確かに。大興奮すると思ったんですけど」

投げかけられた言葉に、彼女は胸を大きく弾ませながら笑う。

「小生にとってはね、彼、あるいは彼女は高嶺の花なんだよ」

羽毛交じりの髪に半分だけ隠された相貌が、恋をしているかのように憂いげな色を帯びる。零された吐息は熱を孕み、真っ白い肌をほんのりと紅色に染め、彼女はそこに焦がれる相手がいるかのように空を見上げていた。雲一つない、抜けるような美しい青空だった。

「君たちにも分かるだろう？」

「いや分かんねぇし」

即座に切り捨てたイレヴンに、これにはリゼルとジルも同意しかなかった。


その後、リゼルたちは無事に馬車に乗って王都へと帰った。

馬車には誰も乗っておらず、のんびりと座れたのが大きかったのだろう。王都についた途端、体力を取り戻した研究家は大喜びで依頼報酬二倍を宣言し、高笑いと共に颯爽と去っていった。ここで惜しんでは竜という存在の価値が下がるようで嫌だという。リゼルは何となく分かったが、ジルたちには微塵も理解できなかった。

「やっぱ無理だわ」

「暫くいらねぇ」

「じゃあ今度は、研究が一区切りついた頃に依頼を受けましょう」

竜が出た、とそこかしこで噂が聞こえる街並み。その真ん中を、完全に地に足つかない浮ついた様子で去っていく白衣を見送りながら、リゼルたちはそんなことを話していた。

よって後日、再度の指名依頼が研究家より届いたものの丁重にお断りする運びとなる。

151.

魔物使いが、何の為に魔物を使役するのか。

勿論それは人それぞれ。彼女の場合は旅の芸人一座の一員として、魔物をパートナーに切磋琢磨していた。使役しているのはスライムで、時に他の魔物の姿に、時に人の姿さえとってみせる数年来の相棒だ。特に好評なのが観客と同じ姿になってみせる見世物で、そんな器用な真似ができるスライムなど自らのスライムしかいない。彼女は常々、そう胸を張っている。

「んん？」

そんな彼女は、日々の日課であるスライムのマッサージをしながら首を捻っていた。

ちなみにスライムがそれを気持ち良く思っているかは分からない。むにむにの塊からは感情など窺えない。日に何度も形を変えていれば体も凝るだろう、そう考えた彼女が良かれと思ってやっているだけだ。逃げられたことはないので嫌がってはいないのだろう。多分。

「しこり？」

ヒンヤリとしたプニプニの体を揉んでいると、いつもと違う感触が指先に当たる。

核ではない。何だコレ、としばらく揉みしだいた。見た目には分からないのに、掌で握れるくらいのしこりが複数。目に見えないボールでも入っているかのようだ。

「何……何これ……病気……？」

指先で解すように揉んでも、しこりの位置がずれるだけ。

「肩こり………？」

いや、スライムに肩はない。スライム凝りと言うべきか。

最初は魔物の姿しかとれなかったスライム。けれど必死に教え込んだ甲斐があって、今は目の前に立つ誰にだって姿を変えられる。ある日突然、人の姿をとれるようになったのだが理由は謎だ。人を魔物認定したのかもしれない、なんて彼女の一座の座長は面白がっていた。

その苦労の日々を思い出す。初めて自分の姿になってくれた時のことは忘れない。ドロドロとした人型、つまり最も怖い部類のゾンビ状態を経て、自分の姿になった時の感動と恐怖。更にスライム型に戻る時の、肉が溶けていくにも似たおどろおどろしい光景は若干トラウマだった。

「うーん」

むにむにむに、と揉み続ける。

「まぁ調子悪そうでもないし」

昼間の興行でも、見事な変身を披露して拍手を貰っていた。

迷宮にいた魔物だし、こういうこともあるのかもしれない。一緒に潜ってくれた冒険者も迷宮は何でもアリだと言っていたし。彼女はそう頷き、つんつんと自らのスライムをつついた。続いて手を叩いてみせれば、もにっとした体でピョンッと見事なジャンプを見せてくれる。

「具合悪いー？」

問いかけるも、スライムは膝の上でむにむにと動くだけ。

いつもどおりの光景に、彼女はほっと息を吐いてベッドに潜り込んだ。あまり魔物に入れ込んではいけない、というのが魔物使いの常識。とはいえ何年も一緒にいれば愛着の一つも湧くだろう。何処かで見た魔鳥乗りなぞ溺愛に溺愛を重ねていた。あれに比べれば自分なんて可愛いものだろう。彼女は平然とそう結論づけ、いつものように枕元のスライムをペチペチと叩き、健やかな眠りへと旅立つのだった。


けれどやはり、翌日になっても消えないしこりは気になってしまう。

彼女は興行を終えた後、たまたま噂で聞いた〝魔物研究家〟なる存在の下を訪れ、今はその帰り道。足下にスライムを引き連れ、のんびりと歩いている彼女の機嫌は非常に良い。何故なら、最初こそ解剖でもされるのではと肝を冷やして戸を叩いたが、研究家を名乗る女性はとても真摯にスライムを診てくれたからだ。

『すまないね、小生でも原因は分からないようだ。ただ、魔物は弱ると攻撃的になる種が多い。気が立った様子がないのなら安心して良いと思うよ』

やや申し訳なさそうに告げた研究家に、その言葉だけで十分安心できたと感謝した。しかも、お礼にと研究家そっくりにスライムを変身させてみせれば、酷く興奮しながら大喜びしてくれたのだ。

物静かな雰囲気に反して激しい拍手喝采をくれたのが嬉しくて、良い人に診てもらえたなと上機嫌になっていた。

ところ変わらずスライム。

彼らの繁殖メカニズムは全く解明されていない。それはスライムに限らず、魔物全般に言える。気付いたらいるし、気付いたら襲われている。迷宮内では倒すと魔力になって消えるので、迷宮の魔力がどうにかなって自然発生しているのではないか、と曖昧ながら考えられていた。ならば迷宮外の魔物はというと、よく分からないとしか言いようがないのだが。

「早く治ると良いねぇ」

よって、彼女にそう声をかけられているスライムの状態を説明できる者などいない。

スライムはもにもにと這うように彼女についていく。しこりと称された体内の何かを、ぽこぽこと落としながら。本スライムさえ気付いているのか定かではない。まるで小さな個体を生み落とすかのように、まるで分裂したかのように、小さくてまん丸のそれらはコロコロと道の端へと転がっていく。

幸いと言えるかは分からないが、誰もそれには気付かなかった。もし気付かれたら「何か落ちた？」やら「生んだ⁉」やら「連れてる魔物の×××の後始末はちゃんとしろよ」やらの声が上がったことだろう。

「今日はとっておきの魔石あげようね」

けれど誰も気付かない。彼女も気付かなかった。だから小さなまん丸はその場に残された。

小さくなっていく彼女の声と、先程まで一体化していたスライム。その後ろで、それらは坂もないのにゆっくりと転がり続ける。とある家の壁に当たると、添うように再び転がって路地裏へ。

「悪いねぇ、リゼルさん」

「いえ、ちょうど宿に戻るところだったので。お手伝いくらいさせてください」

直後、そのすぐ横を一人の冒険者が通りすぎていった。

一瞬の邂逅。だがそれらは、その冒険者を深く記憶した。それは誰より視線を集めていたから。雰囲気が周囲とは一線を画していたから。だからそれらは核に焼きつくような存在感を刷り込まれ、選ぶという順序を省くことができてしまった。姿を変えていく。

次の瞬間にはもう、小さな幾つもの塊は自らの足で路地裏から姿を消した。

一つ目のそれは、王都の街並みを何処へ行くでもなしに歩いていた。

「お、リーダー」

背後から呼びかけられて足を止める。振り返れば、目に飛び込んできたのは鮮やかな赤。

それを蛇のように撓らせて、男は当然のように隣に並んで歩みを共にし始めた。

「どっか行くトコ?」

尋ねられ、柔らかく首を傾げて首を振る。

記憶にある穏やかな笑みを浮かべてみせれば、赤色は納得したように頷いていた。

「ブラついてるだけかァ」

王都の街並みを歩きながら赤色はよく喋(しゃべ)った。そういえばニィサン見かけた、ギルドで乱闘してた、牙の覗く口から出る話題が尽きることはない。楽しそうに話す姿に、微笑んだままで相槌(あいづち)を打つように顎を引く。

「あ、そういやさ」

「？」

ふと、思い出したかのように愛想の良い顔がこちらを向いた。

ちょい、と指で示されたのは一本の路地。そのまま誘うように手招かれ、不思議そうに目を瞬かせながらついていく。細い路地では頭上の遠くからしか日が入らない。足元はやや肌寒く、冷える空気を掃うように足を動かして鮮やかな赤を追う。

「リーダー時々こっち入ってきてんじゃん？」

問いかけられ、ゆるりと頷いた。

気安い声で話す赤色が、曲がり角の向こう側に消える。歩み寄り、覗き込む。直後、胸元を掴まれて振り回すように引き寄せられた。はくりと開いた口からは何も出ない。そのまま路地裏の壁に背を叩きつけられる。

「でさァ」

先程までの雑談と全く変わらぬ声だった。

軽い口調。けれど迫る瞳を見つめれば裂けた瞳孔と視線が合う。その顔に表情という表情はなく、強いていうなら酷くつまらなそうだった。胸倉を掴む手が閉じられた襟元をこじ開ける。そうして晒された首元へ、捕食者の顔が寄せられた。

瞳がすれ違う。視界が赤に埋まる。スン、と首筋に触れた吐息に腹の底を震わせた。それは恐らく、生物として誰しもが持つもの。生存本能が働いたが故の恐怖だったのだろう。

「誰だよテメェ」

低く掠れた声と同時に感じたのは、首を通り抜けていく鋭い何かの感覚で。

それはその感覚が何かも分からないまま、一度だけ目を瞬かせると水音を立てて消えた。


二つ目のそれは、冒険者ギルドに足を踏み入れていた。

向けられる視線。軽く上げられる掌。やがて散り散りになっていくそれらを眺め、一歩、二歩とギルドを散歩するように歩を進めていく。そうして中ほどまで行けば、受付カウンターにいる一人の職員がこちらを見ているのに気がついた。軽い調子で頭を下げられたので、にこりと笑みを浮かべてみせる。すると、その相手は慣れたように隣を見た。

「お、何々スタッド、珍しいじゃん。いつもは来てすぐにガン見すんのに」

職員の隣には、淡々とペンを走らせている男がいた。

「スタッド、ほら」

視線も上げない男を職員が物珍しげに促している。

「…………」

「スタッド？　おい、リゼル氏来たって」

だが、凍りついたような無表情は興味がないというように顔を上げなかった。

周囲がやや騒めく。それに背を押されるように歩み寄れば、必死に声をかけていた職員が焦ったようにこちらと男を見比べた。彼は小声で懸命に男を促し、笑みを引き攣らせながら告げる。

「やっ、あの、虫の居所でも悪いんですかね、ははっ……」

肩を叩く手を鬱陶しげに払い、無感情な男がようやく顔を上げる。感情の浮かばぬ人形のような瞳が向けられた。それはこちらを一瞥し、何の感慨もなく再び書面へと落とされる。

「何か」

零された声は淡々としていた。それに対し、周囲が酷く騒めいている。

「スタッ、おい、ス……スタッドさん⁉」

「おい絶対零度やべぇぞ！」

「あそこに反抗期は来ねぇだろ！」

戦々恐々とした空気に、それは疑問を抱いたかのように首を傾げた。

すると、それをどう受け取ったのだろうか。必死な顔をした職員が、自らの頭へ手を乗せながら懸命に隣を指差し始める。頭に乗せた手は髪をかき回していて、そうしてやれと訴えかけているのだろう。それに逆らわず、蕩けるように微笑み、書面に向き合う男を見下ろした。手の届く距離。ほっとしたような職員の眼差しを受けながら、彼の真似をして癖のない髪に手を伸ばす。

その、直後。

「不愉快です」

音もなく、手首から先が落ちた。

無表情な男の手には氷のナイフ。隣に座る職員が悲鳴を上げて椅子ごと倒れた。周囲の冒険者たちは突然の凶行に驚愕しながらも、咄嗟に己の得物に手をかける。だが今にも得物を構えようとした動きは、床に落ちた手首が水となって消えたのを見て止まった。

「魔物かよ……ッ」

「スライム！」

「手ぇ出しづれぇなァ……」

動きを止めていた冒険者たちが、今度は迷わずに武器を抜いた。

次の瞬間、ギルドの空気が凍りつく。凍りついた、と錯覚するほどの冷気がその場を支配した。

パキン、と何かが砕ける音。同時に、それの足を氷の結晶が覆い尽くしていく。強烈な痛みを与える氷点下にも、それは不思議そうに足元を見下ろすだけだった。再び顔を上げた時には、既に絶対零度の瞳がこちらを映すことなど二度となく。

「街中に魔物です。憲兵に連絡を」

無感情な男は立ち上がり、床に転がって魘(うな)されている男を蹴り起こす。

その時にはもう、それはただの水となってギルドの床に力なく散っていた。

「やっぱスライムだよなぁ」

「つってもおかしいだろ」

「あー、色な」

「魔物に変わんなら分かっけど」

「つうか核は？」

その周りを冒険者らが囲み、好奇心も露に眺めていた。

彼らは飛び散った粘液を指でつつきながら、もしや魔物捜索に駆り出されるかもしれないと思い至る。よって面倒は御免だとばかりに、そそくさとギルドを出ようとするも遅い。その場にいた冒険者たちは全員、ギルドから依頼料を押し付けられて、被害拡大防止の為に見回りへと向かわされてしまった。


三つ目のそれは、〝鑑定に自信あります〟と自信なさげに書かれた看板を潜った。

扉を開いて店内へ。中には店員が一人、他の客の対応をしているところだった。こちらに気付いて少し照れたように表情を綻ばせる姿に、同じように目元を緩めて返してみせる。彼は嬉しそうに肩を竦めて接客を再開した。暫くその姿を眺め、あてどなく店内を歩き回る。

店の一角で、何かの香りが鼻を掠めた。香りは強く、思わず眉を寄せながら後退る。

「だ、大丈夫ですか？」

すぐ後ろから声が聞こえた。

振り返れば、頭上から心配そうにこちらを見下ろす顔がある。心配そうな情けない顔に、何でもないと伝えるように首を振れば、店員は安堵したように眉尻を下げた。

「魔物除け、ちょっと仕入れすぎちゃって……もしかして、匂いがきつかったかなって」

少し恥ずかしそうに零す相手に、微笑んでゆるりと首を傾げてみせた。やっぱりかぁ、と肩を落とす相手に手を伸ばす。その目元に触れ、数度指先でなぞった。ここが一番、匂いが強い。匂いというか、気配というか。写し取った姿と同じものを感じた。

それは何も知らない。何も分からない。ただそうするべきだという本能のみがあった。

「えっと、リゼルさん……？」

目元を撫でる指先にくすぐったそうにしながら、純朴な瞳は逃げようともせずこちらを見下ろしていた。だがその瞳が、ふと不安げな色を帯びる。大きな掌に、恐る恐る伸ばしていた手を握られた。

「手、凄く冷たいです。具合悪いとか……」

「？」

「温かいもの、飲んでいきませんか？」

すっぽりと包み込んでくる掌は熱い。目を瞬いて、一歩足を引きながら首を振る。

見上げれば、驚いたように見開かれた目が揺れていた。手は握られたまま離れない。

「……え、っと」

窺うように覗き込んでくる両目に微笑んでみせる。

「リゼルさん？」

上から降りてきた顔を、頬を覆うように両手で包み込んだ。どうしたのかと不思議そうな顔に少しだけ力を籠める。すると、内緒話かと柔らかな髪から覗く耳を寄せられた。

笑みを描いていた唇を開く。無防備な頬へと顔を寄せる。そして今まさに頬へと触れようとした時、何かがトスリと腹を貫いた感覚があった。見下ろせば、背から腹まで貫通している鋭い枝。それは床から飛び出していた。

「えっ、や、止め……っ」

目の前の気弱そうな顔が酷く狼狽(うろた)えている。けれどそれは何かを気にした素振りもなく、穏やかな笑みをそのままに水になって弾けて消えた。残されたのは、濡れた床とひたすら混乱するばかりの店員が一人。

「え、…………えっ?!」

物言わぬ店はやはり、何も伝えぬままに槍の如き枝をその身に戻していった。

買い出し中の女将を見つけ、遠慮に遠慮を重ねられながらも荷物持ちの役割を勝ち取り、宿へと戻ってきたリゼルは自室で読書に没頭していた。書き物机の椅子を窓の近くに移動させれば特等席だ。直射日光ではない柔らかな光が紙面に反射し、時折頬をくすぐる風が心地良い。視界を掠める髪を耳にかけ、リラックスしたように本を捲る。

そんな絶好の読書タイム。読んでいるのは、王都に古くから根づく伝承の一説だった。それは初代王が国を作り上げるまでの物語。嘘か本当かは分からないが。

「(〝王が枝を地に刺し祈りを捧げれば、天よりの祝福が訪れ空が〟……この枝、王座だったりするのかな)」

馴染みの道具屋、その建材となった〝王座〟と呼ばれる樹を思い出す。

いや、流石に無理がある仮説だ。その特別な樹木の特性は絶対的な守護。内に住む者をあらゆる災厄から守るものであり、それは恵みを周囲に振りまくのとは真逆の性質でもある。ならば王座を知る者による後付けかもしれないなと、そう一人で納得していた時だ。

ふいに部屋の扉がノックされて、リゼルは本から顔を上げた。

優秀なパーティメンバーのように、足音で見分けられる技術などなければ、そもそも本に集中していて足音など聞いていない。女将が荷物運びの礼にオヤツでも持ってきてくれたのかと、「どうぞ」と声をかけて入室を促した。

「？」

現れたのは見知らぬ男だった。

そこに浮かべられた微笑みに他意はなく、彼は部屋に入ってくると後ろ手に扉を閉める。リゼルが本を閉じてそちらを見れば、男は当たり前のようにリゼルへと歩み寄ってきた。

「どなたで……ん？」

言いかけ、リゼルは目を瞬かせる。

よく見ると相手の服装は自分と同じだった。特徴のある冒険者装備ではないので、一見してすぐには分からなかったが全く同じ。更に観察していれば顔も似ている、いや、同じなのかもしれないが、ただ似ているだけの別人にも見えた。自分の顔を客観視するとこういう風なんだな、と思わず感心してしまう。

男は、まじまじと観察しているリゼルの目の前で足を止めた。

「……貴方の名前は？」

閉じた本を膝の上に置いたまま問いかける。

男はことりと首を傾けた。その唇がはくはくと開閉し、やがてゆっくりと上体を倒してくる。近付いてきた顔がじっと自らの唇を注視するのに気付いて、ゆっくりと繰り返してやった。

「な、ま、え」

目の前の男も真似するように口を動かす。だが何も音を紡がない。

リゼルはきちんと舌も覗く口の中を覗き見て、問題はなさそうなのにと思いながらも納得した。きっと、そういうものなのだろう。伸ばされた両手が髪に触れ、服に触れるのを好きにさせながらそんなことを思う。

「(どうしようかな)」

誰かの変装という線はなさそうだ。それにしては説明できない行動が多い。

ならば何らかの魔物が刺客として差し向けられた可能性は、そう考えかけるも否定する。恐らく魔物ではあるのだろうが、こちらの世界では刺客を差し向けられるような地位など持たない。ならば何故、相手は自分の姿をとっているのか。

両手で頬を包まれ、まじまじと覗き込まれながら、どうやら全く同じらしい顔を見上げた。

「あなたの飼い主は？」

「？」

魔物というなら、後ろに魔物使いがいるかもしれない。

そう思って問いかけるも、首を傾げられるだけに終わった。魔物を差し向けてくるような魔物使いなど某支配者しか思いつかないが、彼ならばこんな計画性も何もない真似はしまい。彼の行動は非常に合理的だ、倫理観には欠けているが。

「人じゃないんですよね」

感触は人と変わらない。それにも拘（かかわ）らず、頬に触れる手は冷たい。

リゼルは噛みつかれないのを確認してから相手の頬に触れた。ふに、と薄い頬をつまんでみる。反応はなく、触れられたことに気付いているかどうかも分からなかった。

「スライム？」

擬態に収まらないほどの変身。それができるのは、リゼルが知る限りスライムだけだ。

何が原因で己に化けたのかは分からないが、恐らくこの予想は間違っていないだろう。さてどうしようかと思案する。無害ならば色々と遊んでみたいものの、冒険者として国内で魔物を野放しにする訳にもいかないか。少しばかり残念に思いながら、相手の頬から手を離した時だった。

その手首が握られる。確かめるように柔く、徐々に強く。

「いけませんよ」

「？」

「離しなさい」

痛みを感じるほどではない。ただ、容易に振り払える力でもない。

腕を引かれると共に相手の顔が近付いてくる。窺うような眼をしながらも、何も映していない瞳がいやに奇妙だった。目の前にいるのは人ではないのだとリゼルは改めて理解する。

「（誰かのパートナーだったら申し訳ないけど）」

そう、魔銃を発現させかけた時だ。

目の前の首筋を何かが通り抜けた。横一線、水を切り裂くように飛沫が飛ぶ。

跳ねた水が頬にあたったが、それを気にせず微笑んだ。目の前の相手が水となって消え、その後ろから現れたのは黒。足元の床にできた水溜まりを気に掛けることなく口を開く。

「ジル」

いつの間に部屋を訪れたのだろうか。

眺めていれば、手袋を外した手が伸ばされる。その手が頬についた水の残滓を拭っていく感覚に、そういえば本は濡れなかっただろうかと膝の上に視線を落とす。どうやら無事のようだ。一安心しながら、いまにも膝から落ちかけている本を机の上へと移した。

「これ何だ」

「さぁ、スライムだと思うんですけど」

二人して水溜まりを見下ろす。

それにしても正体が分からないまま首を切り落とすのはどうなのか。助けてくれたのは有難いが、これが魔物でなくて人だったらどうしたのだと思わずにはいられない。ジルのことなので勘やら何やらで判別はついていただろうが。

「どっから連れてきたんだよ」

「俺じゃないです」

「あ？」

「普通に部屋に入ってきたので」

いくらガラの悪い顔をされようが、リゼルには本当に心当たりがない。椅子に座ったまま身を屈め、部屋の床を指先でなぞってみる。スライムらしい粘度もない、ただの水が床板に染み込みつつあった。女将に怒られたらどうしてくれるのか。

「核がねぇな」

「そもそも街中に魔物が出るっていうのが……よくあるんですか？」

「な訳ねぇだろ」

「ですよね」

リゼルがこちらに来てから、一度もそんな話は聞いたことがない。時折、魔物使いが連れている魔物を見るくらいだ。とはいえ魔物使いの存在自体が少なすぎて、それさえ滅多に見ない。

「こういう時ってギルドでしょうか。憲兵？」

「ギルドじゃねぇの」

そこから憲兵に報告、という流れなのだろう。

確かに今のところ、特に街中で混乱が起きているようには見えない。冒険者個人が憲兵に報告したところで信憑性に欠けるというのもあるだろう。日頃の行いが悪いのだから仕方ない。

「相手に敵意がなければ、どっちでしょうってやりたかったんですけど」

「趣味悪ぃ」

「ジルは何で分かったんですか？」

「勘」

やっぱりか、と頷いてリゼルは立ち上がった。冒険者装備に着替えるかどうか少し悩んで、結局そのままジルと共にギルドへ向かうことにする。

「あっ、貴族さん見ッ……一刀いるし本物か」

「あ、あーっ、あーー……ホンモンか」

「これは……本物だ」

道中、擦れ違う冒険者たちに物凄く覗き込まれた。

「他にもスライムがいたんでしょうか」

「何で全部お前になってんだ」

「何ででしょう？」

自分が複数いる、というのは何とも不思議な感覚だ。

果たして魔物たちは姿を変えて一体何がしたいのか。リゼルはまた一人、駆け寄ってきた冒険者に手を振ってやりながら考える。先程のスライムには、恐らく襲われかけたのだろう。他者に危害を加えようとするのは魔物として当然の行い。だが流石に自分の姿でそうされては困る。

「本物ですって看板を持つとか」

「胡散臭ぇ」

却下された。

「それにしても完成度の高い変身でしたね」

「まぁ余所で変なことはしねぇだろうな」

「変？」

「魔物っつう理由以外で憲兵に取っ捕まりそうなこと」

それは大変だ、とリゼルは粛々と頷いた。

そうして二人が雑談を交わしながら歩みを進めること暫く。辿り着いたギルドの光景は、色々な意味で大惨事だった。なにせギルドの中央で土下座を決める女性。その背でもにもにしているスライム。そんな彼女を取り囲むように立つスタッドや、憲兵や冒険者等々。

「誠に申し訳ございませんでじだぁぁーーーー!!」

大号泣で謝罪する女性とスライムに、リゼルとジルは事態の解決を悟った。


旅芸人を名乗った女性は、ギルドの椅子に腰かけて何とか落ち着いたようだった。

号泣の名残で、すんすんと鼻を鳴らす姿が何とも痛ましい。いつも賑やかな冒険者らは外を見回っている者の回収に向かい、珍しくも静かなギルドには余計に彼女のすすり泣きが響いている。ちなみにリゼルはややこしいから出歩くなと言われた。

「えーと、それで」

淡々としているあまり意図せず追い詰めるスタッド。そして憲兵というだけで委縮し、謝罪と号泣をぶり返すために彼女に近寄れない憲兵長。よって何故かリゼルが彼女の話を聞いていた。ジルなど論外だ。

リゼルは膝をつき、赤くなった目元にハンカチを差し出し、優しい声で語りかける。

「街中に散らばったスライムは、貴女のパートナーが原因かもしれないと？」

「はい……」

鼻をすすりながら彼女が言うには、証拠はないが恐らく間違いないという。

先日から相棒のスライムの体内にしこりがあったこと。街中にスライムらしき魔物が出たと、冒険者ギルドから報告を受けた憲兵がまず訪れたのは彼女の元で、その時に確認されて初めてしこりが消えているのに気がついたこと。言われてみれば、若干パートナーも軽くなったような気がしないでもないこと。微妙に曖昧だ。

「どうしてそうなったのかは、取り敢えず置いておきましょう」

それで良いのか、と視線が集まるもリゼルは気にせず話を続ける。

「しこりの数って覚えてますか？」

「か、数ですか？」

一瞬不思議そうな顔をした彼女だが、直ぐに思い至ったように目を見張る。

つまり、何匹のスライムが街中に散らばったのか。リゼルたちが把握しているのは宿に現れたものと、ギルドに現れたもの。一匹でないならもっといてもおかしくはなかった。

「確か、四、四でした！」

「今まで気付かなかったなら支配の外なんですよね」

「は、い……」

「大丈夫ですよ。王都の憲兵はとても優秀ですし、すぐ見つけてくれます」

魔物使いは、使役している魔物の居場所が何となく分かるという。だが今回は無理だろう。

膝の上に載せたスライムを、落ち込んだ様子で揉んでいる彼女からリゼルは一瞬だけ視線を逸らした。目を向けた先にいるのは生真面目そうな憲兵長。彼は分かっているとばかりに力強く頷き、スライムもとい偽リゼル捜索の手配をしようとギルドを出る。いや、出ようとして扉に向かった時だ。勢いよく開いた扉が彼の脛（すね）を強打した。

「リゼルさんッ」

飛び込んできたのは顔面蒼白のジャッジだった。

痛みに悶える憲兵長に同情の視線が集まるなか、ジャッジは焦った様子でギルドを見回している。そしてリゼルを発見すると走り寄り、どうしたのかと立ち上がった相手を上から下まで確認する。腰を鷲掴み、腹を精査し、そして最後にジルとスタッドの姿が近くにあるのを確認して、彼は安堵したようにしゃがみ込んだ。流石のリゼルも少し驚いた。

「よ、良かった……宿に行ったら、ギルドに行ったって言われて……」

「ジャッジ君？」

「あ、その」

リゼルが差し出した手に、ジャッジは遠慮がちに掴まって立ち上がる。

その口が言葉を濁すのに、リゼルは悪戯っぽく微笑みながら問いかけた。

「俺の偽物にでも会いましたか？」

「え⁉」

「その偽物どうした」

「え、あ、水に」

「息の根は止めましたか」

「止まっ……た……はず？」

周囲に酷くあっさりと受け入れられた所為だろう。大混乱のジャッジに助けを求めるように見られ、リゼルは大丈夫だというように目元を緩めてみせた。過激な思考を持たない心優しい彼には、知り合いと同じ顔が水になったというだけで酷くショックなのだろう。

「俺を探してくれてたなら、偽物だって気付いてくれたんですね」

「は、はい。変だなって思ってて、その、串刺(くしざ)しになって水に戻った時に……」

串刺しかぁ、とリゼルはしみじみした。

「何故見ただけで分からないんですか愚図」

「だって、変だなってだけで別人って思わないし、具合悪いのかなと思って……まさかスライムだなんて、そんなこと思いもしないし」

「私は分かりました」

「スタッドはだって、スタッドだから……っ」

「手首を切り落として氷漬けにしました」

「分かったってば！」

氷漬けかぁ、とリゼルはしみじみした。

別物だと分かっていても、少しばかり思うところがないでもない。足の痛みから復活した憲兵長に物凄く気遣った視線を送られ、ジルからも多大な同情を込めた目で見られていた。もちろん、すぐに別人だと気付いてもらえたのは嬉しいのだが。それはそれだ。

そこでふと、リゼルは魔物使いの女性を窺う。一緒に切磋琢磨してきたパートナーの、その子供らしき存在の末路にショックを受けていないかと心配になったからだ。

「大丈夫ですか？」

「え？」

全く気にした様子もなく見上げられた。魔物使いはこういうところシビアだ。

「だが、これで三匹か。偶然なのか、お前の周りばかりだな」

闇雲に外を探すより、何かの手がかりがあったほうが良い。

そう結論付けたのだろう憲兵長が、外に出るのを止めて戻ってきた。

「何か分かるか？」

「いえ、俺は特に……ジル？」

「知らねぇよ」

憲兵長は悩むように眉を寄せ、スライムを揉んでいる女性を見下ろす。

「失礼。何か、心当たりがあるなら教えていただきたい」

「こ、心当たり……」

憲兵長の少しばかり気難しげな顔に、身構えるように彼女の体に力が籠もった。スライムを揉む手にも力が入り、ぐにゃりと潰されたパートナーが歪な形になっている。本人的に、いや、本スライム的にどうなのだろう。興味深そうに眺めるリゼルに、呆れたようなジルが溜息を一つ。

「あっ」

その時、パッと彼女が顔を上げた。

「何となく、似たような気配に近づいていく……のかも？」

「似たような？」

「変身させると、同じ顔した人が気になるというか」

身振り手振りで説明してくれる女性に、成程とリゼルは頷いた。

確かに、顔というよりは気配というほうが正しいだろう。だからリゼルと親しくしている者の元へと向かいたがる。当然、最も気配が強いのはリゼル本人なので、宿で隣り合わせの部屋にいたリゼルとジルでは当人のほうへとやってきたのだ。

ジルがなんとなしに横を見れば、やや一方的ながら言い合っていた年下が二人、言い争いを止めていた。ジャッジは照れたようにふにゃふにゃと笑い、スタッドは真顔でリゼルを凝視している。

どうやら喜んでいるらしい。

「なら、後一匹もお前と縁の深い相手の傍に」

憲兵長がそう言いかけた時だ。

「あ、リーダー見っけ。何かそっくりなスライムっぽいヤツがさァ」

「ですよね」

「だろうな」

気だるげにギルドへ現れたイレヴンに、リゼルとジルは頷いた。

こうして事件は被害もなく無事に解決し、魔物使いの女性は憲兵長による粛々とした説教を受けた結果、半泣きになって反省しながらギルドを後にしていった。


その後、とある憲兵長の聞き取り調査より。とある魔物研究家曰く。

「ふむ、実に興味深い。それは恐らく、子ではなく同位体だろうね。分裂、と言ったほうが伝わるかい？　本来ならばあらゆる魔物に変身できるオレンジスライムだが、それが人に変われるようになったのは魔物使いの彼女との特訓の成果だ。もし子だとして、その能力が引き継がれるというのは希望的観測が過ぎる。同位体だが、別個体の所為で使役の魔法が効かなかったんだろうね」

「同じことがまたあるか？　さぁ、それは小生には分からないさ。ただ、まず有り得ないと思ってくれて良い。しかし、うん、実に素晴らしい！　魔物の繁殖の如何(いかん)は小生たちにとって永遠の謎でね。なにせ種としての幼生は存在しているにもかかわらず、そこに至るまでの過程なんて一度も観測されたことがない。こういった事例を目の当たりにしてしまうと胸が高鳴ってしまうというものだ！　うん？　ああ、魔鳥は卵を産むね。君たちは一緒くたにしてくれるが、魔鳥と魔物という区分はきちんと意味のある区分なんだ。ただ空を飛ぶものを分けた、というものではなくてね。生物としての違いがはっきりとある。まぁ、これも大きすぎる分け方ではあるが、覚えておいて損はないと思うよ」

「そうだ、気付いているかい⁉　竜という存在は卵を産むんだ！　知っている⁉　ならば分かるだろう、子を産む彼らが魔物の頂点と呼ばれる矛盾が！　いや、それを嫌だとは決して思わない。例外というものは何処にでもあるものだと理解もしている。ただ‼　彼らを魔物だと定義づけるのは尚早じゃないかと小生は思うんだ‼　そうだろう⁉　ならば何かと言われれば小生にも分からないが、竜は竜という存在でいけないのかと古参のお堅い研究者には」

以下略。

オルドル頑張る　完全版

王都パルテダの子供たちに「国の英雄は？」と聞けば何と答えるだろうか。

まず間違いなく、歴代の騎士の誰かしらの名前を挙げるだろう。初代王の建国を支えた伝説の初代騎士団長。遥か過去に騎士団を率いて魔物の大侵攻を防いだ烈火(れっか)の騎士。それがたとえ今の時代に限定されようと、少年ならば催しごとに顔を見るいかにも強そうな騎士を、少女ならば転んだ時に手を差し出してくれた名も知らぬ騎士を挙げるだろう。

そんな品行方正で清廉潔白、光となって国を照らす騎士たちにも、時に悩みはあるもので。


オルドルは一人、上官からの指令を前に頭を抱えていた。

別段、難しいものではない。割り振れば雑務に入るだろう簡単なものだ。指令というよりも「そろそろ時期か」と話の流れで任された程度のもので、本来ならば真剣に取り組むにしても身構える必要などないもの。けれど、以前ならば片手間に終わらせていた作業が、今となっては酷く困難を極めたように思えて仕方ない。

パルテダール国の王都、その中心にそびえる王城の、騎士団に与えられた一画。常に数名の騎士の姿が見える執務室の、壁一面を覆いつくす棚の前にオルドルは立っていた。数多ある引き出しの一つに迷わず手をかけ、その心情を表すようにゆっくりと取っ手を引く。

底の浅い引き出しには数枚の紙。少なくなってきた、補充しなければ。そんなことを考えながら一枚を手に取って見下ろせば、人によっては場違いを思わせるだろう用紙。冒険者に依頼を出すための依頼用紙だ。

騎士団の総意として、彼らは冒険者の実力を認めている。騎士が対人に特化した戦いのプロフェッショナルならば、冒険者は対魔物に特化した戦いのプロフェッショナルだ。騎士が魔物に勝てないとは言わない。少人数でチームを組んでの国外演習では、指定の魔物を狩ることを目標にする場合もある。

だが騎士たちが卓越した連携で巣穴の周りを取り囲む傍らで、勢いよく巣穴に頭から突っ込んで何故か目標を達成してみせるのが冒険者なのだ。どちらが優れているかではなく、リスク管理などの違いにすぎないが、いわゆる〝ノリと勢い〟というものとは無縁の騎士たちは「なんと豪胆で大胆不敵なのか」と新たな戦術に出合ったような感想を抱く。

ちなみに冒険者側はというと、そんな品行方正で人気者の騎士たちのことを「良い子ちゃんめ」と大変気に入らなく思っている。それをオルドルも他の騎士らも知らない。何だったら面と向かって吐き捨てられようが、「冒険者に良い子だと褒められてしまったよ」「子供扱いというのは恥ずかしいものだな」と嫌味もなく照れたように口にするだろう。冒険者側の敗北感は凄まじい。

「オルドル、どうした？」

依頼用紙を手に、棚の前で立ち尽くしていれば声がかかる。

振り返った先にいたのは同じ年である一人の騎士。騎士学校という特性上、年が同じというだけで仲間意識が強くなる。将来騎士になると決まっている子息子女は、所属できる年齢になればすぐに騎士学校に通い始めるのだ。そこから六年も共に過ごせば結びつきも強くなる。

「ああ。もうそんな時期か」

声をかけてきたのは、そんな同輩の一人だった。普段は無駄に浪費する時間などない、とばかりに職務に精を出すオルドルが立ち尽くしているのが珍しかったのだろう。彼はオルドルが手にした依頼用紙に目を止め、酷く納得したかのような、そして同情したかのような顔をした。

「依頼、お前が出すんだな」

「……ああ」

「ランクは何にするんだ？」

「Cあたりが妥当だと考えている。冒険者にもCが最も多いというしな」

騎士団が冒険者に何の依頼を出すのか。

何でも良い。ようは、冒険者の戦力を把握するための依頼だった。

冒険者は対魔物、という点について国の安寧に一役買っている。本人らにその意図はなく、ただ日銭を稼ぐためだろうと、結果としてそうなっているのだ。城壁外での危険な採取の肩代わり、行き交う商人の護衛、農村で魔物被害があれば真っ先に動き、草原ネズミが街道に掘った穴を地道に埋めることもある。また迷宮攻略による大侵攻の予防、迷宮品の流通、冒険者によって活性化する事業もある。この辺りは、冒険者ギルドが非常にやり手だという側面もあるが。

ようは、冒険者というのは既にあらゆる国にとって、なくてはならない制度になりつつあるのだ。穴が空いてしまえば埋めるのに膨大なコストと時間がかかる。よって国としては、冒険者ギルドがきちんと機能しているかを確認しなければならない。とはいえこれは国の事情であり、国営でない以上どうしたって冒険者ギルドからの反発は出る。

だが今の冒険者ギルドのギルド長は、誠意ある正当な主張ならば快く受け入れる男であった。それならば定期的に魔物討伐の依頼を出して、それをランダムな冒険者に受けさせてはどうかと。そう提案したのは外でもないギルド長自身であった。

親切心にも聞こえるが、至って普通の依頼として扱うだけなのでギルド側の対応は変わらない。騎士団による戦力調査だ、と冒険者が知れば不快に思うだろうから依頼人は秘匿する、という約束があるだけだ。とはいえ元から依頼人の名を明記する必要もない。恩を売ったギルドの一人勝ちであるのだろう。

「今回も特に問題なく終わるだろう」

「できれば俺が担当したかったな。彼らの戦い方は聞いていて面白い」

「迷宮品か？」

「俺たちには縁のない代物だ」

その言葉にオルドルは頷いた。

装備をひと揃えにする騎士団では、滅多にお目にかからない迷宮品。最も身近なもので、実家に飾られる美術品だろうか。絵画、彫刻、花瓶まで、迷宮から持ち出される唯一無二の品々は高い価値を持つ。けれど冒険者はそんなものは容易に売りさばき、宝箱から得る武器や道具こそ己のものとして戦うというのだ。

未知の武具。そうでなくとも魔物素材で作られる独自の装備。調査すべきことは多い。

「代わってやろうか、オルドル」

「私が受けた任務だ」

仄めかす同輩の男に、オルドルは迷わず答えた。

そう答えることを知っていて、問いかけた男が肩を竦める。この目の前の同輩は、少しばかり騎士らしさに欠ける男であった。忠誠は疑いようもなく、実力も己と肩を並べるほど。それでも生来の気質か軽薄な印象が強く、実際に軽い態度も度々見受けられる。けれど、その気安い雰囲気から部下によく慕われており、背を預けるに相応しい同輩なのだが。

「なら、冒険者最強が受けそうにない、無難な依頼にしろよ」

揶揄いを含む笑みに、微かに眉間の皺を深める。

この目の前の男こそ、オルドルと最強と呼ばれる冒険者の確執を知る者だった。建国祭中に開催されたとあるパーティー、そこで共に邂逅を果たした騎士こそが彼であり、オルドルの知らぬ内に飲み物に毒を仕込んで返り討ちにされた張本人でもある。

「顔を合わせて困るのはお前のほうだろう」

「何、あちらは気にしちゃいない。俺のことなんて覚えてすらいないだろうさ」

「卑劣な手段をとるなど騎士の風上にもおけん」

「思い悩む友のために動くことは悪いことじゃあない」

「頼んでもいないのにか？」

睨みつければ、相手は悪びれずに肩を竦めた。

「会話を有利に運ぶには、相手の動揺を誘うのが常套手段だろう？　お前は読まないだろうが、市井の民が愛する物語では貴族は互いに毒を盛り合うものだという。それどころか、愛する者同士であっても毒を飲み干す結末すらあるらしい」

「……民の心は荒んでいるのか？」

「刺激のある話を好む者もいるというだけのことさ。だから彼らに相対するのなら、貴族の出である騎士が毒を用いるのは邪道ではなく正道になるんじゃないかと思ってな」

「屁理屈だ。だからと言って毒を盛るなど……」

「いや、そもそも俺も最強に通じるとは思っていなかったさ。揺さぶりをかけられるだけで上々、と思ったんだが……はは っ、一刀と獣人に警戒はしていたが、まさかの相手に返り討ちにされたな」

あまりにも意外で避けられなかった、と笑う男にオルドルは顔を顰めた。

こういう男なのだ。決して不真面目という訳ではないにもかかわらず、任務の外では戯れるように突飛な思考を垣間見せる。騎士学校入学前から交友のあった相手というのもあり、オルドルは男のそういった部分を長所とも短所とも見ているが、パーティーで返り討ちにあったのは流石に自業自得だと同情はしない。唯一事情を知っているからこそ、気を遣って同行を名乗り出たのかもしれないがそれはそれ。致死毒を使うような男でない、という信頼のもとに当時もひとまず捨て置いた。

「……無難な依頼といってもだ」

気を取り直すように息を吐き、オルドルは手元の依頼用紙を見下ろした。

騎士団から冒険者の指定はできない。誰が受けるか分からないことで公平性は保たれる。

「私は彼らに関わる訳にはいかないだろう」

「ああ、縁は切れたと言ってたな。だからか、最近話しやすくなったって評判だ」

「私の評価はどうでも良い」

いや、伝達が円滑に回るようになったというなら歓迎すべきことなのだろうか。

そんなことを至極真面目に考えながら、オルドルは近くの引き出しを幾つか開けた。ペンとインクを取り出し、近くの椅子に腰かけ、表面のしっかり磨かれた机に向かう。同輩の男はちょうど空いた時間なのか、彼は去っていくことなく向かいから依頼用紙を見下ろした。

「そんなに悩むならギルドに冒険者最強を避けてもらうよう頼んじゃどうだ」

「そんなことをしては逆に関係があると言っているようなものだろう」

「お前の生真面目さは時々面倒臭いな」

「美徳を悪癖と見なす風潮は好きではない」

同輩の声を聞き流しながらオルドルはひたすらに苦悩する。

関わる訳にはいかない。いや、関わるなと言われた訳ではないのだ。縁を切って他人になれと、しかしそこから再び関係性を築くのは構わないと、そう穏やかな冒険者は言っていた。

難しいことをいうものだ、と思わずにはいられない。オルドル自身、そういった切り替えを苦手とする自覚はある。ならばいっそ、二度と顔を合わせないほうが楽だというのに、それはただの私情に過ぎないので。

「依頼を十全にこなせるのが彼らならば、私が私情を挟むことなど許されないだろう」

決意したようにペンを握るオルドルに、机に凭れた同輩が腕を組みながら告げる。

「いや、無理だろう」

あっさりとした声色だった。太陽は決まった方角からしか上らないのだというように、魔力は多いほうから少ないほうに流れるというように、ありきたりな常識を語るかのような口調だ。

折角気を取り直したというのに横やりを入れられ、オルドルは微かに片眉を持ち上げる。

「私がどうしても私情を挟みかねないと？」

「いいや、そっちじゃない。冒険者最強が依頼を十全にこなせる、ってとこだ」

「奴がこの程度の依頼をこなせないとでも言うつもりか」

「むしろ彼が一番この依頼に不向きじゃあないか？」

オルドルは自身の判断に何の間違いがあったのかと眉を寄せる。

そこに血の繋がった肉親を非難されたような不快感はない。そのことに自ら気付くと、こみ上げるのは確かな安堵だった。自らに課した醜悪な枷は間違いなく消えたのだろう。

楽になる、楽をする、そういったものをこれまではただの怠惰だと思い込んでいた。けれど、そうではないのだと今になって思い改める。騎士の覚悟は以前より強く、剣からは迷いが消えた。自覚があった。

「おいおい、視野を狭めるなよ。未来の団長殿」

笑う同輩に、オルドルはペンを置きながら顔を顰める。

「……私だと決まっている訳ではないだろう。歴代の当主が必ずしも武芸に優れ、騎士団長に就任していた訳では」

「おーいおいおい、話が脱線したぞ」

「脱線させることを言うほうが悪い」

「そりゃあそうだ。失礼」

慣れたように礼をとる姿は、確かに貴族の出であると納得させるものだった。騎士団の団員らのほとんどがそうであるのだから、代わり映えのない見慣れた仕草ではあるが。

「それで、ジ……冒険者最強が向いていないというのは？」

「そりゃあそうだろう、考えてもみろ。万が一彼が依頼を受けたとしてだ」

同輩の男は、想像しろというようにひらりと一度だけ手を振った。

「目的の魔物を前にして、剣に手をかける冒険者最強。彼はどうする？」

「剣を抜くだろう」

「それで？」

「………ああ、そうか……そうだな」

オルドルは頭痛を耐えるように眉間に手を当て、背凭れに体重を預けた。

確かに目の前の男が正しい。ジルベルトがズバッと斬って終わり。それが何の参考になるのか。冒険者の何を測れるというのか。騎士団が求めている情報は、そんな極一部の規格外の武勇伝ではないのだ。何の変哲もない冒険者の、何の変哲もない実力と戦略である。

「やっぱり例の面子は避けてもらったほうが良いんじゃないか？」

「わざわざ避けるのも違うだろう。何故知っているのか、とギルドに思われては困る」

「有名だから、で躱せそうだけどな」

「有名なのか」

オルドルは世俗の噂に疎い。

確かに冒険者最強の噂くらい、騎士が知っていてもおかしくはないだろう。いや、おかしいだろうか。他の団員らと話している時にそんな話題など出たことがない。しかし目の前の同輩曰く、少し話しやすくなったと評価される程度には以前の自身は話しにくい存在だったのだろう。ならば敢えて雑談に興じようという者などいなかったのかもしれない。目上や後進に失礼なことをしていただろうか。集団の輪を乱していただろうか。今になって僅かばかり動揺してしまう。いや、気付けたことが重要なのだ。その反省を今後に生かせば良い。

ああ、最初から存在を知らなければ「凄い冒険者もいたものだ」で終われたものを。

「ああ、なら聞いてきてやろうか」

「何だと？」

「待ってろよ」

「お前、訓練はどうした」

脳内会議で即座に結論を出していると同輩から声がかかる。彼はあっさりと告げた後、オルドルの指摘に手を振って部屋を出ていった。要領も効率も良い男だ。上手く空いた時間に顔を出したのだろうし、訓練にも遅れることなく参加するだろうが。

オルドルは諦めたように首を振り、待っていろと言われたならば待っていたほうが良いだろうと席を立つ。次の訓練まで大した時間もない。すぐに戻ってくるはずだと無数にある引き出しの整理を始めた。とはいえ品行方正な騎士団、引き出しの中が大散乱ということも滅多にない。そうしていると、大して間を開けずに同輩の男が戻ってくる。

「隣の部屋で管理記録をつけてた三人に、冒険者最強を知っているか聞いてみたんだが」

「仕事の邪魔をするな」

「曰く、『ああ、今は王都にいるらしいね。中心街の子供が噂していたよ』『通り名があっただろう。パーティ名といい、冒険者は楽しそうだな』『そういう人がいるんですね。決めるための親善試合でもあるんですか？』だそうだ」

空いている椅子に座り、同輩の男は発言者それぞれの真似をする。やけに似ているので、オルドルは隣の部屋にいる三人が誰か分かった。上官相手に堂々と世間話に興じられるあたり、目の前の男の肝の据わり具合が伺える。

「思ったほど有名でもないのか」

「ここまで噂が届いてるなら十分に有名だろうさ」

「確かに私も、噂を聞いたからこそ、ああして……顔を出したが」

「そういった意味では、あの貴族然とした冒険者のほうが例外とも言えるな」

冒険者の噂は大抵、冒険者内に留まるものだ。

それを思えば、その称号が騎士団の一部に届いている冒険者最強の知名度は非常に高い。そして恐らく騎士団の全員が把握しているだろう貴族然とした冒険者など例外中の例外だ。後者は冒険者としての知名度が高いとは言い難いが。

「まぁ、こんな依頼を例のパーティが受けるとも思いにくい。気にせず書けば良いさ」

「ああ……そうだな」

オルドルは結局、その後も丸一日頭を絞り続けた。その結果として、通例どおりの何の変哲もない内容で依頼用紙を作りあげ、祈るような気持ちで至って普通に冒険者ギルドへ提出することとなる。

オルドルが何故、それほどに依頼を受ける冒険者を気にしたのか。

依頼を出す際に冒険者に顔を合わせることもない。依頼人名も匿名で出せば良い。だが目的を考えればただ魔物を減らしてもらうだけで済むはずもなく、冒険者に討伐についての詳細な報告を貰わなければならない。けれど冒険者に報告書を提出しろと言ったところで「剣で斬って倒しました」以外の報告は上がってこないので、依頼を出した騎士は毎度毎度、一般国民を装って上手いこと武勇伝を聞き出すこととなる。ここまで依頼に含まれるのだ。

そしてオルドルは今、限りなく心穏やかに依頼を受けたパーティと向き合っていた。

「本日は宜しくお願いいたします」

「しゃース」

「ねがっしゃース」

「おー初めて入った」

「良い部屋すぎんじゃん俺らの報酬増やせっつう」

軍服を脱ぎ、彼にしてはラフな格好に身を包んだオルドルは、ソファから立ち上がって冒険者パーティを出迎えた。全て承知済みのギルド側により、面会には冒険者ギルドの応接室が宛がわれている。そこに姿を現したのは若い冒険者が四人、賑やかに部屋の中を見回しながら無遠慮に足を踏み入れた。

彼らは各々名乗りながら、立ちっぱなしのこちらを気にせず向かいのソファに群がる。

「何コレ椅子？　ソファとかいうヤツ？」

「うっ尻沈む。ふぁっふぁ！」

「寝れんじゃんコレ寝れんじゃん」

「おい次オレだって早くどけよ」

オルドルはソファを使ってはしゃぐ冒険者たちに、所在なさげに腰かける。

リーダーがアインと名乗ったパーティは若い男たちばかりであったが、子供という歳はすっかり越えているように見える。笑い声をあげて騒ぐ姿は普段接しないタイプで、どう話を切り出せば良いか分からずに口を挟めなかった。なにせオルドルの周りには、ソファの背凭れに前から後ろから体重をかけてソファごとひっくり返るような者など全くいないので。

「で、何だっけ。俺らの冒険聞きてぇんだっけ」

「しょうがねぇな～」

何事もなかったかのように立ち上がり、ソファを起こしている四人は満更でもなさそうだった。

そしてオルドルもこの程度の行儀の悪さには不快感を抱かない。いや、普段の彼ならば多少は抱いたかもしれないが、今のオルドルはリゼルたちのパーティを回避できたというだけで万々歳。大いに寛容にもなるというもので、その決め手となってくれた相手には感謝すらしている。心は変わらず健やかだった。

「で、何聞きてぇの？　俺が魔物にトドメ刺したトコ？」

「は？　刺したの俺なんだけど」

「ちげ、俺だって。剣でさぁ」

「んーなら俺だって剣でさぁ」

「君たちは剣士しかいないのか」

「あ？　うん、いねぇ」

ソファに座り、ひじ掛けに座り、背に凭れかかり、胡坐(あぐら)をかきながら冒険者たちは意見を交わす。すぐに話が脱線するが、その自由な気風こそが冒険者を冒険者たらしめると言えるだろう。いや、言えるだろうか。オルドルは悩んだ。ただ一つ確実なのは、自身の上官や部下が協調性のある者たちばかりで良かったなという感謝の心。そう訓練されているだけだ、と言えばそれまでだが。

「冒険者のパーティは戦闘スタイルのバランスを取る、と聞いていたが」

「そういうヤツらもいんじゃゃねぇの？」

「それっぽいことしてる内に気ィあってパーティ組むとそうなんのかも」

「君たちはそうではないのか？」

「俺らはなぁ」

「何回か組んで、気ィあったーっつって。増えてって四人って感じ」

「何で剣かって安いんだよな。見習いが練習で作ったのとか叩き売りされてんじゃん」

「あれ親方とかにバレるとガチギレされるっつうのマジ？」

これにはオルドルも驚いた。

己の命を預ける最たるもの、騎士にとってはそれこそが剣である。それを〝安いから〟という理由で工房見習いの習作、溶かして打ち直さないだけ手を込めたのだろうが、それでも師の了承を得られない程度のものに命を預けるという。剣が折れたらどうするのか。魔物を前に戦う術を失ったらどうするのか。笑いながら楽しそうに話す冒険者たちに、何故笑っていられるのかと思わずにはいられない。

「駆け出しの頃は金ねぇからさぁ、もう剣以外使う気ねぇし使える気しねぇし」

「……剣は折れたりしないのか？」

「あ、折れる折れるぅー」

折れるのか、とオルドルは愕然とした。

「まぁ逃げっしかねぇよね、超ダッシュ」

「誰かの得物折れた瞬間にめっちゃ走る」

「マジ爆笑だわあんなん」

爆笑なのか、と再び愕然とするオルドルを尻目に品のない笑い声が上がる。

同時に、少しだけ納得した。命の危機に爆笑するという点ではない。逃げる、という選択肢に対して。騎士が剣を抜く時には必ず背後に守るべき存在があり、逃亡という選択肢など端から存在しない。けれど冒険者にとっては、脇目も振らずに逃げるというのも一種の戦略なのだろう。

「そういう時に、何か便利な魔道具を使ったりしないのか？」

平静を取り戻し、情報収集に戻る。

「魔道具？　あー……俺ら持ってねぇし」

「冒険者は、宝箱から出る特殊な魔道具を使うと聞いていたが」

「使う奴らは使うんじゃゃね？」

「つっても売るヤツのが多いじゃん。金ねぇから」

「我が身を守るようなものでもか？」

「いつか使えっかもしんねぇけど今日の飯のが大事じゃん。腹が減ってはー……」

「眠れねぇ」

「それ」

違う。

依頼を受けてもらう相手を間違ったかとも思ったが、これはこれで冒険者のリアルなのだろう。

逆に言えば、万全の準備を整えられずとも依頼を遂行できる実力があるということだ。オルドルは今回定めた依頼内容は【影踏みオオカミの毛皮の入手】。獲物の死角をつき、気付けば足元にいて牙を剝いているという恐るべき魔物。それを四人で討伐せしめるというのだから。

街道にでも出れば大騒ぎだが、パルテダールでそういった話は聞かないので迷宮に潜ったはずだ。

もし有用な魔道具を手に入れることがあればその話も聞いておきたかったので、それを狙っての依頼内容だが。

「今日は迷宮に潜ったんだろう。宝箱から魔道具が手に入ったりしなかったのか？」

「ん」

「は……？」

問いかければ、放り投げられたのは一本の枝だった。

何の変哲もない枝だ。自然のものにしては真っすぐだろうか。先は短く枝分かれしており、握った掌が少し余るくらいの太さ。子供の手ならばちょうどよく握れるかもしれない。

「これは？」

「一階の宝箱から出たやつ」

「これが……」

「凄くね？　こんな理想的な枝見たことねぇんだけど」

「マジ伝説級。一日ヒーローになれるやつ」

「ギルド帰る前、子供に見せびらかしたらギャン泣きで欲しがってやんの」

泣かすな、とオルドルは止まりかける思考のなかで思った。

冒険者たちが言っている意味が全く分からない。理想的。何がだろうか。伝説級というならば非常に貴重なものなのだろうか。特殊な加工が施されているようには見えない。自然に折れたかのようで、まぁ多少は綺麗に折れているという程度だろうか。希少な木材なのかとも思ったが、市井の子供がそういった理由で欲しがるのは想像がつかない。ならば強度が優れているのか、と力を入れてみる。

「ちょ、おいふざけんなよマジで！」

「悪質すぎんだろ弁償モンだぞ！」

「す、すまない」

全員総出で取り上げられる。

「それは、大事なものなのか」

「は？　男が最初に手にする剣っつったらこれだろ」

そうなのだろうか。オルドルには分からなかった。

記憶を掘り起こしてみても、最初に手にした剣といえば訓練用の木剣だ。

「おっさんも名前とかつけただろ」

「名前……」

「オレ竜殺しドラゴンバスターだった」

「意味かぶってんだよなぁ」

「ばっかお前伝統に倣えよ。超最強アインスペシャルだろ」

「あるある。自分の名前入れんだよ」

オルドルとて初めて手に入れた自分用の木剣には思い入れがある。けれど決して名前などつけなかったし、むしろ寄せられた期待に応えたいという責任感が芽生えた瞬間だった。

「今なら何てつけっかなー」

「すっげぇ強そうなのが良い」

「ハイパー最強一刀バスター超スペシャル」

「強すぎんじゃん」

「勝てねぇって」

思わず二度見した。

冒険者最強、というからには他の冒険者が知らないはずもない。雑談に名前くらい出るだろう。そう己を納得させて引き攣りかけた唇を何とか堪える。オルドルは努力も忍耐もできる男だ。

「それで、次は魔物との戦闘についてだが」

「おっ、来た！」

「まずさ、俺がさぁ」

こうして戦力調査は順調に進んでいった。


報告書の提出を済ませ、オルドルは長く息を吐く。

冒険者たちによる擬音語と効果音ばかりの解説には苦戦したが、「つまり、それはどういうことだ……？」を粘り強く二十回ほど繰り返して何とか理解することに成功した。それを何とか纏め上げ、提出した書類は問題なく受理されたが、この一連の流れを楽しいと称した同輩には同意できそうにない。冒険者に思うところがあるというのではないが、ただただ疲れた。

「(……冒険者は自由な奴らばかりだな)」

羨ましいとは思わない。そうなりたいとも思わない。けれど自身と違うものを否定するような真似もせず、オルドルは冒険者というのはそういうものなのだと定義づける。

だが後日、どうなったのかと声をかけてきた例の同輩の話を聞いて思い直した。

「俺が担当した時の冒険者か？　そうだな、ただの依頼人の道楽じゃないってのは気付かれてたかもしれないな。だがその辺りには触れないで、ユーモアたっぷりに報告してくれたぞ。腕の立ちそうな槍の使い手だったな」

自分には冒険者運がないのかもしれない、オルドルはそう真剣に悩むのだった。

チョコレート店に現れる令嬢は
嫌いなものがあった

辛いものは嫌い。苦いものも嫌い。
痛い棘のある薔薇の花も嫌いだし、真っ赤なリボンは子供っぽくて嫌い。
悪い男に惹かれてしまう年頃なのだと、分かったような顔をして語る人が大嫌い。

最初に出会ったのは、馴染みのチョコレート店を訪れた時だった。

その日は初めて、お店で食べることを許された日。人前で何かを食べるのは初めてで、心配してついてこようとする婆やを待たせて、見慣れたはずのお店の扉を緊張しながら潜ったのを覚えている。頼んだのはドーム・オ・ショコラを一つ。その時にはもう、何度も店を訪れていたこともあって、店員の女性はいつもどおりケーキを包もうとしていた。慌てて店内で食べたいのだと告げた声は、恥ずかしいことに少しだけ上ずっていて。けれど店員の彼女は決してそれを笑わずに、ケーキに合う紅茶をそっと囁いてくれた。その時から彼女はずっと、おススメの紅茶を教えてくれる。

案内された席について、達成感に小さな溜息をひとつ。

きちんとケーキは買えたのだろうか。手伝ってもらったから大丈夫なはず。緩みそうになる背筋を伸ばして、足を崩したくなるのを我慢して、一つだけ外れそうな袖のループ・ボタンをさりげなくテーブルの下に隠して直して。けれど少しだけ、と視線だけで周りを窺えば、楽しそうにおしゃべりしながらチョコレートを味わう淑女ばかり。

人目なんて気にしなくて良いのかもしれない。彼女たちの興味は、チョコレートの甘さと、今流行りのお洋服と、気になる噂の真相なんかに向いていていて。他人の目なんて気にしないで、この至福の時間を楽しむのに精いっぱいな姿はとても魅力的だった。揃えていた足を、どきどきしながら少しだけ崩す。

それに、運ばれてきたチョコレートには胸が高鳴って仕方がなかった。

温かなミルクポットを手に取って、艶々としたチョコレートドームを溶かす瞬間が一番のお気に入り。真っ白のミルクソースに真っ黒なチョコレートが溶けていって、中のフルーツが顔を見せるのをうっとりと眺めていた時だった。

「俺もあれ食お」

聞こえた声に、ポットを持つ手が小さく跳ねた。

今まで、この店で一度も聞いたことのない声。男性が珍しいという訳ではない。妻や娘への土産に、と店を訪れる紳士も何度か見たことがあったから。聞いたことがなかったのは、その声が酷く気だるげで、まるで誰かを煽るような、身も蓋もない言い方をすれば乱暴な物言いだったから。自分が話しかけられた訳でもないのに、少しばかり恐ろしくて心臓が跳ねていた。

「ドーム・オ・ショコラでございますね」

「あれ新作?」

「はい。シェフ特製のミルクソースを使っております」

「十個ぐらい食えそう」

「できましたらご遠慮ください」

「すぐ拒否んじゃん」

視線を上げられない私と違って、店員の女性は慣れたように対応していた。

ミルクポットの傾きを直しながら恐る恐る視線を上げる。そこには見慣れない姿が、ショーケースに凭れかかりながらチョコレートを眺めていた。艶のある赤い髪。頬にある赤い鱗。恰好は、失礼ながらこの店を訪れるようには見えない、粗野なもの。彼は立てた踵をゆらゆらと揺らしながら、あれこれとチョコレートを指さしては包ませていた。


そう、最初は少しの恐怖だったはずなのに。


「はァい、お待たせ」

「イレヴン、言葉遣い」

「お待たせシマシター」

目の前に置かれた一ピースのケーキに目を凝らす。

目を凝らしても、目に映っている訳ではなくて。意識は全て、今まさにケーキを運んできた相手に向かっている。混乱で跳ね回る心臓が喉の奥に詰まっているみたいで、うるさいくらいの鼓動の音が耳の奥で鳴り響いている。何かを叫びそうになる口を引き結んで、膝の上で握った手にも、顔にも汗をかいているかもしれなかった。

「(何で……!?)」

心の中で叫ぶ。

最初に見かけて以来、何度も見かけるようになって。その度に何となく目で追っていたら、いつの間にか意識して目で追うようになって。勇気を振り絞って話しかけたら、話してもらえたけど、遊ばれてしまって。遊びでも良いなら相手をしてやると言われてしまって。けれど、それでも我ながら懲りないなと感心してしまうほどに目で追ってしまう相手が。

何故か、チョコレート店で給仕の真似事をしていた。

「冒険者に丁寧な接客とか期待されてねぇじゃん」

「それでも依頼を受けた以上、できる限り頑張らないと」

「リーダー真面目ぇ」

何がどうなってこんなことになっているのか。混乱しながらも耳を澄ませば、流石の淑女たちの囁き声。何処から噂が流れたのか、誰から誰へ伝わったのか。けれど誰もが気になっているものだから、その答えは店内を波紋のように広がっていく。当然、己のテーブルにも。

隣のテーブルから聞こえる声に、はしたないと思いながらも耳を澄ます。確かに声は潜めているだろう。けれど高揚に頰を赤らめ、互いに顔を近づけた淑女二人の囁き声は、しっかりとこちらまで届いていた。紅茶の香り立ち上るカップを唇によせ、できるかぎりのすまし顔を装って噂の真相を拝借する。

「依頼らしいわ、ほら、以前にもあったじゃない」

「私、あの時いなかったの。けど、前は強盗からの護衛でしょう？　何かあったの？」

「それが、違うらしくてー……」

隣の淑女二人もよその噂に耳を澄ませたのだろう。少しだけ沈黙が落ちる。

「……まぁ、変なお客さん？」

「どなたかしら」

「私、見たことがあるかも。男性でね、お菓子に詳しいみたいなんだけど……」

そこまで聴けば、状況は完璧に理解できた。

なにせここには、常連と十分に言ってしまえるほどに通っている。淑女二人が告げた変な客というのも心当たりがあった。変な、というよりは厄介な、というほうが正しいかもしれない。

何度か、それらしい客を見たことがあった。どうやら何処かの貴族の屋敷に出入りのあるパティシエらしく、菓子作りの腕にも一家言あるのだろう。最近は男女問わず気軽に出入りできると評判になり、繁盛し始めたこのチョコレート店を目の敵にしているのかもしれない。店を訪れては一品だけ頼み、店員を捕まえては延々とその品の酷評を語る男性だった。

「(見苦しいこと)」

たとえ腕が優れていようと、人間性に劣っていれば尊敬など抱けない。

胸を弾ませて耳を澄ませていた噂話だが、件の男性客の話題に気分が落ち込むのが分かる。気を取り直すように口元に寄せていたカップに唇をつけ、甘いチェリーの香りを胸いっぱいに吸い込んだ。それだけで少し機嫌が上向くのは、我ながら単純だと思うけれど。

「(その対処を、彼らがするのね)」

店内を歩く凛と伸びた背筋と、尾を引く赤い髪を目で追う。

貸し出されたらしい制服を身に着けた姿は、両者ともに冒険者とはとても思えなかった。洗練された仕草は美しく、隙のない脚運びは全く慌ただしさを感じさせない。前者は堂に入りすぎているが、後者は一芸こそ万芸に通じるのだと納得させるもの。まぁ、振る舞いは適当に尽きるけれど。

チョコレート店は、彼らをスケープゴートにすることに決めたらしい。

問題の男性客は貴族の屋敷に出入りのある身。この店とて多くの貴族の娘に贔屓にされているけれど、いざという時の後ろ盾にはなり得ない。よって強く出ることもできず、摑まった店員は延々と相手の話を聞かなければならない。下働きに対して「我慢しろ」と命じないのだから良い店主なのだろう。だからこそ、今回も苦渋の決断だったに違いなかった。

人手不足でたまたま雇った冒険者が失礼しましたと、そういう決着をつけたいのだ。

冒険者ギルドでは暴力・恫喝(どうかつ)目的の依頼は原則受け付けない。少しだけ、調べてみたことがあった。けれど店員代行ならば問題ない。彼らは一体、どこまで事情を知っているのだろう。全て知っていたとすれば、どうして依頼を受けたのだろう。心の中に不安がよぎる。

「(楽しそうだから、きっと大丈夫)」

今も視線の先で、二人はふと肩を寄せて何かを囁き合っている。まるで遊びにきているかのような雰囲気で、空きテーブルを指さして、店員の女性に何かを確認して、小さく笑い声を零しながら別々の方向に歩いていく。

来なければ良いのに、と思った。例の男性客が来なければ、二人は楽しんで依頼を終えられるのに。もしかしたら相手が来るまでの約束で、今日ももう何日目なのかもしれないけれど。一度でも会ってしまって、不快な思いをしてしまったら、もう来てくれないかもしれないから。大切な店が大変な思いをしているのに、そんなことを思ってしまった。途端に後悔が沸き起こり、自責の念が沸き起こる。

小さく首を振って、誤魔化すように甘いケーキで口に運んだ。

「いらっしゃいませ」

けれど、現実は残酷で。

慣れ親しんだ店員の女性の声に顔を上げれば、扉から現れたのは噂の男性客だった。彼は不敵な笑みを唇に浮かべ、ショーケースの中のケーキを一つ頼む。期待しているよ、なんて心にもない言葉を投げかけて、空いているテーブルへと向かった。二つ前の席だった。

彼の登場に一瞬だけ止んだ店内の囁き声は、今ではすでに勢いを取り戻している。高揚したソプラノ、息を潜めたアルト。淑女たちの視線は身じろぎ一つ見逃さないよう、けれど気付かれないようさり気なく、例の男性客へと向かっていた。恐怖か好奇か、跳ねる心臓を押さえ込んでそれに倣う。

「お待たせいたしました」

たまたまそういうタイミングだったのだろう。店員の女性によって例の男性にケーキが運ばれる。彼女はテーブルにティーセットをセッティングすると、失礼のない程度にすみやかにテーブルを離れていった。彼の話に、いつも長々と付き合わされているのは彼女だ。笑みを絶やさず真摯(しんし)に対応しているように見えたが、やはり心中穏やかではいられなかったのだろう。

男性客はフォークを手に取り、一口大に切り分けたケーキを口に運ぶ。

「…………駄目だな」

溜息をつき、首を振る仕草には多大な皮肉が込められていた。

「そこの給仕、少し良いか」

尊大な物言いに店内が騒めいた。

男性客が声をかけたのは一人の給仕の後ろ姿。声をかけられた彼は振り返り、薄い唇に柔らかな笑みを浮かべた。耳にかけた細い髪が零れる。アメジストの瞳は穏やかに、落ち着いた足取りで男性客へと歩み寄った。

「お伺いいたします」

「いや……いえ、変わった装いですね。お似合いで、つい……声を」

「有難うございます」

給仕はにこりと笑みを深めて、どうやら用件ではなかったらしいと去っていった。

隣の淑女二人が肩を震わせているのが見えたけれど、人のことは全く言えなくて。震える手で摘んだカップの中では紅茶が小さく波打っていた。零れそうになる笑いを押さえ込んでいる肺が痙攣(けいれん)する。崩れそうな表情を無理に堪えているおかげで熱い顔を、掌でそっと冷やした。

男性客は間違えたのだ。給仕を、それらしい服を身に着けた貴族だと。

「(ああ、おかしい)」

声をあげて笑ってしまいたかった。そんな笑い方などしたことがないけれど。

けれど、そう考えたのは一瞬。男性客はめげず、今度は赤毛の給仕に声をかけた。

「おうかがいしまァーす」

一言一句、ただ他人の真似をしているだけだというような声色。

息を呑む。ついに彼が摑まってしまった。そちらを見られず、食べかけのケーキを見下ろす。男性客の不快げな声。挨拶の仕方を咎(とが)めている。着崩された給仕服も。そして妥協してやるといった態度を経て、本題のケーキについて。テンパリングの温度管理が悪い、カットにセンスがない、クリームの泡立てが甘い、果物の仕入れ先にまで口を出して。聞きたくもないのに、高らかに語る彼の声はよく聞こえてきた。

その指摘が妥当か、なんて分からない。彼も腕の良いパティシエなのだろうし、もしかしたら正しい助言なのかもしれない。そうではないのかもしれない。けれどどちらにしても、誰かの欠点なんて大衆の面前で語るようなものではないはずだ。それは親切などではなく、悪意にしかならないのだから。

得意げな声は聞き苦しく、それを真正面から受けているだろう相手を思う。反論するのだろうか。怒りを露にするのだろうか。赤毛の給仕の声は一度も聞こえない。何か、少しでも助けられたら。そうして、恐る恐る視線を上げた先にあったのは。

「よく喋んね」

つまらなそうに爪をいじり、視線すら合わせず、感情のない笑みの混じる声で。

彼はその一言で男性客を黙らせた。興味がないのだと雄弁に、場違いな話だと歴然と。男性客の有意義な批評を、狙った訳でもなく、たった一言で無価値に貶(おとし)めてみせたのだ。

ふいに、何処かで小さく笑う声がした。クスクス、と淑女の鈴を転がしたような笑い声。それが徐々に店内に広がっていき、ついには男性客にも届いたのだろう。愕然と口を噤んでいた彼はそれに気付き、羞恥に顔を赤くして奥歯を噛み締めている。

「いらねぇなら下げっけど」

赤毛の給仕は片足にかけていた体重を逆にかけ、脇に挟んでいた銀のトレーを持ち直すと、それをトンッと肩に傾けていた。周囲の笑いに同調もせず、変わらずつまらなそうな顔。すかさず店員の女性から指導が飛んで、彼は悪びれずにトレーを腕に構えなおした。

「……頂こう」

「ごゆっくりー」

己もパティシエだからか、それとも意地があるのだろうか。

男性客は食べかけのケーキを捨てて逃げ去ることなく、しっかりと最後の一口まで味わって席を立った。店を出る足取りはやや忙しなかったが、苦虫を噛み潰したような顔を誰に向けるでもない。何を言うでもなく、想像するより冷静に去っていった彼は、きっと二度とこの店に粘着することはないだろう。

「甘いモンに囲まれてっと腹減ってくる……リーダーちょい食っていい？」

「駄目です」

「ちょっとだけ」

「駄目」

戯れるように穏やかな給仕に寄っていった姿に、もうつまらなそうな様子はなくて。

恐怖とは違うけれど少しだけ心臓が跳ねる。けれど今はまだ、その横顔をもう少しだけ見ていられそうだと安堵するだけ。それ以上を望んだことなんて一度だってない。

だから、それだけで十分だった。

辛いものも、苦いものも、好きじゃないけど楽しんで。

棘のある薔薇は嫌いじゃなくなって、真っ赤なリボンを尻尾みたいにつけてみる。

けれどやっぱり、悪い男に惹かれる年頃なのだと、分かったような顔で語る人は大っ嫌い。

魔物研究家は二度目の依頼を出す

魔物研究家は今、実地調査にのめり込んでいた。

初めての生きている魔物との邂逅は非常に素晴らしく、だがその後も担当してくれたパーティに指名依頼を出してみても受諾されたことはない。それについては特に思うところもなく、街中で偶然顔を合わせたパーティリーダー本人から理由もしっかり聞けている。苦笑しながら零された言葉は曰く、「他の二人が元々、あまり護衛を好きじゃなくて」とのこと。

好みというのは個人の自由。すんなりと納得して、謝罪を口にした相手に必要はないと首を振った。そもそも指名依頼を受けるかどうかは冒険者側に一任されるのだ。謝る必要など何処にもなく、ならば別のパーティに依頼を出してみようかとアプローチを変えてみた。

研究家とて荒事とは無縁であるが、素人を守りながらの戦闘に危険が付きまとうのは理解しているつもりだ。自らの身の危険が皆無ではないのは勿論、戦う冒険者たちにも負担をかけるだろう。まぁ、それを承知で依頼を受けているのだろうし、後者については左程気に掛けるつもりはないが。

問題は、万全の体制をとろうと行動が制限されるだろう点だ。それは別に良い。当然ですらある。ただし最初の最初に依頼を受けてくれたパーティが、〝戦闘中は動かない〟、〝それ以外は何をしてもオッケー〟という非常に理想的な対応をとってくれた。襲いかかってくる魔物を何に気を取られることなく凝視していられる至福。それは他のパーティにはなかなか望めないだろう。贅沢を覚えてしまったものだな、と彼女は今日も憂いげに息を零す。

結果、普通に依頼を出すに至ったのだが。

「よろしくお願いしゃーす!」

「お姉さんじゃんラッキー」

「研究者？　とかすっげぇ爺さん来ると思った」

「モチベ上がるわ」

多少、不安を覚えたのは許してもらいたい。

冒険者ギルドで待ち合わせをして顔を合わせたのはCランクの冒険者パーティ。アインと名乗ったリーダーは、覇気のある声で挨拶を寄越してきた。元気があるのは大変結構。軽薄な印象に反して礼儀もあるのは素晴らしい。けれど普段、テンションさえ上がっていなければ割と物静かなほうである研究家は、少しばかり強すぎる彼らの勢いに押されてしまっていた。

苦笑を零し、白衣の襟元を正す。

「よろしく頼むよ」

「うぃっす。白衣かっけぇっすね」

「そうかな。有難う」

「んーで何処行くっすか」

「草原ネズミとか見る？」

冒険者たちは冒険者ギルドの前でたむろって待っていたので、その場の立ち話で本日の方針を決めていく。以前にも一度、同じような依頼を出したこと。その時は近くの森に向かったこと。何種類かの魔物を見れたこと。できれば今回は、迷宮の魔物を観察してみたいこと。そうして希望を伝えれば、彼らは二つ返事で了承してくれた。

「迷宮ね、行こ行こ」

「一番近ぇとこでいっすか。ふっつーの迷宮だし」

「ああ、構わないよ」

「んじゃ出発！」

面倒臭そうな顔一つせず、冒険者たちは笑いながら意気揚々と歩き出す。これはこれで良い冒険者に当たれたのだろうと魔物研究家も笑い、白衣を翻して足を踏み出すのだった。


研究家にとっては幸か不幸か、道中で魔物に出会うことなく迷宮にたどり着く。

たどり着いた迷宮は、冒険者曰く「普通」だという。何かの遺跡を彷彿とさせる石造りの通路は、その印象だけで肌寒さを感じてしまいそうだった。光源は見当たらないが不思議と暗くはない。真っすぐに伸びた通路の突き当たりまで、はっきりと見通せた。よほどのことがないかぎり魔物から不意打ちを食らうこともないだろう。

彼女は他の迷宮など知らないが、非冒険者が想像するような迷宮らしい迷宮だった。

「とりまここの一階から五階まで行こうと思ってんすよ」

「そのあたりは君たちに任せよう」

「駆け出しが来るようなとこなんで。まぁヨユーで守れるんで」

「期待しているよ」

魔物と戦うのは自分ではないのだ。このあたりの判断はプロである冒険者に任せる。

迷宮に入ってすぐの床にある魔法陣が目について、本当にこんなものがあるんだなと感動してしまった。非常に魔法らしい魔法だ、と感動してしまうのは変だろうか。研究家とて魔力を用いた研究を行っている以上、全く縁がないとは言わないものの、魔法と称されるようなものに手を伸ばしたことはなかった。

「凄いな、この魔法陣は何を…………どうした？」

「や、なんか……」

「嬉しい……」

一体何のための魔法陣なのかと問いかけるために振り返った先で、冒険者たちは顔をしわくちゃにしながら何かを噛み締めていた。いかにも感動にむせび泣く直前といった様子に、何をそれほど感じ入っているのかと思わずにはいられない。

「いつも上から目線ばっか護衛してっから……」

「信頼……ここに確かに信頼があった……」

「顔合わせた瞬間、本当に大丈夫かとか文句言うヤツとか何だっつうの……」

「お姉さんを見習え……」

「……君たちも大変なんだな」

研究家自身、最初に不安を覚えたことは秘密にしておくことにする。

「よっっっしゃ行くぞ！」

「おっしゃぁ！」

何やらやる気に満ち溢れた四人に囲まれ、研究家の初めての迷宮探索が始まった。

研究家を挟んで前に二人、後ろに二人がついている。整然と並んでいる訳でもなく、各々好きなように足を止めたり先を見に行ったりしているが、それだけは厳守されているようだった。迷宮には罠もあるらしく、時折足を止めてはわざと発動させたり、違う道を選んだりして進んでいく。

「魔物でたら壁寄ってもらって。で、守りに二人つくんで」

「無理なら良いんだが、こちらからは攻撃せずに暫く観察できないかな」

「え、分からん。避けりゃ良い？」

「もちろん無理なら良いんだけどね」

一気に混乱に陥った冒険者たちに研究家はすかさず念を押す。

流石は冒険者というべきか。日々の糧である魔物を相手に、倒せるなら突っ込むし無理なら逃げるというのが徹底している。隙あらば剣を振り下ろすのだから、時間稼ぎなど考えたこともないだろう。手加減というのは強者の技だ。しかも護衛対象がいる場で加減をするなど、よほど腕に自信がなければできないことだ。

それに今ようやく気付き、研究家は羽毛に擽られたうなじを掻いた。

「や、でも一回やってみるんで！」

「良いのかい？」

「ムリならソッコー諦めっけど良いっすか！」

「もちろん。君たちに危険がない程度で頼むよ」

そして直後、現れた蛇の魔物に研究家は喜ぶ間もなかった。

彼らの言う「守りに二人つく」の二人は迎撃要員だったのだ。飛び掛かってくる魔物から護衛対象を守らなければならない。けれど迎撃イコール討伐になってしまう。よって守りの二人も避けることに専念しなければならず、そうなると飛び掛かってくる魔物に対して護衛対象ごと回避する必要がある。なにせ研究家はどう頑張っても自力で避けられないので。

結果として、研究家はあっちこっちに慌ただしく移動することになり、早々に力尽きた。


そして今、研究家は挟まれた休憩の最中に肩を落としていた。

「すまないね、無理な注文をしてしまった」

「や、割と避けれる俺ら凄くねっすか」

「何つうんだっけ、気付きをえた？　気付きをえた！」

「次も避けてく感じ？」

「いや、小生には少し………忙しくて」

「へぇー？」

よく分からん、という顔をされたが前言を撤回するつもりはない。

来た来た、あっち、ちょい待、こっち、そうして右往左往していると魔物を観察する暇がない。

だが冒険者たちはそれに気付いていないようだ。避けられるということは、見えているということでもある。冒険者たちはしっかりと目で追えているものだから、研究家も同じように問題なく観察できているると思っているのだろう。さりげなく方針転換を図る。

「今後は気にせず、魔物に挑んでくれて良い。それでも十分に生態を観察できるからね」

「そっすか」

「まぁお姉さんヘロヘロだしなぁ」

冒険者たちも、体力が尽きた己を見て納得したのだろう。

研究家は地べたに腰を下ろしたまま、呼吸を整えるように天井に向かって息を吐き出した。自身が特に体力がないほうだという自覚はある。普段はまともに外を出歩かないのだから当たり前だ。体捌きも覚束ないと理解している。全力疾走すら子供に負けるのだから。基本的に体を動かすことに向いていない。不便もないので気にしたことはなかったが。

それにしたって、冒険者たちのその体力は何なのか。

目の前の、立ちっぱなしであったり行儀悪くしゃがんでいたりする青年たちも、魔物の陽動のために研究者より余程動いていたにもかかわらず息一つ乱していない。賑やかに「回避究めりゃ防具いらなくね?」「ケーヒ削減じゃん」などと、いかにも天啓を得たかのような真剣な顔で話し合っている。やめておけ、と口を挟むのは依頼人として弁えない発言だろうか。すぐに笑い声と共に話題が逸れていくので、口を挟むタイミングごと逃したのだが。彼らが血迷わないことを祈るのみだ。

そして体力の底が見えないのは目の前の彼らに限らない。街中で見かける冒険者もそうだ。ツケの嵩んだ宿の主人に追われては屋根によじ登り、ツケの嵩んだ酒場の主人に追われては荷車を飛び越えて走り去る。そもそも丸一日動きっぱなしなのに元気に飲みに行けるのは何故なのか。一体何をどうすればそんな体が手に入るのか。魔物との戦闘というのはそれほどにハードなものなのか。そういった観点から見れば魔物にも体力というものが存在して。

「お姉さーん、そろそろ出発……」

「そもそも魔力を己の強化に利用しているのなら体力の強化も――」

「お、お姉さん？」

「いや、パーセルデンの自己強化説では魔力代謝に矛盾が出るんだったか、だが――」

「何語しゃべってる？」

「分かんねぇ」

自分の世界に入り込んだ魔物研究家により出発は五分後となった。

その間、冒険者たちはどうすれば良いか分からないあまり小腹を満たして時間を潰していた。

そして、ついにその時は来た。

迷宮も四階層ともなれば研究家も完全に体力の限界であった。足場は大して悪くはないのだが、時に見上げた先に果てのない階段があり、時に罠を回避するために走り抜けてきた。彼女にしては過去に例を見ないほど頑張っていたが、第五階層まであと少しというところで力尽きたのだ。突如垂直に倒れ込んだ彼女に冒険者らは悲鳴を上げた。

けれど第五階層には魔法陣がある。そこまで後少しだというのなら、休憩して回復を待つよりも抱えて運んでしまったほうが早いというわけで。けれど女依頼人に提案するのは憚(はばか)られ、そして少しばかりの下心を抱いているのも否めず、冒険者たちはわざとらしいほどに難しい顔をしながら大の字で力尽きている研究家を見下ろした。

「抱えて良いっつー……なら、抱えんすけどぉ」

「頼む」

「えっ」

即答だった。

もはや研究家に魔物以外に気を裂く余裕はない。余裕があっても即答しただろうが。なにせ第一目的は魔物の観察だ。抱えられている時に遭遇できればじっくりと観察できるかもしれない。言い方は悪いが高みの見物を決めたかったのだ。

「え、マジで。これどう……え、どうすんの？」

「おんぶ？」

「両手塞がんのはアレだろ、危ねぇし」

「両手空きゃ良いの？」

「肩車じゃん」

そして研究家は肩車された。

子供の頃、父の肩の上ではしゃいでいた肩車。けれど大人になってからの肩車はなぜこうも恐ろしいのか。異様に高い。安定しない。歩かれるとバランスがとれない。何処かに摑まりたくて髪を鷲摑めば悲鳴があがり、ならばと頭を抱え込もうとすれば前が見えないと悲鳴が上がる。微笑ましさなど微塵もない地獄絵図であった。

「これは……無理だ……落ちる……」

「してるほうも怖ぇんだけどッ落とす落とす落とす落ちるってコレ！」

「見てるだけなら結構面白ぇんだよな」

「ウケる」

結果、研究家は肩に抱えられることになった。

頭を起こすには腹筋が必要であり、そんなもの微塵も鍛えていない彼女は干されたシーツのように肩にぶらさがっている。魔物が出るまでの体力温存ともいう。ぱっと見は死体が運ばれているようにしか見えないので、冒険者たちは神妙な顔をしてそれを眺めていた。

「……それだいじょぶっすか」

「素晴らしい、とても楽だよ」

「なら良いけど……」

歩きながら問いかける冒険者に、研究家は声だけは元気よく答えてみせる。

そして、抱えられたまま微動だにしない彼女を冒険者たちがチラチラと窺いながら歩くこと数分。本日何度目かの魔物との邂逅に、ついに彼女にも覚醒の時が訪れた。走り回る冒険者の肩が腹に食い込む痛みにも気付かず、何処にそんな力が残っていたのかという勢いで頭を起こし、襲いかかってくる魔物を真正面から目の当たりにする。

石壁の石材に擬態していたのだろう。レンガが抜け落ちるように壁から這い出したのは真四角の魔物。床に落ちた途端に蜘蛛のような手足を生やし、冒険者たちの脛めがけて突撃してくる。外殻が硬いだけのようで、上から突き刺せば剣も通るが、誤って脛への直撃を食らった冒険者は悲鳴も上げられず地面に崩れ落ちた。

「ッ……ッ………なきそう」

「ぎゃははは食らってやんの！」

「ここまだ四階だぞ！　おいCランクぅーっ」

仲間であるはずの冒険者たちが我先にと囃し立てる。

地面に丸まっている冒険者。構わず背中に突撃していく魔物。爆笑するあまりこちらも脛に食らってうずくまる冒険者。そして構わず尻に突撃していく魔物。笑い声と悲鳴の連鎖する空間。阿鼻叫喚だ。阿鼻叫喚だが、それすらも研究者にとっては魔物の生態を魅力的に彩る一要素でしかなく。

「ッ素晴らしい!!!!」

「は？　何」

「真っすぐに冒険者に狙いを定める猛進！　眼球など見当たらないのに一体どこで狙いをつけている!?　壁という人工物に擬態するという迷宮特有の生態が見られるなんて！」

「え、うるせっ、え、何々、俺の肩で何でテンション爆上がりしてんの？」

「良い、素晴らしいッ、ハハッハハハハハッ!!」

「異様にうるせぇーーーーッッ」

高笑い響くなか、冒険者たちは何とか魔物の討伐を成し遂げた。

魔物研究家は、興奮覚めやらぬままに帰路につく。

冒険者というのは気の良い者たちだ。たまたま二連続でそういった相手に当たったのかもしれないが、それならばそれで良い。素人が魔物に相見えようなどという無謀を笑わず、可能な限り希望をくみ取り、素晴らしい体験をさせてくれるのだから。

迷宮に入る前の魔物トークでは意気揚々と武勇伝を語ってくれた彼らが、何故か迷宮を出た後の魔物トークで半笑いだったのは疑問だが。まぁ多少、はしゃぎすぎてしまっていたかもしれない。喋りどおしで喉が痛い。夜に一杯きめる冒険者の気持ちが分かったなと、疲れきっているはずなのに軽い足取りで思う。

「(けれど、もっとじっくり見たいな。一挙一動をつぶさに観察するには……やはり、魔力防壁を張れる魔法使いがいるパーティに依頼を出してみるのが良いか。ギルドに相談してみよう。ああ、だが依頼料は嵩むかもしれないな……)」

研究職というのは常に懐具合との戦いである。

研究家は今日目に焼き付けた光景を反芻しながら、早速とばかりに次はいつ依頼を出せるだろうかと思案する。友人である薬士には「魔物狂い」と揶揄されるも、どうにも心惹かれてしまうのだから仕方がない。そんな友人自身も色狂いなのだから、人のことなど言えやしないだろうに。似た者同士と称されるのは甚だ遺憾ではあるものの。

「(さて、彼らが王都に戻ってきたらもう一度依頼を出してみようか)」

今はアスタルニアにいる相手が目当てという点では、確かに似た者同士なのだろう。

あとがき

前巻のあとがきでの宣言どおり、今巻も懐かしい面々ラッシュが続きました！　私はサブキャラ属性を持つ人間なので、サブキャラをたくさん出せると大変元気になります。サブキャラは決してメインにならないからこそ至高。人気が出たサブキャラをメインにされると途端に情熱が下火になる現象に名前はあるのか。むしろこんな拗らせ方をしているのは私だけなのか。これは推しているマイナージャンルがメジャー進出する時の気持ちと同じなのか。似ているようで違う気もする。そんなサブキャラもっと書きたいけどメインにしたくないから書きたくないという矛盾を抱えた厄介な性癖こじらせ人間、岬と申します。お世話になっております。

今回は十三巻です。十三といえばあまり縁起がよろしくないイメージがあります。その縁起があってかどうか、完全に偶然ではありますが、今巻のリゼルはなかなか刺激的な体験が多かったですね。夢の中では磔にされ、間接的に氷漬けにされ（スライム）、串刺しにされ（スライム）、首を掻っ切られ（スライム）、首をちょんぱされ（スライム）、ジルとイレヴンには一瞬嫌われ、そしてウサギになりました。リゼルはもっと格好良い動物になりたかったのに何故かウサギになりました。鷹とかになりたかった。でもウサギになりました。最終候補にはフクロウとかもありましたが本当に何故かウサギになりました。もひもひ。

けれどこういった話だったり、入れ替わり話だったり、ここまで書き続けてきてリゼルたちの関係性が確立してきたからこそ書ける話を、書けるばかりか書籍にまでしていただけるのは本当に幸せなことだと思います。ここまで連れてきてくださった読者さんには感謝が絶えません。そう、皆さんの応援でリゼルは立派にウサギになりました。もふもふのサービスシーンたっぷりな十三巻を、少しでも楽しんでいただけたなら幸いです！

今巻もたくさんの方のご協力があり、皆さんに書籍をお届けできることができました。本編だけでなく短編集の表紙まで手掛けてくださったさんど先生。色々な分野に精通していて心強すぎる編集さん。どこまで「休暇。」を連れていってくださるのかTOブックスさん。そして、本書を手に取ってくださったあなたへ。

リゼルたちと一緒に楽しんでくださり有難うございました!!

二〇二一年九月　岬

依頼、
幻の釣りスポット探しに、
依頼、

最新14巻
12.10
発売！
累計
50万部
突破！
（電子書籍を含む）
穏やか貴族の
休暇のすすめ。
A MILD NOBLE'S
VACATION SUGGESTION
総構われな頭脳派貴族の、
癒し系異世界冒険
ファンタジー！
［詳しくは〈穏やか貴族の休暇のすすめ。〉公式サイトへ！］
www.tobooks.jp/odayaka

穏やか貴族の休暇のすすめ。13

2021年10月1日　第1刷発行

著　者　岬

編集協力　株式会社MARCOT

発行者　本田武市

発行所　TOブックス
〒150-0002
東京都渋谷区渋谷三丁目1番1号　PMO渋谷Ⅱ　11階
TEL 0120-933-772（営業フリーダイヤル）
FAX 050-3156-0508

印刷・製本　中央精版印刷株式会社

ISBN978-4-86699-299-0